我的天

My World!

子日山 著

作家出版社

在无法安静的世界里体验自己
在无法解释的世界里细细品味

我从来没想到世界是这个样子，

我没想到所有的伟人圣人都是人类臆造的，

即便这样，我没想到我会完美，我更没想到我会强大，

难以言说的强大。

1

[1]

我知道那两个狗男女现在很幸福，就在昨天他们知道我拿到录取通知书了，昨晚那个女人就来看我了高兴得似乎是捡了大便宜，至于那个男人，就直接带了个男孩子告诉我这是我的弟弟，看着他那种欣喜和那种关怀，他妈的我真想掐死这个“小鸡巴崽子”。

因为这俩狗男女是我的爸爸妈妈，他俩现在已经是别人的夫和妻了。真他妈的复杂。

如果说我还有所感谢，那就是这俩混蛋给了我出众的外表，而不是出生，对于出生我有什么感谢的，反正他俩总要造个什么东西出来，或许我在空气中等待，还能托生在一个正常人家中，而不是这两个奇葩的手里。

哦，对了，可能还要感谢他俩给了我十四年的抚养和爱，然后就在十四年后一夜之间，他俩就突然滚蛋了，把我丢在这空荡荡的两居室里，他俩谁也不管我了，似乎管了我就成为对方的短处了就输给对方了。他妈的不说了，反正我考上大学了，反正我离他俩远远的了。

不说还是不行，妈的，就是那个他们把彼此打得鼻青脸肿的晚上，我的孤独开始了，没有人知道，当他们都走了，都跟着各自的姘夫姘妇享受时，我一个人开始学会做饭学会自己上学自己洗碗自己洗衣服，我在无数个夜晚望着菜刀看到那诱人的青色光芒，我真想举起来将自己的手砍断，让手和胳膊藕断丝连地郎当着让鲜血无限淋漓让这周围人观赏让这对狗男女后悔让他俩哭泣。

你们他妈的是怎么爱我的你们还记得自己怎么说的吗，你俩要爱我一辈子，一辈子，你妈的，一被子吧，跟各自的姘妇姘夫一床被子吧。

当年我哭着睡哭着梦哭着醒再哭着睡再哭着醒，挨过很多漫长恐怖的黑夜，我真是没出息眼泪总是那么多总是那么缠绵，妈妈我怎么总是那么想你，爸爸我需要你的看护，这深夜太黑了。

没啥哭的，不想了，反正我还是考走了，反正我的人生可以重新展开了。

哦，还有个牵挂，就是她，那个胖胖女孩，傻姑娘，我从来就没爱上过你，你总是说爱我就是爱我爱我不需要回报，可你总不需要回报我就要总欠着你，我要欠你多久多深呀，你饶了我吧，反正我走了，你若还不饶我，那就是你不饶自己了。你自己看着办吧，我看到你哭了，你还笑了，你说你为我高兴你说你很伤心，唉，我也不知道怎么说，我只是傻呆呆地看着你的酒窝形成再平整再扭曲。

你反正总陪伴我，还给我钱，唉，还是欠你很多，不过，我会还给你钱的，我虽然没告诉你，我知道你前前后后一共给了我五百二十五。我其实都记得每一次都记得。

真的，跟你第一次我也很激动，虽然我从来没有爱过你，对不起。

我家在黑龙江密山农管局，现在我考到了武汉就在十四岁那晚之前人家都说我可以考进一流大学但我现在进入二流的大学，其实不错了，因为还有三流四流五流十流呢，还上流下流呢，其实考上我也不知道能怎样我只想离开。

我本来是用日子标识，后来想每天其实都一样，都是日出日落云来云去。算了吧，省省吧，还是123吧。

[2]

今天上午到了武汉，这里真热，在出站口就看到很多学校的接站点，找到了我的学校的接站点，然后被大卡车拉到学校，到学校后又是一长溜桌子和一帮人还有一些标语，走到管理系的桌前又被一帮热情的人接待，最后被带到学七舍的五楼，是515寝室，被安排在上铺，嗯，都被事先安排好了。

我们寝室六个人，两个湖北的一个陕西的一个四川的一个河北的，当然我最远我也最高我也最帅。大家开始都很客气，一会儿一个自称辅导员的家伙进来，她胖乎乎的，告诉我们换饭票买饭盆还有七七八八的各种小细节，我就点头然后就笑，她也笑。

这是我第一次坐这么长时间的火车，也是第一次和这么多人共居一室，有点不适应，不是具体哪一点不适应了，是全部不适应，要从头再来。

好吧，从头再来。

睡前我还是写这些，我想我还是写日记吧，因为我高中一直在写，那张老师说写日记有助于我这种心理不健康的人，我其实知道我这种孤独的人是天赐大任的人。

我还是想那个胖女孩了，就在出发前的晚上，她一直跟我在一起，我们亲吻我们做爱，她总是哭也总是笑，我呢，总是发呆，她说其实你是个白眼狼。我说其实我也不知道自己，她还说我要去武汉找你，我说行，其实我不想让她来，但我不忍心也怕她挠我掐我咬我。她说大疆你的良心被狗吃了吧。我于是说你来武汉看我吧，念雪。

其实在那一瞬间，我觉得她似乎解脱了，她的爱可以圆满结束了，她太累了。

[3]

我们寝室这几人很快混熟了，他们开始结伴蹓跶了，我不愿意跟他们一起，不是我怎么样或他们怎么样，我习惯一人瞎转悠。哦，想起个事，就在火车上，有个女孩一直看我，年龄比我大，后来她就走过来问我是学生吗？我说是的，是在哪里上学呀，我说在武汉，她笑了说她就是武汉人，很高兴认识我。其实车上人很多，我有点不好意思她这样直接走过来跟我说话，周围这么多眼睛和耳朵呀，多尴尬呀，她不管不顾甚至跟我边上的人换了座位她一直很坦然，像周围人都是她手下似的。她一直跟我聊，我一直很被动。

她在汉口下车，我要在武昌下车，我稍稍有点迷糊，怎么一个城市可以有两个站，这不是特快列车吗？

她说要在下午来看我，她要帮助一个无知的新生。

其实我走在哪里都有女孩看我，很多女孩喜欢看我，我知道她们喜欢我的帅气和高大，高中时就有很多女孩喜欢我，我也收过很多情书，但我还是跟这个胖胖的念雪在一起了。

我不知道她为什么可以这么直接，为什么要来帮助我。

他们说那个湖北的戴眼镜同学做寝室长，嗯，好，他是很好，很正经的样子，我也信任他。

下午那个武汉的女孩果真来了，她走进来看了看我的寝室，和每个人都问了好，还带了一网兜苹果，大家都拿了一个，剩余的都挂在我的床头。

那女孩说你带我在校园转转吧，虽然我长在武汉，但我从来没来过你们这个青山区更没进过你们学校，作为感谢我请你吃饭吧，我说行。

在校园时我告诉她，我是个穷人，请你做好准备，我的意思是我要永远白吃，就是白痴，她说她看出来了，她说她叫陈静，长得还算漂亮吧。

[4]

上午辅导员通知我们体检，说是若患肝炎之类的传染病就要退学。他妈的，怎么这么吓人，要退学？老子好不容易爬出来并准备永远不回去了，竟然还有这种可能，他妈的，真烦，搞得我的心没完没了地敲打着这副皮囊。

下午全体新生开大会，穿着各种服装的我们都拿着同样形状的黄凳子去大学生活动中心，记得小说里乞丐大会也是各色服装，但统一都是拿着要饭的碗。

[5]

今天上课了。

傍晚时候，隔壁的隔壁学生竟然打我们寝室的小四川，具体原委懒得听也懒得说了，反正在走廊里打起来了，小四川大概不是对手，几下就被干倒了，大家都站在走廊里看着，都是同班同学呀，没人敢上前，那个打人的家伙是机械系的，我本来是在寝室里发呆，以前中学经常打架，我算是见多识广，就没去凑热闹，但听声音不对，明显一边倒了，我出来后看那小子眼生当即就明白了，转身回寝室旮旯处抽出拖把，手抓着布条举起那拖把杆就拍到那家伙脑袋上了，当时他就躺那里了。

没想到，我一拍成名。

[6]

上午班主任和辅导员都接见我了，他俩很严肃，说虽然怎么怎么但怎么怎么，经过系里和我们怎么怎么，你就不受处分了。我装作沉痛，只听懂了不受处分这四个字，于是装模作样地哆嗦着说了几句。后来他俩又说不过，我知道完了，又附加条件了，果真他俩说你需要去看看那学生，需要买点东西需要道歉。我心这才踏实了，这是规矩，我懂，我们那疙瘩就是这样办的。

下午班里开会说选班长，没想到大家一致选我当班长，说这就算投票这就算民主就这样任命，大家还都鼓掌，包括女生都鼓掌，不是那种正常的掌声，是有点狂热的。然后大家都让我说几句，我真是没准备，说话结巴了，我记得自己好像反复说我不想干班长，因为班长要起模范带头作用，我说我这人你们不知道我自己知道，我这人自己都搞不懂自己我就是落后分子，跟你们不是一个方向的我是另外一个方向的。

我没说学习你们比不了我，当时若不是自暴自弃，我是可以进清华北大的，因为我真是天生的聪明过人，要不是那对狗男女，我真会进北大或清华的。

这帮男女家伙们竟然说你不用模范带头了，你那个模范带头我们都服了，班级的模范带头作用让副班长起吧，至于那些工作让副班长还有什么其他班干部做就行，你保护我们就行。

我说这是你们说的呀，别后悔。说完我就笑了，他们也笑了，但我知道他们还是太幼稚了。

[7]

昨晚我就去看他了，当然是在辅导员和班主任陪伴下，他们还带了水果，想得很周到细致，真是谢谢了，因为我们那疙瘩经常会在这种道歉的过程中再干起来，这也是一种现象。

跟这机械系小子一聊就发现来对了，因为这小子长得墩乎乎的，一看就是打人老手，是专克我这类外强中干的大个子，再一聊竟然是东北人，吓我一跳，若不是这次看望，说不准哪天就被他拍了。不打不成交，又是老乡，双方都客气起来亲热起来，连班主任辅导员还有他的班主任辅导员都被感染了，大家都笑了。但我知道过几天我还要找他聊聊，告诉他欠情了，有事吱一声。这是江湖之道，不能马虎。

陈静又来找我了，她说今天是周末咱们去东湖玩吧，我说我不想去，真的，总花你的钱我受不了。她说没关系呀，你干活就行，我似乎听懂了她的意思，我就说我不想干活，她说什么活你不想干呀，我说就是你说的活。她笑了，她的牙齿很白很齐整，这个真很少见，这样她笑起来会出现一种格外的秀丽算是传说中越看越好看的女孩。她说我喜欢你，你很忧郁，像整个人泡在海水里，让人怜爱。我说那随你吧。她说咱们去吧别想那么多了。

东湖真的很美，水看着很浓厚，像十三岁那年妈妈熬的鸡汤。

[8]

今天是星期天，我几乎睡了一个上午，下午大家都咋呼着去踢球，我就跟着去了，没想到球鞋的质量很不好鞋帮和鞋底竟然分开了。我于是坐在球场上看着灰尘和他们在相互拥抱，猛然间我似乎发现我呈现了怔怔的神情，即便这样我仍然保持这个样子，像一个放错地方的无心无肺的石像。

[9]

今天辅导员说穷困生可以申请大学补助了，我一直认为我最穷，爸妈他俩按照单双数月各给我钱，这样责任算是到人了，既然说家庭收入，我应该最穷了，我竟然连家都没有或者我是一人为家，我于是也要了张表格填写了。

上课，无聊。

[10]

我发现武汉的天空没有家乡的蓝，明确地说武汉的天是白色的天，而家乡的天是蓝色的天。

我第一次住校第一次和外人这么近这么频繁接触，我很不适应，从睁眼开始到下床穿鞋去洗手间再回来等等所有面对和眼光交汇，我不知是否每次都需要微笑还是点头或是打招呼，我真不习惯。当我微笑或点头或打招呼时，对方大都不予理睬，他们不习惯这样频繁地微笑回应或点头回应或打招呼回应，我虽然理解但仍是不自在，有点挫折感。

[11]

铃声一响就上课铃声一响就下课，白天的时光就这样被铃声切割成一段一段，就像校园被小路区隔成一片一片，我想自己也应该这样，应该不是一个完整的存在，我应该是个破碎的人，所有的血肉只是为了某种目的而结合在一起。

在食堂看到机械系的老乡了，我说老乡那天真对不起，我请你吃个小炒，以后有事说话，兄弟一定没有二话。他说没事儿，不打不成交。不管怎样我还是给他买了个小炒，他很高兴。

回寝室后小四川说哥我看到你跟那机械系的家伙在一起了，他这么说的时候两只手还在相互揉搓着，我知道他不安了，我说你别在意，这是应酬，哥会罩着你的。

晚上他们都去看电影了，我先洗衣服再洗澡，后来在黏黏的空气中我坐在床上发呆。

[12]

管理系举办迎新生晚会，辅导员通知的是副班长，真是说到做到，副班长开始张罗起来，他说班长你跟着我就行，我说好的我跟着你走，黄凳子是由小四川拿着的，我说不用，他说哥我只能做这个了你别嫌弃就行。我于是跟着副班长，他跟着我。

晚会里蹦蹦跳跳说说唱唱，系里的李少和书记吹笛子，我们班有个叫刘静的女孩朗诵诗，她真的很抒情，我似乎看到了某一刻她的眼里有泪闪烁，我真是不理解她怎么可以这样无端虐待自己。

散场回来时校园灯光不明，我们这么多人突然出现在路上，真是有恃无恐。

[13]

这是单数月，按照承诺那个狗男人汇款来了，100 元，嗯，一个月够了。

我真想有钱，这样我就彻底独立了就用不着跟他或她废话了。想想那个傍晚见她，她那高兴和泪流的样子在一张脸上同时上演，我很坚定我说你每个双数月给我学费，那男人要单数月给我学费，你俩若是没钱就把我现在住的房子卖了。对那男人我也没客气，你那个小儿子我可以认，但你要给我学费，你单数月寄给我。

我在关键时候在大事情上总是思路清晰目标明确。没办法，无人要的孩子早当家。

念雪来信了，她说家里给她找了个学上，是在哈尔滨，她说月底就去哈尔滨，她问哈尔滨比武汉大么？她还问有女孩追你了吗？念雪的信封上竟然写着湖南省武汉市，唉。

[14]

困难户没有我，还告诉我属于富裕户，因为很多同学来自农村，家里几乎没有收入，哦，没有爸妈不属于穷，但有爸妈竟然还这么穷，这是我没想到的。

陈静又来了，她又拿了一网兜苹果，又是寝室里每人一个，大家都纷纷致谢。我跟着她站在走廊里，不时有男生光着膀子甚至穿着裤衩走过，天的确是热，另外我们515室靠近厕所和洗浴间，没办法这是必经之路，她似乎也不介意她又显露出那独特魅力的笑，说咱俩去我那个汉口玩玩吧，那里非常特别，是你这种乡巴佬没见识过的。我说反正我是白痴，好吧。

晚上很晚我才回来，小四川说哥那姐姐挺好的，她跟你什么关系呀，我说是普通朋友关系。河北的苗斌说看着不像。湖北的汪友宏问那看着像什么，陕西的贾世川说看着像救助贫困学生。我看他们都在望着我，像一群嗷嗷待哺的鸭子，就说你们都是傻孩子，明明是男盗女娼还看不出来，这个说法空间太大，他们一下子都掉进去了，都不说话了。

[15]

我收到了很多高中同学的来信，准确地说很多女同学的来信，她们回忆她们惋惜她们祝贺她们问好她们提问，当然也有几个男同学来信，他们知道我是个无趣的人，所以信里也就无趣。这些信我都没有回复，因为我不是家乡放到武汉空中的风筝，我不想与家乡有丝毫联系。

[16]

这几天我病了，头疼流鼻涕，唉，我每到秋天都要生场病，我想我一定会在秋天死去。似乎时间已经定下来了，但年份还没确定。

在食堂打饭时碰到我们班女生孙颖毅和刘莉，孙颖毅问你怎么总是这样无精打采呀？我说我病了，她掩着口笑说你不是每天都病吧。我说我一直是病人。她问什么病？我说精神病。她俩都笑了还说我很幽默，但她俩匆匆走开，我知道明天全班女生就会都知道我有精神病。我不在乎，因为这样会让周围都跟我保持距离。

[17]

今天下午上形式逻辑课，中午踢球了没睡午觉，下午课堂上我就没忍住，其实主要还是那老太太讲得很枯燥，我是在不自觉中睡着了，后来在笑声中被推醒了。那老太太站在我边上，她说你上课怎么能睡觉。我没看她，只是低着头，应该她会理解成我在羞愧中。她说你还是站着听课吧。我还是不说话还是低着头，这可不是高中，你讲你的我睡我的咱们两不耽误呀。没想到她还在说，你说话呀。我真不知道她让我说什么，我还是低着头，她看我没搭理她，就问你们班谁是班长？没想到全班哄堂大笑，我也忍不住笑了。老太太应该是惊诧了，她大叫你们笑什么。我这时听到谁说了句他就是班长，大家笑得更欢了，我真是不好意思，我就更无法抬头了。老太太说你们这是什么班呀，竟然班长带头课堂睡觉，我要找你们班主任。

副班长今天告诉我辅导员明天要跟我谈话。

[18]

辅导员见到我就说咱俩去楼下石凳那里坐坐吧。我问有什么事吗，我还要去打牌呢。她说我有重要的事跟你谈。其实我知道她要跟我说课上睡觉的事，应该就是老一套，她会说我多么不应该然后再需要我表决心，我觉得看透了她的心思。但她一脸严肃，我觉得如果不跟着她去小石凳那里坐坐，她会纠缠我的，何况那小四川还在拉屎，牌局还没凑成，算了吧，早死早托生，从了吧。

没想到我们坐下她的第一句话是你的条件很好，为什么不申请入党呢？我当时就想我怎么条件好了，我还真迷惑。我知道这话通常适合找女朋友，但入党，我还是第一次听说。我忍不住了就说我条件不好呀，她说你很好呀，你聪明待人有礼貌清心寡欲见义勇为，当然你还需要再努力一下，我就笑着问还需要上课不睡觉吧，她当时就语塞了。没想到她继续夸我，你就是聪明，我就喜欢跟你这样的人聊天。她开始跟我讲一些生动的后进变先进的例子，继续跟我讲我的差距。我这时着急了，因为她的话明显开辟了空间，如同洪水找到了排泄口，浩浩荡荡没完没了，我中间只插了一句，那就是你别说了我懂了谢谢了我一定会怎样怎样，我真不敢提反对意见，那样一来排泄口就更多了。没想到她还在说，一个新故事又起头了，我这时看到她的脖颈，我个子高，又顺着脖颈向下看，我看到了她隐约露出的乳房，她有点胖，乳房也大，我竟然莫名其妙地说了句你的乳房真漂亮。她脸色大变，她说你说什么，然后她惊怒地站了起来，说了句你是个流氓！说完匆匆走开，其实那一刻我在心里说对不起，我怎么失控了我还骂自己是个混蛋呢我知道我错了，但我还是马上跑回寝室，他们三缺一呢。

临睡前我还是在心里反复说对不起辅导员，我只是说实话，害你想歪歪了。另外我也在反复想，为什么这句话会躲开我的理智跑了出来，我望着镜子里的自己，似乎自己是清晰可见的，但我知道一定有深渊藏匿其中，里面一定在酝酿着我未来的罪恶。

[19]

今天开班会了，班主任辅导员都在，他们都板着脸，我在想辅导员是否把乳房事件跟班主任说了，反正我注意到他们都不看我，我也就不看他们了。我就看着天花板，那里有蜘蛛网，网上好像是苍蝇也许是蚊子，看不清，我想这个角落的蜘蛛肯定食物丰富，我发现一丝闪光的细细的东西飘落，会是它的泪水吗？这时听班主任说要改选班长，理由是有老师反映我们班的班长太特别了，这样不利于班级的正常发展，大家都知道怎么回事，很多人偷偷望着我，我还望着蜘蛛网呢我还没搞清楚那网里的是苍蝇还是蚊子。

投票开始了，没想到唱票的结果还是我的名字，我还是大多数人支持的，很明显大家都有点逆反心理。这时班主任就有点不高兴了，他对着我说，大疆，你要对得起大家呀。我这时已经确认了，就是苍蝇，这个发现让我觉得这么长时间的凝视有了结果，这让我很高兴，我回答说我知道了，班主任显然不满意，他看了我一眼，也可以说是瞪了我一眼。我注意到那辅导员还是没看我，她应该是厌恶我了。对不起。

[20]

陈静和我走在江边上，她拉着我的手，我问她姐姐你每周六都来找我玩，你是做什么的呀？她吃惊地说啊咱俩这么久了你竟然不知道我是干什么的呀。我说你只是说在纺织厂。哦，她说她是纺织厂的团委书记，是脱产的。啊？我笑着看她，你不会要帮助我这落后分子吧？她没搭理我，她很平静地说其实我在一个月前失恋了，那个男人在北京，很巧就在回来的路上也就是火车上咱俩认识了，我就想先跟你相处一下吧，或许对我有帮助。

哦，我懂了，原来她是需要我的帮助。

念雪来信了，她说她找的那个男孩比我帅说她的命不错，总是可以遇到帅的男孩。我说那恭喜你，这是你应得的。信发出后觉得这句话有毛病，什么是应得的呀，她为什么应得呀？她的男朋友会觉得念雪也是他应得的吗？

[21]

数学课是大课，我们管理的和自动化的在一起上，女孩子们都坐到最前面，其次是那些一本正经的眼镜男们，再往后就是比较正经的男生们，最后就是一些嬉皮笑脸准备随时跑掉的和准备考试作弊的家伙们。我属于随时跑掉的，那讲台上摇头晃脑的老师发着浓重的口音表达正规的理论，他说话我真听不懂，这人号称副教授，据说水平高超，怎么普通话说得这么差，真没办法。我边听着边翻着书，大致我也能明白了，我真不是吹的，我真听不懂真是看懂了，但我这次还不想跑掉，主要是外面下雨了，雨声很大，于是就看着前排的同学，我在分辨着人，然后再根据头型身形匹配他们的性格特点，再往后我就看这几个扬声器，这些东西将那男老师的声音放大还混杂着嗡嗡的噪音，我就开始琢磨这原理，应该和电话的原理是相同的，其实真应该接到我们寝室甚至可以换种技术接到我们心里。

晚上我和小四川去一冶电影院看电影，他请的我，我要记住下次请他。电影挺好玩，我一直笑，现在写日记才发现竟然不知道名字，小四川说他也不记得了。

[22]

反正每天都是上课，挺无聊的，我每节课都不落，也不在课堂上睡觉，也不是守纪律了，就是不困。

我有时会在本上画画，但我画画真是不在行，我只会画立体几何里的六面体什么的，画出透视的虚线，算是打发时间吧。我还写诗，就是胡乱找些不同类的词放到一起，然后就像是现代诗了，这样一来自我感觉找到一种特别的方法。我是从物理课本上任意翻页找了三个词，一个是“压缩”，一个是“向心”，还有一个是“装卸”，我就看着眼前然后组成了三句话，“教室在压缩，他们在向心，我在装卸”，写完后我觉得有点味道，但又不懂这算什么，我想有水平的人会读懂吧。

当然绝大部分时间我也听课，有的老师讲得不错，啰嗦的时候我也愿意听。我坐在最后，一副很乖的样子，像一只讨好的狗。

[23]

念雪在信里说这个男朋友的家很穷，他很喜欢她她也喜欢他他比我强多了。

晚上被副班长赶去听自动化系的宋教授关于“大学生成才与学习”的演讲，我本来不想去，因为我的目标一直是离开家乡然后活着。

14 岁之前，我的学习在班里是遥遥领先的，遥遥的意思是他们数学最高是 80 的时候，我是 100，他们语文最高是 89 时，我是 99，真的，这就是遥遥领先。那时大家都说我是科学家的料，但之后我就彻底放弃了，我把他们所有人的预期都打碎了，几乎往下几年里我没正常学习，然后就是混，混到高二时老师问我你想永远留在家乡吗？我才突然醒悟，重新开始学习，于是就在考前一年发力了，也就考出来了。

现在有人告诉我要成才，我似乎觉得这是他们的期望，让他们的期望实现吗？可笑，我只想让他们泪流满面失望绝望，否则他们会说是他们磨练了我是他们促成了我。我想让他们知道是他们毁灭了我。他们是谁？当然是那狗男女。

现在我也明白了，成才？谁的才？那是别人的愿望强加给我，我为什么要成才，我就想孤独地活着，和这世界玩耍，然后忘记自己。

[24]

陈静很久没来找我了，我想大概是我的帮助结束了，她不再需要我了，我挺理解她，我吃她的喝她的花她的，我又不能给予她思想指导，爱情上又是个小屁孩，平时在一起我又经常陷入自我感受中，经常都是她说话我听，我的回答又吞吞吐吐又词不达意，她肯定会腻味的。

公交车公园雪糕汽水饭各种花费，那些收钱的人都先是望着我这个大个子，我的表情真很尴尬，每次我看她掏钱我都浑身不自在，但我又没办法，我的那些钱仅仅够我日常花费，我不想跟她处了我不想再跟她出去了。

[25]

没想到陈静来了，一见面就问你想我了吗？我说想了。她似乎很意外，真想了？嗯，是的，我很老实地承认，我想了两次。怎么是两次呢？两个周末你没来，我就只能两个周末无聊了。唉，你呀，她摇了摇头，又说嗯也不错，算是想我了。

你知道我这两周忙什么了吗？我说不知道，她说这些日子她又找到了爱情，一个很出色的男孩。我说哦。她说那男孩在市政府工作，她还见到了他的妈妈。我说祝贺你，我的帮助可以结束了。我这时脑海里设计一个电影片段，似乎她是一名受伤的战士她需要我为她疗伤，现在她的伤口好了她可以重返战场了。

她说那你不难过吗？我想她是想让我说难过的，于是我说我很难过，她稍稍一顿说这还真没想到，我说我一直是个你扔到青山区角落里的玩具，你想起我就可以玩两下，若有别的事你就去忙吧。

那一刻没想到她的眼泪下来了，她说不是这样的。她又笑了，你怎么突然这么会说话了，把自己说得这么可怜还不知你瞒着我勾搭多少女孩呢。我不想跟她继续这个话题了，于是说今天中午我请你在我们学校食堂吃吧，白痴也是有尊严的。

她说好呀，白痴。

就在她走前，我说我算了一下，你为我这几个月花了155元，将来有钱我会还给你的。她很惊讶地看着我，她说我一直以为你是永久的白痴，软饭王，我被你吃定了，没想到你这孩子，她又要哭。那一刻我才注意到她其实很妩媚，我有点心动了。

其实这个155数字是我瞎说的，但我将那么多天的各种开销估算了一下，应该是一百大几，为了好记，我就临时把515房号借用一下，还显得准确。

[26]

圣诞节要到了新年要到了，副班长召集我们说要搞个晚会，需要大家表演节目，大家要把自己的特长亮出来，这样既热闹气氛还能锻炼能力，副班长问班长你有什么特长呀？你能不能带个头，我说我以前说了我不能带头的，你们是不需要我带头的，我还是继续当保安吧。大家又笑了，我注意到女生笑得更欢。

我走在校园时其实有很多女孩看我，里面也有漂亮的女孩。我没想到学校里真有漂亮女孩，是个高年级的，但很可惜被师兄叼走了，那师兄个子中等，是学生会主席，名叫扁奇，还是我的老乡。怎么叫这么个名字？兆头不好，容易被人扁。

图书馆我也去，我是去看杂志什么的，偶尔也看小说。教学楼上自习我也去，课上那些东西我都能应付自如。

[27]

念雪很久没来信了，想必俩人爱得昏天黑地了，默默地祝福她吧。

[28]

今晚是平安夜明天是圣诞节，老外们过大节。我和几个人在校园里转了一圈，没发现这平安夜有什么特别的，哦，对了，大学生活动中心有舞会。

其实我一直是跟着他们，这里面有小四川还有同寝室的苗斌和贾世川，我没啥想法，怎么样都行，当然当他们意见分歧时，我就说那我回去睡觉了。去大学生活动中心看一眼的说法是大家都同意的，想回去打牌的是贾世川，想进舞厅的是小四川，我看他们有了争议就说那我回去睡觉了。小四川说哥你真是个浪费生命的人。贾世川说先回寝室再说。小四川和苗斌进了舞厅，我和贾世川回寝室，他是为了打牌我是为了睡觉，但目前是需要在一条路上的，我据此想那大革命时期的学生们是否有了区分，有些是否暂时同路。

我还真是第一次被人说浪费生命呢，我被人说过精神兮兮也被说过木呆还被人说过无聊还有忧郁甚至还有人说我傻。我觉得小四川说的精准不玄乎。

[29]

在节假日的时候才看出来大学生活多么无聊了，我今天一直在床上，醒来后听他们聊天然后再插几句。后来饿了，就爬起来去食堂，

我想陈静应该和男朋友好上了吧，可能在汉口看电影也可能干苟且之事，我觉得我并不是想她，而是这么长时间一直像蚯蚓被埋在土里看不到新奇做个所谓的睁眼瞎不适应。

[30]

今天上中国革命史课我没去，点名的时候抓到了我，大概缺勤的人太多，因为那老师姓查虽然不能念作查，要念渣，但他人如其姓，果真事事都要检查，那查老师问班长是谁，因为是公开大课还有别的系在一起，当发现班长带头旷课时别的系同学都哄堂大笑，他就格外生气，他说你们这个班竟然还能有这种班长。

关于班长的问题已经发生多次了，这给班级丢人了，我知道。

其实他们真不了解我，这种课对我太简单了，考前我只需要三四个小时，那些重点我只要过一遍，基本能背下来，是可以接近满分的。可怕的是我还能长久不忘。

看出做班长的劣势了，我竟然不能旷课，但我还是旷课了，于是就给班级抹黑了，这个后果是班里同学所没想到的。真是抹黑了吗？什么黑呀，想象中的看不见摸不着的黑，其实本来各班

各过各的日子互不影响，真是搞不懂这种玄妙的词。

[31]

班级搞晚会我一直是做观众，我注意到班里有个女孩总看我，我看出来她对我有意思了，但我不想，不是因为她长相什么的，而是我觉得她跟我一样都是外地人，两个外地人相加或相乘还是外地人，这样就和眼前的世界不吻合了，陈静给我带了个坏头，她让我发现本地人的优势了，如同吃惯了臭豆腐，口水就溢满口腔。

[32]

没想到念雪竟然来了，她说她本来是买票回家的，在车站候车室却临时改了主意直接奔向机场，我很吃惊，我说你怎么这么冲动你不是有了爱的人了吗？她说是的，但她说做事应该有始有终既然已经陪我过了很多个元旦那么这次就要搞个最后一次，她说那个男孩是离不开她的，因为她的爸妈可以实现他的梦想，她还说那男孩真是很朴实，说到这个地方我就知道我要被陪绑了，果真下一句她就说你知道吗大疆，其实你最狡猾。我说为什么你这么说，她说她不够聪明但直觉最准。我无语了。

她就住在学校的宾馆里，晚上我说我回去了。她说好吧。但没想到在我离开后她又追了出来，说你还是留下吧。她不想一个人对付这新年的第一夜，我俩又做爱了，这一夜很甜蜜。

她说武汉的屋里真冷没有她的日子里我要多穿点，于是我俩相互结合得更紧密了。

[33]

今天念雪走了，她这次没流眼泪，我俩只是象征性地吻了一下。她说你们学校真大真美，我心里想这是因为你拿你的学校跟我的学校比的原因，她笑着离开，说没想到武汉这个时候还有阳光和绿草还有酽酽的墨绿色湖水荡漾，真是美丽真是天堂，我想那是因为你没经历过武汉的酷暑。她真走了，我送她上出租车的时候就知道我俩走到了尽头，甚至觉得这辈子都不会再见面了，尽管我的爱情才刚刚苏醒。

我欠她的钱已经上升到650元了，我能还清么?

[34]

节日一过，学校开始露出狰狞面目了，警告我们要全力投入考试，否则留级或退学。妈的，这是我的最怕，我不敢大意，还是要上自习了。

武汉怎么这么冷呀，冻死了，我受不了了。但这些南方佬根本不怕冻，简直不可思议，真是短毛动物。

[35]

陈静又来了，她见我就说新年好，她这次买的是香蕉，给寝室每个人都发了一根，小四川说谢谢姐姐还说我们都想你了。陈静很高兴，她说我也想你们。我想这小四川是想水果了。

陈静这次来告诉我她准备跟那政府的人结婚了。我说那祝贺你。她说她要结婚了你怎么办她不放心我。我说我已经习惯了，习惯被抛弃了。她说你说话真是狠，你其实并不在乎我。我就转移话题了，我说我要考试了，最近没有时间接待你了真抱歉。她说那你亲我一口吧，我就亲了她一口。她问我寒假回家吗？我说还没定，我不想直接告诉她我不回，否则她有义务来看我的，我不知道她其实早看透了我。

这武汉没有一个暖和地方，屋里甚至比屋外还冷，我生冻疮了，又疼又痒，要知道在东北的家乡这时候屋里是温暖的。

[36]

考试成绩出来了，我考得太好了，应该属于冒顶事故，总成绩竟然全班第五，数学还考了个班级第一。小四川说哥呀我一直以为你是个浪荡公子没想到你还是学霸，早知道就靠你坐抄你的了，我还不及格呢。陈超凡说你这班长说是不带头还是偷摸带头呀。我只是笑笑，心里想还不是被学校吓的。

我的形式逻辑分数最低，60 分，这个我懂，我知道我得罪了老师那个老太太，逻辑上可以这样分析，她首先是人，然后是女人，然后是女教师，每一种内涵的推进都意味着一堆琐碎的展开，是人就会有自尊，女人就会将自尊用到细节。这位女教师就会将自尊用到试卷上，我于是释然了。仍然可以谢谢她，要给我个不及格，不也是傻眼。

寒假到了，问题来了，我根本没想回老家，也没想好干吗去。虽然这里太冷了，但我还是不想回去，这里是身冷，家乡是心冷。

[37]

他们都走了，宿舍归我一人了，如同我十四岁那年整个家归我了。

整栋楼只有几个学生，大家相互并不来往。

彻底没人管了，我又觉得太无聊了，想还是找个事做做吧，赚点钱还能顺便了解社会。

四处找广告看，还真看到个临时兼职的广告，收入还很高，是公关先生，不会是去卖吧，我可不想堕落。据说堕落后会被人看不起会下场很惨，我不想被人看不起更不想下场很惨。但我还是克制不住好奇打电话问到底是做什么的，电话里告诉我是在夜总会里做服务生，哦，看样不是卖也就不是堕落了。我说好呀，那我过去看看。

就在当天晚上七点我就到了武昌的一个叫做绝代天骄的夜总会，那里已经霓虹闪闪，开始进入很多女孩了，我还是很显眼，因为我太高了，我有一米八五，在南方人的地盘，我显得非人类了。

招聘的姐姐看到我就说可惜可惜。我问为啥，她说你这身高不适合做服务生。我还问为啥，她说哪有那么多为啥你适合做保安，在这点上她和我的同学是一致的。我说我既然来了，请帮帮我还是吸收我吧。她说要么你试试吧，反正今晚缺人。我发现她看我的眼神有些特别，我知道她对我有好感，女孩见我都这神色，我习惯了。我小心地问工资怎么算？她说靠小费，每天一结。

我问你们不需要培训吗？她说实践出真知，你边干边学，她还问我你高中毕业了吗？我说是的，她点了点头，她为自己的聪明找到了证据她妩媚地笑了。

她看到我身份证地址，你怎么来武汉了，我说湖北人是九头鸟我要跟他们学本事。她哈哈大笑，说你真是很聪明。

没想到那些工装都太小了，我穿上真是滑稽，但算了吧凑合着吧，毕竟是兼职，也许今晚干完就滚蛋了。

我被分在 K881、K886、K888、K889 包房做服务。我就站在门口，来这里的客人大都不是正常状态或者离开时不是正常状态，未必都是醉着来，但大都是醉着走，然后一帮女孩排着队过来任他们选，然后就在包房里搂搂抱抱唱唱跳跳喝喝闹闹。我反正是在走廊门口站着，看着听着有时还聊着，随时听召唤，有时客人喝多了就要扶着，或者各种小帮忙，在结账时需要进去，包房的服务妹妹说这时候就要觍着脸要小费了。

我没有走过去献殷勤赔笑脸，还是服务妹妹帮我说漂亮话才有客人给我钱，今晚竟然收了六十元。

[38]

睡了一整天，昨晚回来太晚了，还算不错，学校的大门还有宿舍的大门都没锁。

晚上我又来了，还是那些故事，认识了更多人，昨晚认识的今天见面亲切很多。

今晚赚了八十。很开心。

有个姐姐说我是个雏儿，竟然说要包我，每月给我一千。我说谢谢了，我可不想堕落，我若堕落了会很丢人下场会很惨，我要永远记住。

[39]

我是下午醒来的，武汉真冷，阳光照进寝室的感觉确实很好。我在暖和的被窝里透过眼眶看着阳光投射的光彩，突然莫名其妙地自我感觉是无耻。

我似乎才注意到外面的树都是绿色呢，感觉有种莫名的兴奋。还真是跟家乡不同，我真是无知，这些绿色植物我都不认识，如同我不知道学校里其他院系的名字。我怎么又想起家乡了，唉，总是无法摆脱，不过转念一想，本来就是家乡的构成本来就无法解脱，我就是家乡的一部分，我是家乡大树的延伸，那长长的枝干穿过吉林穿过辽宁穿过河北穿过河南一直到武汉。我从来没有脱离，我就是家乡的一部分，部分永远无法摆脱整体，否则就像树叶摆脱树枝就会死路一条。

[40]

我打的这份工有个很牛逼的名称是少爷，其实很下贱，这些陪酒女总有很多向我示好，有的借着醉意大呼小叫或者直接拉着我倾诉，太多次了太多人了，我就有些烦躁。另外关键的是她们这样引起了其他少爷的嫉妒同时也造成了陪酒女之间的埋怨，我在短短的几天里突然醒悟，我若继续这样干下去可能某天我就被干了，是被各种欲望的人干掉。我开始明白了，这世界有些钱真是我挣不来的。

另外这种工作总需要熬夜，总需要跪着求着，我想还是算了吧，别跪出习惯了，还是躺在床上看太阳吧。

[41]

招聘的姐姐说大疆你毕竟高中毕业，一些文字的事你过来帮一下忙。这家夜总会生意很好，每晚都有女孩过来应聘，我的帮忙是发表格然后收表格再简单审查。面对这帮女孩我觉得我的脸是红的，我总是很害羞我也不知道是为什么，她们很多是老江湖了，很多对我比较随便，其中有一个还偷偷掐了我一下，我这样的状态像是她们在招聘我。我还是注意到一个女孩，看表格上填写的是广西的，名字是覃婉婷。我直觉这是个假名字，她长得妖娆美丽，其实吸引我的是她一直给我精灵古怪的感觉。她体态完美，有个词是肤白凝雪或如玉，我觉得都适合，这种形象完全打破了我对广西女孩的观念。

我轻轻地读着“谭”婉婷？这是你的名字吗？

当然不是，我的名字是覃婉婷，这个字读“琴”，高中没毕业吧，她一只眼眯着，嘴角上翘，轻蔑地看着我。

啊，当时我有点傻，我还真是第一次看到这个字，还自以为是地读“谭”了。

这个字读“琴”吗？

废话。她开始冷笑了。

毕竟周围还有一帮女孩，我的脸一定是通红，唉，我只能说好吧“琴”婉婷，这是你的真名字吗？

当然，怎么我不配这个名字吗？边说边把身份证扔给我。

其实在我的理解中，这个名字总和琼瑶什么的联系到一起，总是要和浪漫时尚优雅缠绵文化这类词连接，怎么能与这个三陪小姐放在一起呢？另外我认为三陪小姐都来自穷困地方贫困家庭，自然家长就不会有什么文化水平起出什么特别的名字。

最关键的是她竟然对我嗤之以鼻不屑一顾。我心里想你算什么呀，三陪女。

人其实是很贱的，这样说不对，应该说我是很贱的，面对这么多对我示好的女孩，我一直是躲避中或敷衍中，但真没想到我会被她这样轻蔑，反而让我对她顿生好感。

不管怎样，这个“覃”字我是记住了。

[42]

这个覃婉婷明显很受欢迎，她每晚都能坐几个台，当然她也喝得很多，人就这样，每到深夜每到酒醉就见谁都不陌生了都有亲热感。她见我也一样，像久违的老朋友，总是指挥我做这做那。

[43]

覃婉婷很有趣，我注意到她对客人的态度很直接，她不迎合，她很生猛甚至有点强势任性，不可思议的是那些男人们大都喜笑颜开，对比那些柔情细语的小姐们，这真是很怪异的现象。这次她又喝多了说大疆你扶我去厕所，在女厕门口我说我不能进去，她就说你扶我进男厕。

啊，这怎么行，你没事吧？

有屁事，扶我进去，说着推开男厕门就进，然后她就蹲下来对着马桶哇哇大吐，随后盖上盖再坐上马桶，她就当着我的面解裤子，当然我会马上转过头我真是啥也没看到，在我抬腿准备离开时她说你别动就站在那里，你要想撒尿就在那儿撒。

唉，我记得身份证上她的年龄才 18 岁，我是服了。我还是第一次跟女孩上厕所，真是刺激。

[44]

夜总会也要放假了，我知道这是我最后一次了，大家都相互说明年见，我心里说我再也不做这个了，明年也不见了。

我问覃婉婷你有联系方式吗？她说怎么你还想泡我吗，我说只是想交个朋友，她说别了，咱俩下辈子见吧。

真跩，他妈的你不就是个三陪女嘛。

[45]

大年三十学校组织我们这些在校生吃了顿饭。我们这帮人围坐几个圆桌先听了各领导的一堆正经话然后就开吃开喝。大家彼此不熟悉因此并无过多对话，吃的时候都是沉默寡言神情专注，我就想起去农村见过的场景，一群猪将各自的猪头伸进槽子里拱着吃着。

我吃完后就一人走出挂着红灯笼的校园，本来想看看新年的街上有啥新奇古怪，但真跟平时一样，除了随处可见的红灯笼。当看到 76 路站牌时，我就想去中华门附近看看那些新奇古怪了。

到了中华门后我就站到江边上，看着黑乎乎的长江大桥黑乎乎的龟山电视塔黑乎乎的黄鹤楼，原来这里根本没打算什么除旧迎春，也许因为它们本来就是旧的了，怎么可能再除去旧，除去就不是它们了，所以它们要跟过去保持一致。

春节应该就是自娱自乐，那我也自娱自乐吧，我怎么娱乐呢？江边风很大，我想我还是先回去吧，现在都不让放烟火鞭炮，我就在心里演播着放烟火鞭炮的场景，当然就属于自娱自乐了，然后等着 76 路末班车。

在车上我发现只有我售票员司机三人，我穿着军大衣窝在座位上，售票员穿着军大衣窝在门口，司机穿着军大衣窝在前面，如同一只逃窜着的老鼠身上长的三个脓包。我们彼此之间没有对话，谁也不想接近谁的现状，车晃晃荡荡地行进着。

下了车我就回宿舍，在灯管下我坐在那湖北佬的床上，看着这死气沉沉的一切，都没有丝毫变化，都各就其位相安无事，现状很安稳，看着很好呀，它们都不变化我何必变化呢？我既不想过去也不想未来，这周围的一切让我很踏实。

睡前我突然想起来学校的通知，说是大家要集中起来包饺子守岁，我那时已经躺到被窝里了，灯亮着我都不想下地去关闭，跟他们抱团取暖去辞旧迎新我觉得更没必要了。这新旧为何去更换？有必要有结果吗？

[46]

今天是初一，我醒来时已经上午九点了，很多人都嫌弃自己的孤独，但我不嫌弃，我的孤独是彩色的，我用眼光抚摸周围，周围就会给我刺激，刺激插入我心底，浮出来就显现在我脑海，是甜的是舒适的。

不知道那个三陪女在干什么。

[47]

陈静竟然来了，应该还很早，我还没醒呢，听到有人“咚咚咚”地敲门，我想或许是哪个没头脑的人就没搭理，没想到没完没了的“咚咚”声，我想不会是班主任之流的人吧，于是问谁呀，她说是小白兔，我马上听出来了心里猛的一喜就说大灰狼还在梦里，她说天亮了色狼开门吧。我应该是寂寞了，于是跳下床飞快地打开了门，她化妆了，鲜红的嘴唇那么突出，一双眼睛绵绵含情，当时就抱上了我，我俩就亲上了，她真柔软，一股强大的雌性魅力包住了我，我立时就汹涌了。那天房间里很冷，但两个人的温度已经足够了。

事后她说她准备结婚了，她想尝尝我，我说哦。我俩是在我的床上，是上铺，陈静说这样悬空的感觉真是很刺激。

但她中午就走了，她说这个时候回去是正常的。

[48]

我有一刻发现窗外看到的只是颜色，而不是物体，物体有大小形状的区别，物体太难理解了，颜色很容易理解，物体太势利了，颜色很平等，物体太吵闹了，颜色很安静。

我就想我以后对待别人也要这样，要简单化，不要参与他们不要读懂他们，看着他们就行。

[49]

我爱陈静吗？那时我正好打开寝室的门，向右转可以下楼，向左转可以去洗手间也可以下楼，当然向左转下楼是绕远了。我想我的感情如同我向右是寂寞，向左是爱她，那我还是向左吧，这说明我是没有什么多余选择的。

吃饭很麻烦，每次要到东院的教工食堂，学生食堂都关闭了，意味着我需要横穿整个校园，意味着我要每顿饭都要视察校园，意味着每天都不得不重复。食堂的电视里在播放着晚会节目，主持人很漂亮，她很丰满。我突然想如果她在我身边我会爱她吗？我怎么可以这样想，觉得自己太傻了，怎么能这样给自己添麻烦，我要达到的目的到底是什么？想上床就是想上床，为什么需要爱这个借口呢？简单一点不行吗？

[50]

我想两个人的拥抱总是比一个人的被窝更悬念丛生吧，这应该是我想陈静的原因。

音乐让我心情舒适，我听着收音机发着呆，陷在无边无际的虚空里。

偶尔脑海里会冒出覃婉婷的笑。

[51]

今早醒得太早了，窗外还在昏暗中，一些灯光远近不一亮度不一，我还是躺在床上望着昏暗，听着寂静的声音，好像有种金属质感的高音始终潜伏着，这似乎很矛盾，但真是寂静。外面的世界若发现我在楼内的 515 寝室偷看它，它望着我的眼神，会有惊悚的感觉吗?

天大亮时我才起床，在这之前我一直在看着窗外世界的表演，看外面的天、绿树、楼房是怎么在光线的变化下表现自己。

如果没有胃的打扰，我的心是没有想法的，我的心就是用眼睛来品尝世界，我的胃只能扰乱我打断我。

中午的时候我坐在校园的石凳上看着周围，一切还是跟昨天一样，我想起“熟视无睹”这个词，于是细细地向周围看，许多以前没有注意的细节就凸显了，继续深入细节就发现很多特别，这样看着，内心很舒适。

在余光中突然发现有人在观察我，我转头看过去，那是种怜惜的表情，是个老婆婆站在边上。我望着她的时候她有点手足无措，随后她转过头慢慢走开，我想说我不是精神病我只是跟别人不一样，我的头上也是阳光灿烂。

这件小事还是打断了我的平静，一定也改变了我的去向，我开始想我应该现实一点应该像别人一样，我想到了家教的活，离开学还有段时间呢。

不过我这人可以教别人吗?我很怀疑自己，我很少进入别人的情绪中，也很少进入别人的是非中，同学都会认为我怪，家长会怎么认为呢，想想学习是我的特长我有时给别人讲题那么教小孩应该更可以了，当然主要还能赚点钱。

我懒着回寝室找纸，想起校门口有家银行，于是过去找了张什么开户登记纸反过来写上“家教”两个字，然后就站到任家路上右手举着放到胸前。站着的时候还有点害羞，我想不应该呀，没有人认识我，我也不认识别人，如同眼前的学校，它就站在光艳的武汉江边，它就不会害羞。

一个大姐姐模样的媳妇说让我教她十岁的儿子，我说可以的，她问你能教什么？我说都可以。她问我怎么收费？我说按照我们学校食堂标准，一个小时两个小炒的钱。她说你真会说话，还真是这个行情，好吧就这样吧。

我这个年龄和身高让我很尴尬，面对有孩子的小媳妇模样的人真不知道喊什么，我觉得我应该喊她阿姨，没想到她说你喊我姐姐吧。现在是寒假，每天晚上六点到八点。我说好吧。

她走的时候又上下打量了我几眼，又笑了。这种笑有点妩媚，我并不陌生。

[52]

在她家我见到了那个十岁的男孩，他完全坐不住。这真跟我小时候不一样，我小时候很听话，可以长时间地一人坐着自说自话自娱自乐，我有时想钻入他的脑袋里，看他到底想什么到底为何奔腾汹涌，我装作老师的模样，全身都是严肃。他开始时还规规矩矩，但时间一长就忍不住了，眼手各自跑开了，我只能继续装严肃，但我装不了严厉，他就玩玩学学。时间长了我也装不下去了，我忍不住了，做着我曾经厌恶的人做的事，这对我也是个挑战了。

晚上在寝室的两个灯管的照亮下，我一人躺在八个床中的一个，背靠着墙，不经意地望向床架，我想上面应该有很多指纹，如同雪地里相互践踏的足迹。

不知为何有点兴奋，但我知道无论我怎么样瞎想我还是会睡着的。

[53]

我一人走在这么大的校园似乎习惯了，慢慢没有孤单的感觉了。中午的时候，整条校园水泥路上竟然只有我一人，前后左右都望不到人，我有种错觉，觉得这都是属于我的了，我甚至想站在大路中间对天空撒尿，这样可以戏弄一下这个校园，估计这是学校的第一人是个创举，但很快我还是放弃了，因为这样的想象没有让我持续兴奋，何况我的尿意不足。

当我坐在教学楼的台阶上面对着校园大门时，感觉时间已经停止了，我应该是从午饭后一直坐到了晚饭前，我也没想什么，我想描绘一下但想不出什么艳丽的词句，因为我不喜欢那种复杂的词汇，那种词汇经常超出我的想象让我觉得很难理解，我要说出来表明我在假装显得我很虚伪。

本来我还想继续坐在那里继续看着周围的变化，但晚上还要去家教，于是走向教工食堂。

那男孩看到我时也不说什么，我也没说什么，我和他之间已经没有客套没有笑意了，直接就进入他的数学里。他真是很难深入进去，我想到那些成绩不好的同学了，这是先天的能力，后天的努力或许真是很难，我就尽量将题讲得通俗，他懂了也就兴趣产生了。两个小时，其实他还是浪费了一半时间。

我走的时候说姐姐，他每天一个小时就可以了，时间太长他的效率会下降，另外每天他其实只跟我学了一个小时，我就按一个小时收费了。

她明显很意外，笑了，说没关系，你不要想怎么省我的钱你还是想想怎么赚你的钱吧。

姐姐的老公也回来了，他见我也不笑只是点点头，似乎还有点敌意，见孩子也不亲热。

[54]

我中午去了江边，我站在江边感觉这是一个“卜”字，长江是“1”这个竖，而我是那个捺，有时又觉得我站在天和地之间，像个“工”字。这的确是自恋。

我在江边待一下午，又是家教这个事情打扰了我，我需要去食堂然后去那姐姐家。

孩子见我其实不高兴，因为他本来是在玩，看到我时就知道艰苦时光来临了，我其实也不愿意，这是我装作非我的样子。我和孩子就开始以各自不喜欢的样子表现自己，那大姐就在边上，看着我俩演戏，也不知道她是否看懂了。

就在回来的路上，我想不干了，后来又觉得已经答应了，若现在撒手不干有点像我骂的中途就溜走的狗男女了，有点太不负责任了。想到责任我有点烦，我真是自找责任。是为钱吗？似乎又不完全是。若为钱，我可以继续做少爷。

今天竟然收到念雪的信，信很薄，打开后只有一张纸。她说你还好吧，在外多保重自己，她现在很好，明年一毕业就准备结婚了。

我看出来了，她的问候是她结婚通知的桥梁，她要通过问候才能告诉我结婚。

[55]

我上午坐车到徐家棚码头，然后坐轮渡到武汉关，十一点左右我就站在江汉路了，陈静带我在这些地方逛过，我仍然被这里震惊，我想再体验一下现代繁华世界，汉口真是很特别，与我见到的甚至想象过的都不一样，在人群拥挤中我不得不放弃自我体验。

我站在路口看着周围人和车不断地穿梭，看着他们的头顶，在阳光照射下黑压压地阴暗一片，我看着周围如同我的脑袋显露在湖面上，这种感觉很有趣，我觉得我不会窒息，那在脑袋堆里的人们呢，他们一定都窒息了，我有点为这个想法得意，突然发现就在楼上的窗子里有人望着我，我觉得他一定是在船上，他是望着浸在寒水里的我。

我马上走开，我不想被他俯视然后被他分析，我开始在小店里进进出出，我不知道别人在这里都干什么，他们应该也不知道我在干什么。

下午我就赶回来了，教工食堂里的人慢慢多起来了，很明显不久就要开学了，吃完饭后我就去姐姐家，穿过两条街就行。

我给孩子讲课的时候，姐姐和孩子他爸就在另外房间吵架，他们声音不大，我的声音尽量大一些，这样可以让孩子的注意力向我这里集中，毫无疑问我想得太美好，孩子在两种声音下还是选择了吵架声，因为他马上跑到另外的房间参与进去了，当然马上就有了结果，他被送了回来，姐姐和他爸爸不吵了，我的声音继续。

[56]

一觉醒来漫天大雪，我在被窝里望着窗外，白茫茫的一片占据了眼睛，记忆总是试图跑向家乡，我就不得不反复扭转心神转向其他颜色，天空是灰色的，楼房是灰色的，树是绿色或灰色或黑色，白色将这些颜色衬托出来，我的心慢慢生出一份暖意。

就在我一人浪漫的时候，有人敲门了，我真不愿意下床就问是谁呀，敲门人不回答只是继续敲着，我想应该是陈静，于是带着激动跳下床打开门，唉，原来是姐姐，她看着我只是笑，嗯，我想我穿着秋衣秋裤不值得笑吧，但还是请她进来，边说你随便坐边站在旁边，毕竟室内很冷，我这种穿法也让我不自在，我马上爬回床上，她说她路过顺便看看我，我说哦，她还买了包子米酒还有鸡蛋，她说估计我没吃饭呢，所以顺便买点吃的，我想你还估计我没起床吧，我于是说谢谢了。

她似乎犹豫了一下，接着她走到我床前，把手递给我说让我给她暖暖手，我俩的手就放到了一起。我在上铺她站在地上，一个举着手一个侧着胳膊，我俩其实都不舒服，她就松开手，然后她笑着直接将手伸进我的被窝里了，唉，我似乎明白她的意思了。

我俩这样保持了一种稳定，我的脸一定是红了，她说你真是个孩子，她这么说，我就放松了，她还在被窝里摸了我几下，当然都是上身，她是开玩笑的样子，这个我明白。

她毕竟不是少女了，但少女般的羞怯也偶尔展现一下，如同雨夜的闪电。

后来我俩就聊了一会儿，她应该从我这里得不到什么慰藉也得不到什么共鸣，她浅浅地笑着说你明天来上课吧，今晚孩子去他爷爷家，然后她就关上门走了。

她一走我突感轻松，整个一天完全属于我了，似乎整个校园也属于我了，因为这每个晚上的家教，我感觉每天都被困住了捆住了，像被拴着的狗。

我想我要告诉她，开学后我就不干了，我真干不了家教，这需要我改变自己改变别人，这个我干不了，我只能应付自己，我改变不了自己，更别说别人，我知道自己太虚弱了。

[57]

我后来知道那对狗男女为何在那个夜晚相互撕咬起来了，他俩在二十出头的时候就结婚就搞出了我，就在十多年后就在属于热血中年俊男靓女的时候，先是男狗没扛住诱惑，女狗发现后也不甘示弱也找了一个，结果他俩很巧地都在同一家旅馆开房，就这样碰头了，等于相互捉奸了。本来这样大家都扯平了，还可以因为年龄因为孩子因为曾经的爱情因为闲言耻笑因为离婚复杂因为扯不清的财物还可以失足悔恨悬崖勒马痛改前非破镜重圆，但俩人都不示弱，都为了证明自己是伟大的爱情都为了自己的梦想，就都将对方作为起因都视对方为奸夫淫妇从而大打出手然后各奔东西。

如同一个剥开的苞米，他和她像那层层叠叠的苞米皮，而我像中间的苞米，他俩剥离后，我就这样过早地暴露了或者独立了。

我本来不想写这些，但室内太冷了，天阴沉沉的，外面没有视野，眼睛看不到什么，脑子需要血液快速流淌，就自发地回忆起来了。

晚上到姐姐家的时候，她很平静，还是以前的表情和语气。她的家看起来有点富，她有很多鞋，她是对的，脚其实不是走在路上，是走在鞋里。

还是天太冷了，晚上是我一个人走在校园，在路灯的照射下我的身影忽长忽短，像一只跳动的野猫。

[58]

校园的人开始增多了，我觉得以前是我在这空荡的舞台上一人唱戏，现在突然一群人出场了。

我们班也有人来了，隔壁寝室的黄国平看到我说你怎么比我还早呀，我以为我是第一个到的，你补考哪门呀？

哦，我明白了，早到的是有资格的。我说我假期没回家，他瞪大眼睛看我说你的爸妈来了吗有亲戚吗有女朋友吗？我说都不是，他不相信说你骗我，学生食堂已经开始营业了，我俩一起吃的饭，我还吃着他妈妈给他做的辣酱，他待我真很好，我不忍心不搭茬，我说我真没骗你，他说哦我明白了，你这么帅武汉女人是不会放过你的。他真是很聪明。

我晚上还是去做家教。

[59]

那狗男来信问我春节过得还好吧，要注意照顾自己，他怎么了，懂事了吗？

当我走在校园时我发现已经不如以前自在了，我似乎走在众人的眼光里，我稍有不正常就被眼光关注，我等于被看管起来，这种感觉让我不舒服。

那些日子我总是走走停停站站蹲蹲，有时粗略地看有时仔细地盯。但现在不行了，就在今天下午，当我看一个蚂蚁穿越水泥路想知道它去干吗时，有几个人也跟着我看以为我发现什么宝贝，结果发现我在盯着一个傻了吧唧的蚂蚁，他们一定是看了我无数眼，然后听到他们骂骂咧咧走开。

我觉得这孩子其实不太适合学习，他的悟性真不好，可能适合做别的吧。人真是很不同的，悟性不好有爱他的爸妈可以享受富裕，未来不一定会差，像我这样悟性很好的人前途还是莫测的。世界上有五十多亿人，成名成家的只有那几万，概率很低，比在街上捡到一万元钱的概率还低，所以不一定太用力学习不要跟人攀比，找个简单的工作过着平凡的生活，一辈子就不会很差了，我就这么想。

在回校的路上我望向夜空，那里一定藏着我的未来，那里一定百花盛开，这一刻我的心像大雁飞向绿洲。

晚安，全世界。

[60]

学生已经很多了，两个学生食堂都开张了，很多人都呈现喜气洋洋的神态，青春的开端大都如此吧。

我觉得自己一向是温和的神态，我真是没有烦心事，我的心就像一个溜冰场，那些烦恼在这里是站不住的。

我告诉姐姐说我明天是最后一天了，我后天就开学了，我还想说其实孩子没必要那样辛苦，那样辛苦未必会怎样，还不如退而求其次。但想想我这德行，别装大尾巴狼了，我就没说。姐姐只是叹气。

[61]

我们寝室河北的苗斌也到了，看出来他在家的日子很舒服，这家伙跟我兴奋地打招呼还到其他寝室打招呼，他说你小子真的一人过寒假和春节吗？他说你怎么了没事吧，他看着我的眼神是真诚的，我这样的做法是跟他不一样的是跟大家不一样的，他应该是觉得我不对劲了是受刺激了。我为了证明我正常就笑着说我很好呀，没有你们的日子别提有多爽了，他说有多爽？我可以有女朋友呀。

哦，对，他似乎恍然大悟，然后就望了望几个下铺，尤其是他的铺，他笑了，是羡慕我的笑，他说妈的还是你牛。

这是最后一堂家教课，姐姐给我钱了，我说太多了，在送我出门时她说有空来我家玩吧，我说好的再见。

关上门那一刻我知道这个空间关闭了，我一向认为每个人的世界都是一个格子，我关闭了家乡的格子我关闭了夜总会的格子现在我关闭了家教的格子。

[62]

从早上开始就不断地来人，我知道这一天是学校最忙碌的日子，我上午就出门了，我不得不出门，因为我发现一个问题，那就是归来的同学见到我都比我见到他们兴奋，他们都是带着家乡的欢乐来的，而我总是在当下的无聊状态，这样一来他们的热情是对我的折磨，而我的平淡是对他们的伤害，所以我还是暂时避避吧，免得彼此不舒服。

我坐在江边，看着江水的波浪和对岸的高楼，无人需要我无事需要我，我没开始什么我没结束什么，我毫无情绪我毫无思想，我就是没完没了地望着周围，时间一定是停滞了，这一定延长了我的舒适和宁静，但等到风怜惜地抚摸我时，我明白其实周围都在赶奔着，我不变它们也会变的，我不赶奔其实也是赶奔的，我永远只是寄生。

[63]

今天上课了，除了我每个人似乎都满怀高昂的斗志都在课上表现出无比的认真和仔细甚至虔诚。我还是那个样子，大部分时间是在听课中，少部分时间就走神了，我感觉自己整体像处在大雾里陷入一种茫茫然，那老师讲课时眼睛很少望我们，我有时看着黑板看着老师有时我看着窗外，我发现看着绿色和阳光的时候我会获取力量或生机，我就想我要是老了我就要多看绿色和太阳，这样一定会生机勃勃。

在课下的时候我经常发现有一些女生偷偷看我，我知道她们是有意地让我发现，这是一种招呼也是一种试探。

[64]

开学两天了，看得出来大家还都在继续那些兴奋，话题还围绕着家乡，我就是认真地听胡乱地想从始至终并不搭话，即便这样他们还是不放过我，需要我有表情还要有搭话，我就只能配合了，这帮屌人。

我很羡慕他们有伟大的理想，他们要成为某个人物或获取某种身份，但我真没有理想，我只是想大学毕业找个从一而终的职业然后无疾而终。我不想结婚我不想要孩子，我可不想在孩子十四岁那年抛弃他，在世界上给自己制造一个敌人。

[65]

他们的话题开始转向学校了，按照那些同学对各自大学的比较，开始表达对自己学校的满意或不满意，他们相互间有争议了，他们就有某种程度的紧张关系，我总是默不作声地看着听着，他们有时需要我评论需要我说谁对谁错，我就说我去拉屎然后就跑开了。

他们刚才将枪口对准了我，说你要老实交代在春节到底干什么了，那个叫陈静的陪你了吧，我本来这些日子不再想她了，没想到被湖北的汪友宏这样提起，我说不告诉你，小四川说汪友宏你要尊重别人的隐私，汪友宏说我没有侵犯呀我有权利问呀，他俩就我的隐私问题和人类的权利问题开始争论了，我就说我去撒尿了。

[66]

晚上睡觉的时候，上下铺八张床，五个精壮男人，我望着这种结构开始怀念上周的安静了。

其实今天的日记是我第二天补的，我有时就这样不正常，总把今天冒充昨天，就像我今天拉的屎，其实是昨天的屎，今天的屎还在酝制中。

[67]

当然最快乐的时光还是打牌，打牌他们真不是对手，我很能记牌，手里的牌打出的牌他们无意中露出的牌，反正都被我算计了，甚至这几人打牌的风格我都知道了。我总赢，赢多了也就总被他们佩服，但总是如此在我这里就有点无聊了。

[68]

晚上我请小四川看电影，俩人走路无聊时就找了个话题，小四川告诉我现在都传说我这人浑浑噩噩，作风不好私生活泛滥。

这就是所谓的修养吧，那就是每个人当面都不说出心里话，我真没想到他们这样下结论，也不让我有申辩的机会，这些说法像个巨大的帽子搞得我无从下嘴，不知道从哪里辩解好，好吧，算了吧，我甚至想我还是具备这个条件的，我就说哦，他说你要注意名声呀我帮你反驳了，我说谢谢了。其实小四川也不太常跟我玩了，因为他跟我在一起会发现变得更无聊，这样整个的他就不好了。

我理解他，我可以把自己的孤独升华为乐趣，但我无法牵引他的孤独，如同鸟儿无法将鸡带到空中翱翔，我太弱小了。

[69]

还是跟昨天前天一样的生活，故事场景都自行开始重复起来。我经常感觉是被驱动着前进，早晨有喇叭喊醒，肚子引诱着我去食堂，同学约着喊着去教室，老师叨唠要认真听讲，铃声响起意味要坐好或结束，周围的笑暗示舆论标语甚至墙壁桌椅都在约束着行为，我的意识表面上可以天马行空，其实都被上一个动机或原因注定了。

[70]

我在图书馆的时候偶尔有女孩过来跟我搭话，她们大都先是笑笑然后过来借各种各样的小用具，什么笔橡皮书字典甚至有人管我借钱，这个我当然不借了，但借的数字很小，这让我有点纠结，因为这个借我就不得不说出自己的系班级宿舍之类的信息，然后就有人登门了。因为这样的情况很多，我有点不耐烦。

我真不是性欲旺盛的人，我对女孩不是特别渴望。或许还是因为我太容易找到女朋友了，我反而出现一种保守。另外都说男人睡女人是赚便宜，我不这样想，我觉得女人不也是在享受男人吗?

我想起了覃婉婷这个夜总会女孩，她拥有超越正常的美丽，最关键的是她有一种自在的洒脱，而我呢，却是一种迷路的困惑。

[71]

辅导员来过我们宿舍几次，她根本无视我，我也过了心里总是道歉的状态，彼此这样倒是相安无事，也没人注意到我俩其实是互不搭腔的。

晚上院报的李杏老师搞了个“无标题漫谈”演讲，说到底就是东拉西扯但又装副预言家的神态，他说我们学管理的前途远大现实是黎明前的黑暗他说学管理的现在不受欢迎将来会受欢迎的，我还真没想过将来，我的将来就是远离家乡。将来这个词对于我其实不应该存在，若没有这个词，我相信自己会更舒展，若是对这个词较真就会发现，将来早被安排好了，我的选择是不多的或者说基本被注定了，我有时感觉像一头被拉向屠宰场的猪。

[72]

星期天我狂睡，寝室里他们叮叮当当进进出出，大白天了大家都习惯于无视别人的存在，我很理解，这也是他们叫醒我跟他们保持一致的方式。

中午的时候我才起床，这时候他们开始午睡了，我一个人走在校园里，小树林里有人在踢球，我就坐在石凳上吃着饭远远地望着他们，来往的人不断，谁都想表现自己谁又不把谁放在眼里。

[73]

又开始新的一周了，大家课上的所有积极已经沦落为部分积极了，他们开始部分地东倒西歪了，我坐在最后望着一堆后背和慢声细气的老教授又开始发呆，我慢慢沉没在无人无物的宁静中，像在假期中空荡的校园里。

[74]

学习委员问我是否报考英语四级，我问有什么好处吗？她说这是名誉这是水平证明，她说这话时眼睛却看向别处，她的雀斑只能散开在脸上迎接着我的目光，我说那就算了吧，我这句不太坚决的话连滚带爬地拱进她的耳朵，她说哦然后问下一个同学了。我太务实了，我是功利主义者我是实干家。

傍晚蒋甲学过生日，全班同学都去江边然后围坐成一个大的圈，大家一起唱歌做游戏，因为和平时的生活不一样，大家表现得很开心，我也想起我的生日了，我似乎第一次知道原来生日是可以一帮人庆祝的，高中时候我真没参加过别人的生日会，我和自己的小伙伴们不讲究这个也就不玩这个，我把这个无知偷偷变成知识缓缓地小心放在脑中，我记得小时候过生日是妈妈给我下面条吃，是和爸爸在一起的，但十四岁后我根本没有过生日，我甚至一直以为生日只是填表时才用的东西，那是个类似牙签的东西，只是用来剔牙的而不是用来庆祝的。我什么都没说，甚至我都没有表情变化，我相信大家若知道我没有生日庆祝的记忆是会可怜我的。

另外我仔细一想，我的生日是在6月中旬，这意味着是考试旺季，意味着是大家各自保命的时候，我的生日是无人参与的，包括我自己。

有人提议搞个篝火，但只是说说，或许是没有火柴或许没有木头或许安全需要，反正没搞起来，但这个提议在我的脑里生出一堆篝火，熊熊燃烧的样子，这对于我已经足够了，我想若是几十年后记忆模糊，会认为那晚是有熊熊烈火在燃烧的，这就属于一种真实了。

大家轮流表演节目，在轮到我之前我开始想表演什么呢？我很快有了主意，轮到我时我说我学狗叫吧，大家都笑了，于是我就学狗汪汪汪汪地叫了几声，大家又笑了于是放过我了，我是学着家乡的狗叫，在武汉我似乎没见到狗，或许武汉的狗也是有口音的。后来有几个人表演节目时也开始学其他动物叫了。

天黑了，大家就面目不清地散了。

[75]

我半睡半醒之间浮现一幅诡异的图景，我悬浮在空中我听不到声音，我看到人类在各房间进进出出，忽而搭伴忽而独行忽而亲近忽而远离忽而集中忽而散去忽而奔跑忽而静卧忽而欢笑忽而愤怒。这可怜可笑的人间。

上午就在西三楼的207教室，阳光穿过枝叶间隙穿过玻璃涌进教室，因为枝叶的晃动，光影也相应变动着，线性代数老师提问广东的丁怀东一道题，丁怀东竟然反驳说这个假设不存在所以问题不存在，显而易见老师第一次遇到这种答复，他猛然无语了他不知道怎么说了，其他人应该都看向这两个站立的人，整间教室无声无息，这幅图景有点像两条立着桅杆的小船，我们都分别坐在两条船上，像处在夜半时分的寂静也像处在随波逐浪的不安。我真担心他和老师吵起来，于是把自己偷换成丁怀东的角色，希望他就此闭嘴。我是不敢反驳老师的，我被老师问傻时我通常是不说话低着头等待暴风骤雨自行散去，当然我很少被问傻了。他俩还是没吵，因为老师摇摇头说你坐下吧，其实他这种放弃是很有力量的，他的摇头一直在我脑海里播映，像这个世界对我也是一种失望的表达。我相信丁怀东也不会无动于衷的。

丁怀东是个怪人，他喜欢画画，其实很多学问本来是逻辑游戏，不能用真假衡量，这跟玩牌相似。他在现实和游戏之间切换不很利索，有时他太陷入理念就变得过度浪漫，有时他太深入现实就被现实灌醉就会庸俗无聊。

丁怀东喜欢画国画，我觉得他应该画些写实的油画，他还喜欢写毛笔字，这都是我不擅长的，有时我觉得国画和毛笔字都有点抽象，他怎么将现实和理念的东西均衡呢？他和自己应该有矛盾，不像我，我自认我的现实和理念是一条路，我没有愤怒也不会激情，我的灵魂和肉体都是相互渗透的是相依为命的。

[76]

晚上隔壁 517 的杨健和 513 的李献德下围棋，我在边上看着，他俩下着下着竟然吵起来了，我说你俩吵个狗屎呀，但这二人不管不顾继续争吵还都面对我说让我评理，我马上说我要撒尿了，于是真跑到厕所了还真尿了一泡，回来后发现他俩散了，吵架的人是需要观众的，没有观众就没有吵架，所以不要说吵架的人有什么过错，而应该是旁观者造成的。哈哈，这结论有点怪异。

[77]

周围同学的信很多，我偶尔也有来信，大都是本校的女生寄来的，她们跑到武昌或汉口将信寄给我，她们大都描述怎么见到我怎么对我有好感怎么希望跟我往来怎么跟我浪漫，有的含蓄有的直接有的诱惑有的傻气，我不知为何没有动力也没有渴望也就没有回信更谈不上见面，她们大都不坚持，于是就似乎什么都没发生过。

那对狗男女也来信，但他们的信很短，他们不知道说什么，我很少回信，因为我也不知道说什么，他们知道我恨他们，我其实现在似乎不那么恨了。十四岁那夜的眼泪和怨恨随着时间在记忆中衰减，像个发条渐松的钟摆。

[78]

我们每天都被固定了，几点前要起床几点前要上课几点前要午饭几点前要午睡几点前下午课结束几点前要晚饭结束几点前要熄灯睡觉，只有这些大块时间之间的缝隙才属于我们自己，如同龟裂的土地，我们只能在缝隙中呼吸。

如果不按照固定的安排，就会有人来干涉，所以只能偶尔出轨，尝尝甜头或苦头就要马上继续遵守。

我本来觉得假期空无一人的感觉很好，现在充满了嘈杂和任务，这让我有种被强迫感，很不舒服。

有时我又想这还是我有问题，我其实可以身体遵从这些时间，而心可以保持自由。

[79]

我喜欢一个人步行，我走到红钢城了，那是个商业中心那里真是人多，我一路上观察着各种细节，就在这些细节里我短暂地失去了自我意识。

我晚上去图书馆看画报了，觉得画报也不错，里面的照片也充满大量的细节，坐在那里就能看到别样的世界。我又一想，其实抽象的文字也能提供这样的结果，一个是颜色刺激一个是阅读想象，一个是睁着眼睛看一个是闭着眼睛摸。

[80]

寝室的湖北佬汪友宏说我虽然很少学习，但一旦学习就可以投入全部精力，几乎是陷了进去，这是异常高的效率会达到极优的效果，我说你怎么比我还懂我，他说其实这也是你的缺点，我问什么缺点，他平静地说这意味着你不能眼观六路耳听八方。我朝他竖了大拇指，他笑了。

我的确是这样的，我一旦学起来就没有杂念，心思能够跟从其中的逻辑顺畅地流动然后记住然后汲取，我还有一定的主动性我可以很快应用出来，这都是非常难得的才智，当然也有我费解的，我就会将此东西悬置在脑中不时地光顾，如同收藏家不时地摩挲几下，直到我搞明白，这悬置的东西才能无形消失，我知道我有大学问家的潜力，但我不想那样，不是赌气不是装牛逼，我觉得我应该东张西望心思分散，幸福才能不期而至。

什么社会的期望什么周围的赞赏，这些东西只能引诱我骗我到不幸福的地方。

[81]

春天里来百花香郎里格朗里格朗里格朗和暖的阳光当空照照

到了我和这学校，我突然想到了这个歌词，然后稍微一改，我就哼起来了。

我的老乡晓峰来找我，他已经大四了要滚蛋了，他个子中等，我觉得他是我的缩小版，他好像是镜子里的我，他看起来是个机灵的家伙他也很帅，一副做事积极的样子，他说你应该找个女朋友，要从女人身上学到本领，这样可以混世界，咱俩是老乡所以我才直言忠告。

我想这番话一定是他大学四年的遗憾，我就哦哦了几句，同情地望着他，他或许以为我是崇拜他，他就接着吹牛，我就配合着听，我心里笑了觉得这师哥只是个自以为是的后知后觉的家伙。

没想到在出门的时候他突然转过头问我对现实满意吗，我立时就有种感觉，他是个做大事的人。

春天的夜晚，昏暗的灯光下男男女女在缓慢走动，身影在忽大忽小，像是身影在低语在嬉闹，这让站在黑夜里趴在教室窗户俯视的我生出很多幽静和轻松。

关灯后的卧谈会上，河北的苗斌说我像个孤魂野鬼，小四川说你这人说话需要开关，哥哥这是一种境界，陕西的贾世川说你不能这样了你要跟我们一样，汪友宏说这是人家的自由，我其实很少参与卧谈，主要是我觉得听话有时比说话有意思，但这一次我看他们抓住我不放就说你们知道我是咋回事吗？他们一下都沉默了都要听真相，我说，其实，其实我是个间谍。他们短暂地停顿了一下应该是震惊了然后异口同声几乎是同样抒情：去你妈的。

[82]

学生会有个“大学生道德论坛”，这论坛主编名叫陈敬寿，这家伙今天找我，他说能否让我写篇文章谈一下当今大学生道德问题，我很惊讶，其实还有一点被羞辱感，怎么找到我了？

我问他你怎么找到我了，他说我们学生会无所不知的，可能看到我的脸色变了，他笑着说是你们班在学生会宣传部的刘静推荐的她说你是个大才子。这么一说我差点笑出来，我其实也是渴望表扬的，这如同平白无故吃了块糖，嗯，感觉真不错，我说好吧那我写吧。他走后我似乎反应过来了，肯定是刘静认为我缺乏道德所以要让我写道德然后希望我可以在心里补充道德，如同让体弱者加强身体锻炼，我想这世界真是充满了爱，这样一想我竟然不生气了。

当我对着白纸坐在西五楼的103教室时，我发现我的脑子也是如同白纸一般，眼前是白纸脑里还是白纸，怎么写？一个不懂道德的我怎么可能写出道德，如同一个穷人怎么写富人的荣华。这时我的脑海里竟然浮现出一个诡异的场景：一个拿着菜刀的人问一位瑟瑟发抖的家伙你为什么五颜六色？

我想我既然答应人家了，那就去图书馆查一下资料吧，明天再说吧。

[83]

图书馆查了一下，吓了我一跳，这竟然是个深奥的哲学问题，是个没完没了的争议话题，靠，全世界都搞不懂道德，我怎么可能搞？这可怎么办？要让我这种人敞开了谈道德，不就等于让我写自白书吗？我若自白就有人反驳，那我就要反驳那个反驳，那就有人反驳我对反驳的反驳，还有完没完，真是鬼才扯的问题，我可不想惹麻烦了，拉倒吧，睡觉了，愿怎么着就怎么着了。

[84]

我开始真正喜欢音乐了，以前总是跟着瞎哼哼，或许是因为躲避或许是对付这周围的嘈杂，我戴着耳机我听着各种音乐，在眼前的杂乱和旧日记忆的背景下，心在各种音乐刺激中被慢慢揉搓起来，时间一长我就发现世界是在缓缓地变化，如同我坐在公交车上，身不动景在动。

我睡不着的时候就手脚大张，还瞪着眼睛看黑暗，然后吸气吐气反复不已，我觉得所有凝结的心绪都会被我这种放松扯拽，我在这个世界里不是为了做配角也不是为了做主角，我要在舞台之外。

[85]

陈敬寿找我要稿子，我说这个话题很复杂，我这几天很忙还没写呢再等几天吧。拖这个招我还是会的，我曾经用这招对付过很多女孩，很多女孩的爱情就被拖死在时光里，但念雪除外，她是越拖越勇，直到我自己被她拖到了床上，所以死缠烂打不仅仅适用于对付女人有时也适用于对付男人。

[86]

系学生会宣传部的部长叶元找我说你们班能否找几个人帮忙出板报，五四青年节到了要庆祝一下。我说请你找我们的副班长吧，她笑了，你怎么这么大的谱呀，跟你对话还需要级别和流程吗？我说你误会了，我其实只是个招牌，副班长才是执政的，她笑得更欢了，这么说你是个傀儡吗，我说你其实把大家的心里话说出来了，她笑着走了。

叶元是武汉人，她长得很有武汉人特点，脸很圆，麦色皮肤，个子中等，有股干净利索劲，当然她还很漂亮，这点不像武汉人，我总觉得武汉女孩漂亮的少，总体上说武汉女孩是配不上武汉男孩的。

有的女孩会让你心生一种尊敬，叶元就给我这种感觉，但这绝不会替换成喜欢或是爱，这是一种制服感一种角色感，这种感觉就是让你尊重和严肃，绝不是征服或激情。写到这我暗笑，原来我这么有品位。

[87]

妈的，我们寝室竟然被小偷光顾了我竟然丢了五百多元钱，这是我几个月的生活费呀，我在夜总会打工赚的钱被全部端走了，唉，妈的，也怨我自己，没有把钱存到银行，真烦。

我从十四岁开始就不信任这个世界了，所以我顺便也不信任银行了，但我竟然信任我的箱子，我真是他妈的无比愚蠢。

保卫处的人来了，他们甚至还找寻指纹，后来好像发现了，不知有用没用。我很好奇他们怎么处理指纹，但他们赶我们出去了，我就一直琢磨，竟然化解了丢钱的烦恼。

[88]

室友们都或多或少丢了一些就都张罗着要写大字报要控诉这不安全的环境还要给校长写信，要批评这学校的管理。大字报贴出去了，马上学生会学管会团委班主任辅导员系里等一干人都来了，都表示理解表达同情给予解释都说要我们冷静都说要回去研究方案，我们都说不是钱的事是安全问题，他们也说是安全的事也是你们冷静对待的事，反正各有说辞各有目的都是振振有词，说到底其实就是钱的事，但都觉得说钱不妥，于是都不就事论事。

我其实很冷静我倒一直认作是自己的责任，于是开始琢磨怎么向家乡的男女说这事，这事应该是我的过错，那男女会怎么说呢？

[89]

系里说可以补偿，大家就让步了，还有就是那些不速之客的劝说和两天的心理折磨也让大家泄了一些气。另外我丢得最多，当我说出后大家其实有轻微的怀疑，我又没有证据，当大家都对补偿表示接受后，就变成我一个人的抵抗了，若单独给我补偿多了，就变成我一个人对寝室的抵抗了。我于是什么都不说了，作用力和反作用力就出现了，我没起反作用力我就起了作用力，大家觉得那丢得多的人都不说话了，那他们就不能说了就该满意了，我反而变成了他们的安慰。

在给那男女的信里我还是实话实说了，我想我为这点钱说谎似乎太不值得了。随便了，看他俩能否补偿点了。

[90]

我有时想让自己再慢一拍，不要总是被倒计时催促着，迟到就迟到吧又怎么了？早到就早到吧就等着呗。仔细一想这些想法其实也不现实，因为我慢了有时会影响别人，例如下午约好一起买饭票然后去澡堂，我迟到了别人会不爽，另外别人不爽的时候我总不能把对不起拉长了音说吧，像是嘲讽了。唉，所以这个想法只是在脑中过一下，像个闷屁，自己知道。但我又想既然我已经有了这个想法，那我也不能白白丢弃，我不慢一拍，我慢四分之一拍吧。这样的好处是我的心会更放松。

走在校园时看到叶元和男朋友在一起，不知道为什么叶元走过来介绍我认识他男朋友，说他叫陈喜，欢天喜地的喜，介绍我时她说我是班级的招牌，那陈喜明显不是个浪漫的人，他本来眼睛已经很大了但他还是瞪着眼睛看我，满脸敌意。其实那一刻我沉浸在春光里，他俩站在我的轻松里各怀心腹事。

夏夜里校园飘着花香，这让不浪漫的我也东张西望，我开始想这花香是否有催情作用，到底是属于物理的还是属于化学的呢？

[91]

念雪已经很久没给我来信了，她应该是不再需要我了，时间和距离都是爱的屠刀。陈静也很久没来了，她也有了归宿。我不是思念她们，我也不是寂寞，我只是注意力碰到了这个想法，如同思想在散步时的偶遇。

想想我自己，当我没有期望时，我就把自己摆正了位置也就是为自己找到了节奏。

[92]

很多人在我眼前出现然后又消失，路上的行人，食堂送菜的人，校办工厂的工人，大四即将离校的师兄师姐们，彼此都是匆匆一瞟，在眼前滑过，在记忆中毫无印记，大家都在生命中交汇过，都无意中充当了彼此世界的龙套，还有那些打交道的，偶尔接触的，曾经心动的，那个特别的覃婉婷，我突然惆怅不已，这种情绪捅破了我的轻松。

寝室里只有我一人，他们都还没回来，灯管将周围暴露无遗，周围的一切都凝固不动都跟我保持距离，我突然渴望周围喧闹起来，这样可以将我从惆怅里拖拉出来。

[93]

今天解放军空军雷达学院和我们学校搞了个歌咏比赛，我当然是观众了，本来所有人都是在规规矩矩小心翼翼的声情并茂中，我们班的辅导员在报幕时竟然大呼小叫声势逼人，一下子把全场的沉闷穿破，大家都有点兴奋了，真没想到她身上还凝聚着一种力量，看样子那个乳房事件我没挨巴掌是我的运气。

[94]

晚上在系活动室里面举办班级舞会，男女同学都围坐四周，女生们坐在其中一边，音乐响起，她们在等着男生们邀请，我也不会跳舞，另外估计我精神病外加生活不检点这些传言，女生们对我一定反感，我要有自知之明，我准备伺机走开。我想这个时刻月亮正是上弦月，在这种月光下看朦胧的校园会有新发现的，这么一想我就站起来匆匆走开，像有什么大事需要我出面解决的样子。

临睡前在寝室里，副班长黄鸿宇说你这班长干吗去了，班里的活动你怎么能不参加呢，我说我去看月亮了，他说你这样是不对的你应该有集体观念，我说我真没有这类观念，他说人不能太自我不能太自私要有责任心，人是活在集体中就应该符合集体的要求要为集体活着，我觉得我再辩解下去要吵架的，我就不说话了。

我心想现在我能活着就已经不容易了，我若为家族的体面活着，我若为高中班级的荣誉活着，我若为家乡的期望活着，我就早死了，因为那些东西都是临时的虚幻的，我一个久长的实在的东西怎么可能为临时的虚幻的东西活着呢？

当我什么都不说的时候，他觉得他的道理战胜了我，认为我被说服了，他就换种口气笑着说你还是跟着我跟着大家吧，跟着大家在一起就会幸福快乐的，我说好的。他笑着走了，他是住在我的隔壁寝室，我发现他没回寝室而是继续向前走，我知道他应该是去厕所了。

[95]

晚饭后贾世川和对门寝室的申支龙下象棋吵起来了，俩人都爬进一个无关紧要的棋盘里了，那几横几纵就让他俩迷糊了，看看历史我觉得有些宏大转折紧要关头和这些小事很相似，貌似冠冕堂皇的大事其实完全是没事找事完全是个人作怪，陷入一些无关紧要的说法和毫无意义的光荣里，相互折腾甚至相互杀戮。他们单个人或许是理性的人甚至牛逼的人，聚集起来在会议室里达成的结果却是愚不可及，像猪圈里群猪的自然选择。

其实南方很好，他们吵架但不动手，跟我们北方不同，我们不吵架但喜欢动手。吵架是把事情大而化小的方式，打架是把事情小而放大的做派。

[96]

晚上班干部改选，他们开始拉关系，谁和谁好谁和谁做什么干部谁和谁要下台，他们很认真很激情很投入，我觉得这其实就是小孩子的游戏，你装国王我装大臣像演戏般在争角色真是很无聊，但他们乐在其中还声称什么能力锻炼，太幼稚了，这是成年人给孩子们设计的把戏，让我们斗起来。

反正我是下台了，他们给了我掌声，说我做这么久班长为班里付出了，辛苦了，其实他们和我都知道我啥也没做，都知道我这个摆设有点不对劲，一定都觉得我这人这德行真不配做班长，他们或许还有轻微的我给他们丢人的想法。这是礼貌这是安慰这是下台的台阶，这个我懂。我知道他们已经发现我的先锋带头作用了，只是另外一个方向，但他们不当着我的面说，我能估计到，我其实也不在乎。班长是对面寝室的一个家伙，是可以起模范带头作用的同学，他自当选那一刻起开始严肃了。

[97]

晚上又开班会，辅导员说我们班个别同学胸无大志独来独往自私自利，沉浸在自己的小世界里，每天得过且过过着毫无意义的生活，这不是国家培养我们的目的，这甚至和动物没有区别，这样的一生是荒唐的一生是无聊的一生，她明显还想说什么的一生，但这排比词想不出来了，她一定觉得有点破坏句子节奏和韵律，她顿了一下还是没想起来，于是她就结尾了：希望这个别同学检讨自己，另外同学们也要帮助他。我突然意识到她是在锻炼她的演说能力，她做到了。

我不知道她是否说我，因为她从始至终都没看我，但我符合她说的特点，她说的有道理，国家一定失望了，动物也是这样的，我的一生会荒唐会无聊，她是对的，我需要改变吗？我其实一直这个样子，高中时代的老师也这样说过我，我想我其实就是混迹在人类中的动物，我真是没有想法，这种状态让我舒服，让我每日可以快乐，即便是在冷雨中或黑暗里，我和别人不一样，真的，别人是行走在世界里，而我是在空气中游泳，我很累，我要小心我要看护好自己，否则我会呛死的。

真的，我是动物，不要让我兽性大发。

[98]

中午陈静竟然来了，她稍稍胖了，一脸欢笑，看得出来她现在很高兴，她说她已经结婚了，她说她一直很内疚，她说她若不来看我就觉得对不起我，我就在武汉的角落，独自在那里喘息着，是一个孤苦伶仃的孩子。她若来看我又觉得对不住老公，自己背叛了爱情和婚姻。这个两难境地我无法体会，我也不知道怎么安慰她，就呆呆地看着她，她就亲了我一口。这发生在阶梯教室附近的隔栅里，茂密的绿叶和鲜花遍布在我俩四周，我一直可以听到鸟语闻到花香。她在这里停留了一个小时然后就匆匆走了，她说还要上班呢。

今天收到那女人的信了，我直接跳到信尾看结果，她说寄来二百元，我放松了紧张，然后就看信的中间部分，是她埋怨我太不小心，我只是跳着看了几眼，大致明白了。

我想若他们不寄钱那我怎么办，我或许会去夜总会打工了，或许有人包我我就不再拒绝了。

高中同学夏文生不知怎么知道了，他竟然给我寄了一百元钱。他的形象就铺开在我的脑海里持续了几秒钟，然后断断续续对他的记忆又播放了一些，他有时很搞笑属于有趣的人。我不知需要做到什么样的感激程度，也不知道什么样的感激程度才是真诚合理的，不过我要记住他的帮助，免得忘了。

[99]

我从来不进入周围同学的密切关系里，我跟他们每个人都保持距离，我甚至可以说没有亲密朋友，他们说的是非对错我似乎听不懂，我也不给予判断，甚至退一步他们的那些激情我都不理解，我总是一人走一人回一人停一人玩，当然他们喊我，我也跟从，顺路时也是一起走，但我还是不参与他们，时间长了就无人跟我在一起了。

晚上我自己看通宵电影，其实后半夜我就睡着了，我自己觉得变成这坚硬座椅的一部分，死气沉沉无声无息，我一直睡到了凌晨散场，真受罪，以后我再也不看通宵电影了。

每个月我都会收到信，书包里书本中都有，还是求爱信。

[100]

我喜欢这样的日子，一个人无牵无挂，时间似乎停止了。

足球我踢得不好篮球也打得不好，这类竞技运动我很少参与。我喜欢跑步，我有时会早起跑步，下午学校搞长跑比赛，班长说大疆你经常早起跑步，这次你要代表班级参赛要给班级争荣誉呀。其实参加比赛本来就是玩，但要代表班级要获取荣誉，我就不想参加了，我真代表不了，再说班级那么需要荣誉吗？我说拉肚子了不能参加了，他说你怎么关键时候掉链子怎么这么不可靠，他这样的结论有点伤害我，他把我归到不可靠的范围里。班级荣誉不会具体实在，但他的话却具体实在地伤害了我。我没搭理他就走了。

我想我们本来是乌合之众，偏偏要搞成什么有方向有目的的机体，并且是四年后就要解体的完全是毫无意义毫无价值的东西，我想这大学真是闲极无聊，找个说法欺负群众。

[101]

有个女孩来找我，说是要跟我谈点事，就在走廊里我问她什么事，她说能否出去走走，她长得素雅白净，脖颈很长，个子高高的，她走道时几乎仰着头，似乎摆明了就喜欢高个男人的，这是很骄傲的神态。走廊里男生来来往往很多，很多都以羡慕的眼光看我或以喜欢的眼光看她，我看出来了。

很多女孩以这种方式跟我接触，说起来我还是有点经验了，我现在真不想找女朋友，我似乎对异性没有渴望也没有好奇，我就说我还有事呢，这是句委婉的拒绝的话。她明显是有准备的也是难缠的，她一副清高的样子，冷下脸说长这么大还没有男生这样对待我呢，你到底有什么事？她的生猛像块干馒头噎住了我，其实我没想到她会深问，我支吾了一下就说我去撒尿，我本来想这样低俗的话会让她犹疑皱眉然后离去，没想到她竟然笑了，说你就这屁事呀，你抓紧尿，我在楼下等你。

她说她是北京女孩，说我有点精神病嫌疑说要帮助我，她说得这么直接和随便，似乎帮我变成了她的正当义务，我说你为何说我有精神病？我不用你帮，我很正常我没有精神病。她说女生们都传说你有精神病，精神病人都是自称正常人的，凭这一点就看出来你病得不轻，我不能看你这样病下去你继续下去会病入膏肓的。

这还是中午，树叶反射的光芒照到了她的皮肤又反射出乳白的鲜嫩刺激到了我的视神经，我看出来她像开屏的孔雀对我展示魅力。明明她是主动出击，却要装作一副被动防守的样子还是一副大咧的正气一身的样子，我还真不知怎么对付她了。

她说她叫张颜是国际贸易系的，我俩走在去西五楼的小路上，她的问题很多，总是她问我答，她问我你没有女朋友吗？我说我有呀，她问女朋友在哪里呢？我说在家乡呢，她笑了说是村姑吧，我说差不多，她说那我就放心了，我问她为什么放心了，她说不告诉你。我俩在校园里走了一圈，最后她说你今晚准备干吗去，我说还不知道，她说治病要从看书开始，咱俩今晚图书馆二楼见。

晚上我跟林继去看电影了，我真忘了。

看完电影后我去食堂边的拉面摊买了拉面，回宿舍时就看到张颜站在楼口，楼口的灯光将她的身影拉得细长，整个的她在光亮处横眉竖目，她说你怎么回事呀不是说好图书馆见面吗？

哦，哎呀，我忘了，我连忙道歉。她说那明晚再给你一次机会，你不要错过了。

我忙说嗯嗯不会了不会了，她看了我一眼，露出了笑意。

她的表情转换真快。

关灯后小四川说哥真羡慕你，总是有女孩来主动贴你，真享受，像我这样求别人还没人搭理，真是不公平。汪友宏说这世界就是不公平的，大疆竟然又高又帅，还不用刻苦学习。我说这都是前世积德行善的结果呀。苗斌说人还有前世吗？贾世川说哎呀这你都不懂，当然有了。话题就这样转到各种妖魔鬼怪身上了。

睡前我在想是否跟张颜开始，未来是那么模糊不清，不知会带给我什么？或许就像那念雪和陈静吧，只是带给我做爱的兴奋和记忆吧，如同在我空荡荡的心间摆放的家具。反正我似乎眼前一马平川，多个人不多，拒绝人也很麻烦，那就顺其自然吧，她愿意做家具就做家具吧。

我对女孩不是那么渴望，我没毛病吧。

[102]

今天我们班去天兴洲玩，在野地里在旷野里我很兴奋，我想起了我的家乡想起了每年的春游，那种记忆中的快乐和眼前的快乐慢慢重叠。

远离城市的地方，天变得很大云变得很低，周围很开阔，可以随意奔跑可以肆意高喊，太好玩了太轻松了，杨萍说你怎么这么开心呀，我说这跟平常很不一样呀，多好玩呀，她说怎么好玩了有什么好玩的呀，她皱着眉头忧虑地望着我，我不知道怎么说了，是的，我的手和脚并没有玩出什么特异的花样，我解释不了，我只是望着天空心里想我死也要死在旷野里。我于是想出一个画面，我在秋天死在旷野里。

晚上我挨着张颜坐在图书馆里学习，她帮我占好位置了，其实有个女朋友真不错，因为图书馆我很少可以占到位置，这真是得来全不费工夫。她还问我题，我就讲给她了，她说看你傻了吧唧的竟然比老师讲得还利索，我说你表扬人就一定用骂街的方法吗？她说没办法，在这个悲惨世界里你不骂人就有人欺负你。她这话猛一听像浑话，但细琢磨就很有味道，我的眼前是《高等数学》，这一刻我觉得这东西真是阻挡了我的视线。

张颜说咱俩以后每周一到周五晚上都要一起上晚自习。我说你不会是个学霸吧你没事吧，这么明确的计划这样计划生活似乎像走廊一样太简单直接了，一眼就望到尽头了，这大学也太沉闷了吧。她说这不还有周六日么，咱们还可以干别的呀，我说那干什么呢，她说咱俩可以看电影跳舞逛街参加活动，想干什么就干什么。

我笑着问你不会把未来都计划好了吧，她笑着说你还真提醒了我。

[103]

有女朋友其实很麻烦，需要总在一起了需要有计划了需要商量了开始不清闲了，我有点不适应，我想爱情和自由的关系应该就像乌云和太阳的关系。

我和张颜在校园走其实显得很和谐，

你那个村姑现在干吗呢，

她在哈尔滨上学呢，

你们两地分居不难受吗，

难受也没办法，

你俩应该分了，

为什么这么说，

一个精神病是不会有爱情的。

我无语了。

她又问那村姑漂亮吗，我说没你漂亮，她说这是肯定的又笑着说你真会说话。

我只是说了实话，但我生出一种对不起念雪的感受，她的形象浮现了，我竟然也在其中，她和我如同底片的重影相互遮挡，像传说中的魂魄。

[104]

我突然生出了一种担心，那就是我的日记会被人偷看吗？被人偷看会如何？日记里的记载是我的最终秘密吗？是我的最终所想吗？我有最终所想吗？

我的日记就放在枕头边，通常是不应该有人爬上我的床的，更不应该有人翻看，我每写完一本就锁入箱子里，就是那个被小偷打开的箱子，这箱子防君子不防小偷，小偷不感兴趣，君子会感兴趣的。但我不能因为泄密就不写了，希望那些看到我日记的君子，请你行行好，什么也不要说，千万不要让我知道，否则我会将你这君子大卸八块的。

再次声明，我写的不是我想的，我想的不是我能写出来的，我真实的思想深度是我思我写都够不着的，这就意味着我本身是不可求的，是哲学里扯不明白的本体论。真的，我不撒谎。

张颜跟我说明天去看电影吧，对于这个细节我有点纠结，她曾说她家里不富裕，我说过我没有家，对话停顿下来似乎是我们俩人在赛穷似的，彼此都有点尴尬，我想既然这样那我请她看吧，这毕竟花费不多。

[105]

今晚和张颜一起看电影，是我花的钱。她在路上问我你不关心我曾经交过几个男朋友吗，我说我不在乎，她问为什么，我说这都是你的过去，她就说我不在乎她，我就说还行吧，什么是还行吧。她就噘着嘴，一路不搭理我。

[106]

以前儿童节是要放假的，现在说起过儿童节似乎是在嘲笑，我们没有放假，还是一堂接着一堂的课。

昨晚张颜没说今天干吗，所以我就自由了，我躺在床上伸展着四肢，对过去无牵无挂对未来无忧无虑，时间再次停滞了。寝室里贾世川在昏睡汪友宏在发呆小四川在忙碌苗斌准备出门了，我有种轻松感，觉得空气中有一股甜甜的味道。

我懒得起来吃早饭，就躺在床上戴着耳机听着钢琴曲，缓缓的旋律和节奏像羽毛一般在全身反复掠过。

下午我们踢球了，我就当守门员，这个位置不错，可以起决定作用。

[107]

白天赵立平在走廊大喊三缺一，我就颠颠跑过去，玩了将近一天。

晚上张颜在楼下喊我，我下去后她在笑着，我想你不是生气了吗怎么见我还笑，现在一想或许是她的手段，她说咱俩散步去吧，我就跟着她走在校园粗瘦不一的小路上，就在隔栅那里也就是陈静亲吻我的地方我俩挨着坐着，她说我告诉你我的初恋吧，其实在中学的时候一直有个男孩追我，后来我俩就好上了，那男孩也有精神病，当然跟你的不一样，他是个醋坛子他似乎受过刺激，每时每刻都对我不放心，我总需要跟他解释刚才做什么了几小时前做什么了昨天做什么了，总要面对他那么多问题和细节，我真是够了真是崩溃了，当然他对我其实是真正的好，总给我买这买那，但我还是要躲开，报考时我就是要远离北京，我不想再跟他继续了。我问那他现在呢，她说不知道。

我写日记才注意到她是用他和我做比较，他对她真正的好，但她离开了他，我呢？肯定没有真正地对她好，但她跟我在一起。

[108]

又开始上课了，是高等数学大课，整个阶梯教室坐了一百多学生，我坐在最后边四肢大开，以一种非常舒服的状态坐着，心思就在老师的话语和神态上跑来跑去，我想其实大学很无聊呀，过着没有压力没有动力没有方向没有标准的日常生活，怎么总听别人说浪漫和激情，这些人为什么说假话？

今晚和张颜在一起散步时她说咱俩算什么呀，你对我总是不冷不热你像一个榆木疙瘩，我为什么跟你在一起呀我毕竟也是校花，真是自找烦恼。我说其实我就这样我也不知道怎么回事，你其实把我当作榆木疙瘩就对了。我俩在一起时，我也不拉她的手更没有亲吻她，我对她的眼她的嘴她的胸她的屁股没有欲望，她走路的时候贴我很近，我应该将她揽入怀里，唉，但我没有。我怎么了，我觉得自己不对，如果我浪漫点我会很可爱，但我还不功利，这样我就很可憎。

[109]

小四川说这个世界其实很无聊很单调，永远是重复永远是白天和黑夜的更换，人就在这种更换中老去。这番话是他午睡前的感慨，虽然很悲观，但这是准确描述，当时大家都准备午睡，其他几人都不愿面对这种话语都表示不屑都表示谴责都纷纷表达类似能不能说积极的东西的意思，贾世川嘬着嘴说宁肯相信谎言也不相信真话，谎言让我们深受温暖让我们午睡香甜。

我知道隔壁一个广东籍的名叫李岳毅的家伙很过分，他经常换女朋友，经常跟她们上床，他长得很酷眉眼突出个子中等麦色皮肤，他的眼珠灵动，应该是对女孩子有相当吸引力。很有趣的是他找的女朋友大都不漂亮甚至偏丑陋，他说不就是上床吗，找个漂亮女孩太漫长太累，不如找个普通女孩快捷，他还说普通女孩处女多，不像漂亮女孩大都很早被人糟蹋了。他这人跟我一样独往独来，话也不多，但他喝酒多了的时候就会炫耀，周围的人就不免被刺激到，他所说的话就不免被传扬出去。

[110]

我大清早就到了江边，江水一波推着一波永无停歇，毕竟要赶回去吃早饭还有一堆安排等待自己出现，这些形成了压迫，我就顾不上细节了，转头向回跑。

最近求爱信没有了，估计我和张颜在一起大家都看到了。

我和张颜在一起应该还是外表条件相近吧。

张颜说你的确有毛病，你怎么总是发呆，我不认为我是在发呆，我只是喜欢盯着眼前的东西，在分辨着细节在解读着其中的因果，牛逼点可以说是在“格物致知”的“格”呢，虽然我啥也得不到。但我并不认为这是发呆，发呆应该是脑子空空的是茫然的表现吧。

我看着她的眼睛，看她的瞳孔她的黄色虹膜，我在仔细看着那闪耀的黄色，那精细的水一样的透明，那里是像蜘蛛网一样，她说我的表情像个好奇的孩子，她的眼珠也定定地对着我，我俩就这样望着。她很快就害羞了，因为她还是掉进她自己的感受里，而不像我进入她的细节里。

人和人之间这样距离的接触其实是有压力的，这样一来，我俩接吻了，她的嘴真是很甜舌头很软。

[111]

跟张颜也出去玩几次了，看电影逛公园吃东西各种花费，我有点不想再出去了，她总也不花钱，我的钱真的很有限，两个人花一个人的钱对于我还是很有压力的，我又说不出口我不知道怎么办了，她对此一副无知无辜正常应该的样子。

因为这个细节我就觉得出去玩没意思了，她这样我就有点不想跟她出去玩了，如同洒在书上的水慢慢洇入扩散，我就有点看不清她了。反正这个学期也要结束了，考试要来了，至于将来我也不知道怎么办，留给未来的智慧吧。

晚上一起上自习，还是在图书馆，她总能占到位置，我俩也就总在一起学习。其实这样也好，除了课程之外，我也看了很多书。否则我还会跟他们打牌看电影之类。

不过那样混日子其实是省钱，跟张颜在一起倒是学习进步了，但不省钱。

我很喜欢亲她，她的嘴里很甜，我现在开始摸她了，一点点深入从上到下，她真的很柔软，她应该更喜欢被摸的感觉，我能感觉到她身体在我的抚摸下起伏很大。

~~[112]~~

我在想今年暑假干吗呢？只有打工，我需要钱。

钱。

~~[113]~~

毕竟要考试了，校园里很沉闷，大家都在学习中，像进入一种黑夜里。

我每晚都跟张颜在一起，她一直在学习着，我也学但我也乱七八糟地看些小说或哲学类的书。她说你这人不能学些正经的东西吗，你学管理，看看相关的书也好呀，我说反正能及格就行考那么高也没意思，再说管理我自己都晕头转向还管理别人？还是管理自己吧，我其实还是喜欢看哲学书里面有乱七八糟的思想在这些混乱中我似乎可以看懂世界找到自己。

张颜说我的聪明都用在这个世界之外的地方，真是愚不可及。

我俩在一起的尺度越来越大了，我俩说好了，她假期晚走几天。

~~[114]~~

今天考化学，一切都正常都在我的意料之中。

[115]

今天考数学，小四川说哥我要坐到你的边上，我说可以但你要抄得巧妙不要被抓住否则会连累我的，哥的纠错能力很弱，他说放心吧哥，兄弟我就靠这个行走江湖，果真如他所说他做得很巧妙，我仔细观察了一下，其实作弊的人很多。

[116]

终于放假了，大家陆续离开。小四川在临走前说哥你真是牛逼人物，你有家不回独守这个大火炉，希望你能修成正果，我笑了笑什么也没说，我发现我开始对很多贬低或赞美或似是而非的话保持平静，这一点算牛逼的。

晚上我买了套套，我和张颜住到了一起，做爱让我俩关系更加密切，她说这不是她的第一次了我说我也不是第一次了，她说你是我第二个男人我说你是我第二个女人。真显得对称呀。我撒谎了我的确不想说陈静，解释起来太麻烦，我和陈静的关系的确不符合大众道德，我俩就是相互玩玩，像一场游戏。

张颜说她的第一个男孩是那醋来醋去的高中同学。唉，她又叹了口气，你真确定假期不回家吗？

我俩是在苗斌的床上，这是下铺，张颜说在我的上铺她会害怕的。晚上很热，我俩什么都没穿，月光洒下来银色铺满我俩的身体，爱爱后我和她就有一言无一语地搭着话，像不断在堆摞火柴棍，没有目的也不知道搞成什么形状，后来慢慢就睡着了。

[117]

早上我俩又爱爱了，结束后张颜说咱俩今天出去玩吧，我说我的钱不多了只够我坚持半个月了我不能这样玩了否则我坚持不到打工发工资的日子了。她的脸阴了下来，她说你怎么这样我真找错人了，说完她快速下床快速穿衣快速穿鞋快速离开，门发出了巨大的声音，这是她的怒火，我想她是对的，我这样的穷人的确养不起爱情。

她下午又来了，我俩只是去江边玩了，我觉得景色很特别呀，每天都是不同的，她反复说无聊无聊真无聊，她很急躁，我觉得她的急躁显得她很生动，与常人不同。我看着我俩的影子，我真想在她的影子上装一颗心，这样她会停下来。

晚上我俩还是在食堂吃饭，只有一个学生食堂开饭，我慢慢地吃着看着周围的人来人往，张颜说你的确很傻，我问她你有什么新的结论，她说你这种人慢慢腾腾是跟不上时代的节奏甚至是进步学生的绊脚石。

我想她是错误的，因为我不是她解读的我。

很明显她也不是很喜欢做爱的，晚上她说要回自己的寝室睡觉了，她说跟我在一起睡不好，睡不好她就会很烦。

我想她一定认为我外强中干一定会认为我是无法挽救的一定会认为她应该宁停三分不抢一秒，也就是说宁可暂停爱情也不能跟我凑合，她不能被我拖下水。

她真错了，我是无限可能的。

[118]

在 76 路公交站时张颜说你不用送我去火车站了你的钱不多还是省省吧。她上车前我俩抱了一下吻了一下。

没想到那公交车突然熄火了，司机在各种鼓捣中，她站在车上我站在路边，彼此望着，车不走她就不能走我也不能走，我望着她她望着我，在这突发的事件中我不知道应该用什么样的话语和表情对待她，我想她也是同样吧，我俩于是重复着刚才的话：到家后来信呀你一路平安呀你放心吧你保重吧。直到这话无法重复，在周围人的眼光下其实也算是监督下，说和做都符合场景要求，我俩似笑非笑。谢天谢地，车发动着了突突地轰隆起来摇晃着缓慢离开，黑烟弥漫。

望着公交车的离开，我想我俩的关系像面条一样被扯开，越拉越远越拉越细直到看不清直到看不见。我爱她吗我不知道，这段日子她的所有动作和所有表情都散落在我的脑中，像芝麻点一样，我的脑子应该像个麻团了吧。

我猛然觉得轻松了，周围空了校园空了别人的眼光都不在了，现存的一切都在我的眼光下了也就都属于我了。我整个一天就坐在主教学楼高高的台阶上，正对着校门，我略略低着头望着远处过往的人，他们像我脚下的蚂蚁，我就是这里的主人，当我这样自以为是的时候，我想我或许找到了主人的快乐。

[119]

暑假是将近两个月的时间，下个月那女人才能给我生活费，我只剩十天的生活费了我需要找一份工作，今天在武昌商业区转了一天没有什么适合的，去饭店端盘子？工资太低还要干完整个月，我现有的钱是坚持不到整个月的。竟然有人说我不像伺候人的，像打劫的。我想实在不行就去夜总会伺候人，跪着就跪着，尊严毕竟没有生命重要。

就在我丧气地下了76路车，在校门口的大树上竟然看到了红纸黑字的招聘广告，说是招聘卖书的，关键的是上面写着提成高收入高，还有这等好事吗？

想想太好玩了，机会竟然在冷清的校门口挂着而不是在繁华的商业街面上，意味着我白天真是浪费了，但或许没有白天的浪费就没有此刻的收获，我想到了“二八”说法，百分之八十的努力都是瞎折腾的，只有百分之二十才是有效的，但人永远不知道这百分之二十在哪里。

[120]

今天我到了洪山路上的一个看起来破烂的写字楼，那里有个眼镜男接待了我，他说工作就是卖书挨家挨户地推销，他指了指背后的一堆书，书名是《企业家点子库》，他说这套书定价298元，你交给我150元就行你多卖多得，我真很惊讶，可以赚这么多呀，不过书这么贵会有人买吗？他说卖给企事业单位，会有人买的，你要有信心要有毅力。

他让我押身份证和150元钱然后抱套书就可以开展工作了，我说我只有20元只有学生证，他看了我一眼稍顿了一下说可以，然后还给我了一张空白发票，我下午就抱着书开始推销了。

我进进出出有十多家单位吧，没有人感兴趣，要下班了我就赶往学校，鸟都归巢了我也要回寝室了。我想那眼镜男不会是个骗子吧 ，就骗证件和 20 元钱吗？看着不像呀，不过我一个小屁孩也没经验能看出什么真相呀，我这样想着还是抓紧到食堂打饭吃，要关门了，还好算是买到了。

吃完饭我就在校园散步，真是热呀，校园里很多人，学生模样的人不多，估计大都是周边的居民，天还大亮着，大家各自迈着自己的步伐相近再相离彼此穿行着，沉默着自己的沉默思想着自己的思想。

我在睡前还真翻了翻这套书，好像是另外一个世界的语言，很无趣，太贵了。

[121]

我不想干了，但早饭后看到单位上班后，我还是走进了一家机关，我想若是再没人有兴趣我就不干了，取回我的证件和押金。

我最后还是失望地走出来，那办公室的人拒绝了我，我不再迟疑，坐公交车赶到那所谓的图书公司，房间里除了那眼镜男之外还有一男一女，他和她都已经卖完了是又来取书的，看他和她的成功我又犹豫了，眼镜男说你说说是怎么卖不出去的，我说太贵了没有人感兴趣，他问我你都到什么单位了都是怎么说的，我就大致描述了一下，他就告诉我要找到正确的人要说适合的话，赚钱就是很辛苦的，你若太木呆就不会开发别人，你要学会开发别人调动别人，我点了点头似乎发现我做得不足，我说那我就再试试吧。

当我进入一家机电公司见到总经理时我说这本书可以让您视野更开阔办法更多，他沉默不语只是翻书，我还说我带着发票呢您可以报销，他抬头看了看我说那就留下吧。

那总经理竟然没还价，我赚了 148 元，哇，太开心了。当我将细节描述给眼镜男时，他说其实你说很多话就是提供很多思路就容易启发对方就容易牵着对方的鼻子走，所以你要多说话，这是一种成功的方法，我觉得这眼镜男其实很有水平。

我决定继续开发别人。

睡前我突然醒悟，其实我也被眼镜男开发了。

[122]

我今天又卖了一套赚了 30 元，真是很开心。买主是个小公司老板，好像是汽车润滑油代理，他说我不要发票你便宜点给我吧，我说那就 260 元吧，他说只给 180 要么他就不要了，我就同意了，我真是理解了一句古话：买家永远没有卖家精。

太热了，我觉得自己像个肉包子还是个与众不同的瘦长包子，承受的阳光多制造的阴影大，我边喝水边流汗，真庆幸自己竟然没有中暑，我这肉包子像个筛子，留下该留下的释放该释放的，天空准确地传达阳光的情谊，我热并快乐着。

眼镜男说你还是多拿几套吧，天这么热跑来跑去太辛苦了。他说这么热的天通常无人上门推销的，你若上门，会是珍稀动物会被人珍惜的。

[123]

天真的很热，三套书非常重，我仍然流窜在各写字楼里像只扰乱宁静的无头苍蝇，中午我在大排档简单吃了点饭，本来是在洪山体育馆边上的大树下躺着，在阴影中我真想永远这样躺下去，太舒服了没想到睡着了，我应该睡了很久，醒来后我就继续东跑西颠，今天竟然卖了两套赚了 180 元，一家是房地产公司一家是卖汽车配件的，那家房地产公司办公室的人还给我倒水喝说我很不容易，我心里很温暖。这世界好心人还是有的。

我对眼镜男充满敬仰。

[124]

我病了发烧头疼，一定是昨天在树下被南方的风偷袭了。我太虚弱了像一条无法直立的三节棍，我在宿舍里躺了一天，晚上下床去教师食堂买饭吃，全天只吃了一顿一直大睡，睡中逃避了头疼，我把现实的疼痛留给梦里的我。

我闭着眼感觉自己的意识紧紧地缩在脑中瑟瑟发抖。

[125]

凌晨我就醒了，感觉我好了，但还是有点虚，想喝水但水壶空了我就忍着，后来我还是摇晃着走到洗水池那里喝了生水顺便再撒尿，我想我今天还是休息吧不出门了，要照顾好自己我可不能病太难受了，我更不想死不是因为怕死或有什么愿望，而是不想让那男女那念雪那陈静那张颜还有那同学们认为我是个短命鬼。

真是很神奇，我想到了陈静，上午她竟然出现了，我吓了一跳她似乎也吓了一跳，问我怎么又黑又瘦又虚弱，我说大病初愈，她说你这孩子怎么这么让我可怜，说着竟然抽泣起来，我看到她这样的反应心里还是很感动的，我说自己现在很好呀我已经很久没病了病好后我会更强大呀，我现在每天卖书赚钱日子过得还是不错的。她说唉我真想帮你但我真的帮不上你，其实你的爸妈知道后一定很心疼的，我说不会的那男女都在各自的幸福圈里，他们要幸福就不能心疼我，她说你是个傻孩子呀，真相一定不是这样的。她说你病了怎么不躺在下铺，我说我不习惯在别人的床上养病，另外别人会嫌弃的。

她竟然一整天陪着我，她陪我聊天给我买药买水果买饭，傍晚时才离开，我一直说你走吧否则单位和老公那里都不好交代，她说你别说了你这样说只会让我伤心，其实这将近一天的时间里，我睡了两觉她在别人的铺上也迷糊了一觉，我跟她胡乱聊着，她说单位说武汉说天气说学生时代说初恋然后问我的感受问我的初恋问我的家乡问我的爸妈，反正话很多反正她一直不说她的老公，话题一直由她控制，我一直是紧紧跟随着。

就在写日记的此时是深夜了，我似乎穿过黑夜看到了星星，就在和陈静的缓慢消磨里，我似乎透过这一天的闲话看遍了整个人生。

[126]

我明显小有经验了，我每到一个单位就一本正经装模作样直接奔向什么总经理室什么书记室什么厂长室什么领导室反正就是最大官的房间，见到他们后就说是出版社搞发行的说这书有无数绝妙好处说您能从中发现奥秘和技巧和方法说可以报销可以空白发票可以现金可以支票，反正这一堆话的某一点就会勾起对方的兴趣，结果就是今天我又卖了两套。我赚了 210 元。

眼镜男说真看不出来，看你高高的蔫蔫的像高空缺氧似的，还真是很能干能这么优秀，他说其实你们学校比武汉大学强，我说都是一根绳上的蚂蚱谁能比谁强呢，若说强也只是我强，我是否强和学校强不强没关系，学校强和某个具体学生也没关系。他说你这比喻比较稀奇，似乎不是这样用的吧，不过你能这样说也的确与众不同，他说他已经看出来了说我是前途光明的是会有成就的。在这一瞬间，我似乎戳破了十四岁时的自卑，触碰到了十三岁时的自信。

我赚钱了我发了所以我会吹牛了，说明我自信了。

~~[127]~~

我变聪明了我现在将钱都存银行了，密码是 π，银行说用八位数做密码我就用 31415926，若说用六位数我就用 314159。这个简单但不易被发现，如同那传说中的灯下黑。（当然这些内容是后补的，我已经改密码了，于是就将这原先的密码公布了，我不傻。）

今天周六单位都放假了我也放假了，我有钱了我就无忧了，我一直躺在床上不时地伸展着腿脚不时地吐着气真是舒服，我真比以前强大了，我看着窗外，阳光下的树叶不断地反射着光芒，强度过大的在我的视网膜里是眩目白光，强度小的在我的视网膜里是绿色。

~~[128]~~

今天我中午吃饭回来时发现陈静站在楼下等我，她提了一袋子水果，我问她你等了我很久了吗，她说是的，我说我若出去玩怎么办，她说你现在每天辛苦工作周六日一定不会出去瞎逛荡，我说你真懂我。她笑了，跟我上楼了。

我俩又抱到一起了，然后往下继续进行时她发现我这里有套套，她脸色大变问我这是怎么回事，我说我交了个女朋友，她说你怎么一直没说你做事很快呀，我说这是上学期的事了，她说你怎么能这样，你不好好学习竟然还跟女孩子这样竟然同时还跟我好着你怎么是这样的人，她显然很痛苦。我想说你还有老公呢，但我没说我也没道歉，因为我没觉得自己错了，我真是不懂她，她为何这么生气这么痛苦呢。她说她走了不想再见到我了，她边说话边穿衣然后开门关门离开了。

她怎么真走了？

水果就摊在桌上，在整个房间异常突出，像一幅水果的静物画。我突然感觉这是她和我的最后一次，我永远失去了她永远见不到她了。

这一切的发生都是因为那个套套，就在分秒中她由激情转为伤心，我就眼睁睁地看着这巨大的变化，毫不理解毫无办法。

这就是人生，很多人甚至很多亲密的人在偶然下发生突变，变成最后一次。

临睡前灯管下，我环顾周围，周围还给我一片惨白。

[129]

我今天继续奔波着，慢慢养成了习惯形成了规律，我早上 7 点就起床了，然后几乎穿过整个校园到东院的教工食堂吃饭再蹓跶回宿舍，九点我再带着书出门，中午我是就近吃饭，整个上午或下午根据卖书的情况我再决定是否去眼镜男那里取书，四点左右我就向学校赶我直接赶奔食堂，我还是尽量在学校吃，便宜很重要味道是次要的。记得小时候那女人说人不能为吃穿活着，吃穿是为了活着。

今天我只卖了一套赚了 70 元，还是张支票，我把支票交给眼镜男了，他说支票进账后就给我现金。

我很开心，可以养活自己了，每天风尘仆仆接触各种不同的人和场合，我把自己想象成鞭子一样的长溜火车，在阳光下飞奔着，总是途经却不长驻。

[130]

眼镜男姓孙，我叫他孙经理，他说他以前是个大专学校的老师，他不想过一个从开始就看到尽头的工作于是下海赚钱，我觉得他真是个浪漫的人也是个有野心的人，浪漫是会伤害理智的，野心会伤害道德的。我真的很懂。

若换成我，我是会反过来，我宁愿过一个从开始就看到尽头的工作，这样多安宁呀，只有在安宁中这个世界才清晰显现。

人说穷人的孩子早当家，其实我是没有爸妈的孩子，我更知道怎么当家，于是我更知道世界的模样。

更令我吃惊的是他竟然也是我们这个学校毕业的是我的师兄，怪不得他说我们学校比武大好，是因为他爱自己学校太专一太偏执，这是精神病的一种特征，记得书里说每个人其实都有精神病，只是程度不同。

我爱得专一吗？我还没爱上什么，谈不上专一吧，严格意义上说我是专一地保持着不爱，我真是思路清晰我知道我可以搞哲学的。

尽管我俩聊得这么好，他也没给我便宜一点价格，他是有情怀的也是冷酷精明的。

[131]

今天就在南湖大道的一家汽车销售店就在总经理办公室，发生了一件令我哭笑不得的事。那是个套间，外间的办公桌后坐着个女人，她穿着打扮异常华贵，尽管我不懂，但我还是发现了，在这种装扮下她显得美艳，当她看到我时我明显发现她浑身一震眼睛一亮，当我说卖书时，她问我带了几套我说带了两套。她对我一直说话软软甜甜，我想这或许就是所谓妩媚的词意所指，她说我都要了，我说你一下子要两套干吗？她并不理睬反问我你不像卖书的你到底是做什么的呀，我俩就这样起头聊了起来。这时一个年龄比较大的男人走了进来，这老男人看着她也看着我，眼光冷冷地，表情变得严厉，女秘书站起来口说陈总并跟着进了总经理室。我在外间能听到那女人在说着什么然后陈总在训斥着什么然后双方同时在说着什么最后陈总一人在说，具体说什么听不清。

大约十分钟后那女人走了出来，她的脸色很难看，她没有任何笑容，只是冷冷地说你走吧，书我们不要了。我站了起来，说了句好吧就走了。这种变化我似乎揣测到了什么，我不想再费力推销了，那不是费力所能跨越的。

我事后意识到这位陈总一定是认为我侵入了他的地盘触碰了他的利益，他一定是预测到了什么，我懂了，这应该就是高手或者是成功人士的特异之处。我应该知道这世界是有超凡脱俗的人，某种深度广度都是他们所具备的，是需要我源源不断地学习的。

这就是巧合，如果那陈总没有回来那女人会将两套书买下，估计还会跟我结识或许还有后续的故事，我联想到某个港台剧，或许那女人后来跟我好上了然后我就被黑帮追杀最后我死无葬身之地。

或许这就是我的运气。

我今天一套书也没卖出去，等于两套厚重的书搭乘着我在武昌街头游逛了一圈。

[132]

上门推销真是很损面子，伤的面子就如同伤口，受伤结痂再受伤再结痂慢慢就形成茧子就坚韧就不再受伤了，我不知我的面子是否早已坚硬如茧子，我真没有受伤的感觉，我或许不是爱面子的人，因为我总是不在乎。

陌生人大都冷漠，除此之外少部分人是严厉更少部分人是嘲笑，遇到不友善的人我都是以平淡对付，就这样了，我先是把那些推销的话说完整，你要就要，不要我就走，我知道这样做的结果通常是无效甚至让人腻烦，但我还是坚持。果真意外出现了，就在这个下午在一家贸易公司的总经理室，那人只是瞪着我，我就本着这个原则做事，如同那寺里敲着木鱼念念有词的和尚，当我把书和书的用途说明白就准备走时，他突然说那你把书留下吧，然后从口袋里拿出钱递给我，是三百，他还说你不用找零了你出去吧。这真是意外。

这世界总有一点可以打动别人，不知是哪一点。

[133]

上午就在汉口周边乡镇的一家机关的局长室，当我敲门进入后一帮人立即站了起来，他们点头哈腰笑容满面连说欢迎请进，我当时受宠若惊就觉得不太对劲，忙说我是卖书的，当时他们的脸一下子都收紧了，其中就有人说出去出去搞什么搞什么这里不需要捣什么乱这里忙着呢。我就讪讪离开，他们对自己的情绪跳跃不知会怎么感受，反正我先是受宠若惊后来又被人驱赶，这种跨越令我羞愧，不知道他们怎么相互看待对方的脸色变化怎么感受这种心理落差。

今天我收到了张颜的信，她说在家真没意思，她还问我在干吗呢，我晚上就给她回信了，我说我打工赚钱了，开学后咱俩就有钱玩了可以去景点去逛街去吃好东西了。

[134]

我们这个新生楼晚上只有几个人住在其中，我并不害怕，害怕的日子已经过去了，我现在知道那些令人害怕的东西都是人造的。

[135]

其实我每天更多的是遇到各种挫折和失败，有人拦住我盘问我有人给我白眼有人嘲笑我有人直接驱赶我，各种各样的侮辱。今天大雨瓢泼，一个操山东口音的门卫让我离开大门不允许我避雨，我说帮帮忙外面的雨实在太大了，就一会儿，可以吗？他冷着脸连着说不行不行出去出去抓紧出去，我毫无办法我只能一头扎进雨中，雨水其实很凉爽我倒不会很愤怒，但全身湿透后我就需要回宿舍了，一个湿身的人是讨人嫌的是不能上门推销的，这样我就很恼火。

我之所以可以准确识别山东口音是因为那男女也是山东口音。这人为什么要这样恶劣地对待陌生人，我真想不通，我想这人或许跟我十四岁那年一样，都是受到了生活的虐待，然后转嫁出去，我事后还是原谅他了，我猜想他跟我曾经一样遭受苦难，就会某种不善良了。

我将以前的苦难转嫁出去了吗？我拿不准了。

[136]

今天太热了，我这北方汉子热蒙了，我把自己想象为挂在阴凉地里的干鱼片，风掠过的时候摇摆不停，风不在的时候永垂不朽。

[137]

又是周六了，我不用出去推销了，早上就热，汗水已湿透了凉席，身体就在汗水里浸泡着，我不断到厕所兼浴室兼洗衣房兼盥洗室冲凉，楼里更加空荡了，我是全裸的我不用伪装，坦然面对周围或者说这大楼就是我的衣服，无人可以穿透大楼看到我，我进入这个比喻中我觉得自己很强大当然也很笨拙。我冲洗后就又回到床上，很快又继续流汗。

孤独感是注意力面对自己生成的，于是我努力掰弄着注意力不让它面对自己，我要被周围灌满，于是看着窗外的大树，我也不知道是什么品种，我就是看着这高高直直的针叶树辨认细节，有时还会感受缓缓的时光，我想此刻若有人看我，一定会认为这是个裸体的精神病。

我还看书，我借了本弗洛姆的《逃避自由》，这本书很对我心思。

中午去吃饭，下午又睡了两个小时，醒来后我继续在床上看书。天很热我不停地喝水，昨天买了个热得快，这样我就可以自己烧开水了就不用出去打开水了。

我还听流行歌曲和迪斯科音乐。傍晚去吃饭，回来的路上我东逛逛西看看，走在街上的时候有女孩看我，还有个女孩对我笑，我知道这是一种搭讪，我只是视而不见假装不知，我现在觉得两个人的欢笑并不比一个人的孤独更有趣。

快九点了，我又回到了寝室，继续看书，困了睡了。

[138]

整个今天和昨天很相似，如同左右手相像一样。不同的是今天我想了陈静还想了张颜，陈静知道我今天是一人在寝室，她也不来，看样她真伤心了，我还是不懂有老公的她为何对有女朋友的我发怒呢？唉，这也许不是分手的正确原因但一定是正确结果。或许她是对的，我想通了。

张颜一定收到我的信了，她一定很开心，因为新学期我有钱了，我们可以经常出去玩了。

但她，为什么不回信呢？

[139]

我又开始处在跑跑颠颠中，推销由新鲜和特别开始演变成麻木和重复，赚钱似乎不再唤起兴奋了，我想任何事重复久了就变成被蒙住眼睛的骡子拉磨的感觉吧。

我有时还把武汉三镇想象成一个机体，而我就像一个外来的异物，我这个异物携带着书像血液一般在机体里四处流淌然后跟所触之物发生某种交换。

[140]

我现在也很理解被推销的人，他们本来在自己的周围里处于某种稳定，突然被外来的推销所干扰甚至所打断，这一定是一种讨厌，他们有时候反应恶劣就是正当的。但被推销也创造了某种可能性，若看了书有所启发或改变，那或许是好事，当然也许会误入歧途，这一切真是难说。

人就这样被推动着，走入各种可能性里，但只有一种结果。

我突然联想到大清朝了，大清朝本来是身处世界的一角，不吭声不扰人，但就是那些推销者们破门而入然后生出纠纷燃起战火，也就是爆发鸦片战争，大清朝一定很无辜很委屈，不过若不是那场鸦片战争会有后来的巨变吗？鸦片战争这种意外事件到底是好是坏呀？大清朝会主动选择放弃权力吗？那一代人不受罪后一代人会如何？我对这无端引出的一堆问题完全迷惑，想到这些东西有点对抗朝廷，跟主流的流行的观点太忤逆，就隐约觉得没必要深想了。算了，还是睡觉吧。

[141]

卖了有 30 天了我卖得真很好，前天竟然卖出去四套我竟然赚了四百，哇，钱多的感觉太幸福了，我现在存了 3500 元。

我觉得可以带着张颜出去玩了，我有钱了，她会高兴的。

还有十天就要开学了，我不干了我跟孙经理辞行了，他说你要想干就随时过来。我问他不当老师难道你就做这个吗？他说这个赚钱呀，先是要活着，活下来才能图将来才能建立尊严。

现在他那个小公司有三十多个卖书的，他应该赚更多了。

我突然想自己的未来，我的未来也要这么累吗？开学才大二，何必想太早，计划不如变化。

[142]

下了一夜的雨，我觉得自己似乎被这个世界锁在房间里。

我会把夜空当作一个保护我的外壳，像蛋黄窝在蛋清里，记得十四岁的那晚我藏在被窝里，眼睛在漆黑的被窝里分辨着黑暗，我觉得很踏实很安全。

[143]

武汉的炎热我终于抵挡过去了，就在吃完午饭的路上，我看到一只蜻蜓绕着我飞来飞去，我的眼睛追随着，我还用脚在空中踢打着，拖鞋被甩起，那蜻蜓轻盈地躲开，拖鞋落在前方，我再单脚跳着蹦向拖鞋穿上拖鞋再踢打着，我并没想真正打到蜻蜓，或许我用手就可以抓住，但我还是喜欢用拖鞋戏弄着，这种动作是种快乐，蜻蜓似乎也是在配合着，拖鞋和蜻蜓都在虚空中飞着，某一刻我发现它俩和我构成了三角关系，是的，就像社会常说的三角关系，可以呈现各种形态有无数意外，这让我流连不已。

我后来又坐到教学楼高高的台阶上，像一位升坐在宝殿的皇帝，我想象周围和脚下遍布的臣民，我将想象延伸着，我后来还在台阶上打起了盹，这个平常的但又是唯一的下午就这样慢慢地看着我然后慢慢地自行走开。

[144]

想到开学想到一帮人就要在我周围撒欢了，我想我会不习惯不喜欢了，我孤独惯了我喜欢孤独了，我对孤独有自己的理解，在孤独中我可以找到自由，记忆的自由，没有未来牵挂的自由，不受别人眼光关注没有别人语言干扰的自由，在孤独中我可以观察周围的细微之处，甚至可以自己观察自己。

[145]

现在没有人给我来信了，除了那男女。张颜一直没有来信，她怎么了，这个想法像乌云偶尔遮蔽了一下太阳然后又自行飘开，我的轻松被拽扯了一下。

念雪不联系了，高中同学也都没有信了，陈静也不再出现，那些追求者们也消失了，我似乎失重了我悬浮起来。

那男女还是很乖地按照各自的承诺在单双数月寄钱，他俩都写信说我要养护好自己要假期里多学习，我也回信了，我的信很短只有几个字，收到了，好的。我没有感谢，谢什么？

我并没有把我赚钱的事告诉他俩，他俩知道了不一定是好事，我很快睡着了，我是一块乌云，我将所有的雨都下到了一个地方，那个地方只有那男人和那女人，也就是我的爸妈，他俩没有走开，他俩面无表情他俩原地不动。我猛然惊醒。

[146]

我上午就坐到了江边，就在树荫里我望着江水的波浪，看着一波波的浪花出现和消失，我就望着这没完没了的涌动，心思也没完没了地出现和消失，我就那样坐着直到肚子开始咕咕叫了，才发现已经错过食堂营业时间，我就在路边的小吃摊上吃了个炒饭，有个拉车的人也在吃饭，他的衣服破旧满是污垢，他的脸和手和脚沾满土和油，我仔细地偷窥他，想这陌生人是我第一次见也是最后一次见了，我的此时此刻也是最后一次了，其实这都是可以遗憾的也是无奈的。

我或许错得太多了，那男那女，我的爸妈。

[147]

学校开始渐渐热闹起来了，先到的又是补考的学生并且好像是固定的一批人，大家不熟悉也就不搭话，但眼神却是流露出彼此同情，我或许就是被同情中的。我们班补考的同学李献德今天到了，他说你这人真是很幸福，不会整个暑假都在这里吧不会一直有女人吧，我笑着说你说的都正确，他说太羡慕你这混蛋了，暑假在家里的日子其实很无聊还不如在学校好玩，这世界只有混蛋最幸福。

[148]

我今天去图书馆看杂志，杂志里的照片有风景照人物照，我看得很认真，边看边想其实看这些照片就像进行一次旅行，可以足不出户坐着体验，我可以不管冬夏春秋不管冷暖饥饱，永远冷眼旁观，像上帝一般。

~~[149]~~

我昨天借了本弗洛伊德的《梦的释义》，我一下子看进去了看得很入迷，觉得自己可以释梦，昨晚还真做梦了然后在梦中释梦，真是很神奇。

~~[150]~~

张颜来找我了，我问她你怎么没写信或拍电报让我去接你，她说无所谓呀，这么大了不用的，何况咱们时间还长着呢，我听出这句话的暗示了，还长着呢，我心底暗暗地松了口气，这很多天没有她的音信让我有点不安，听到她这样说我很开心。我爱上她了吗？我不太确定。

她说其实在家里也没啥意思，她就在北京的胡同里熬过整个夏天，家里爸妈很辛苦也没什么钱，自己还有个妹妹，房子又小，每天在算计里生活，毫无乐趣。我说你怎么不去打个工，她说这么短时间哪儿有工可打呀，没有关系没人介绍也就没什么好工作呀还不够丢人的呢，说到这里她的脸就有点阴沉了，我想原来她整个的家在北京也如同我自己在家乡，虽然都环绕着貌似熟人友人亲人，其实各自都是孤苦伶仃呀。

她以前真不是这样的人，她以前大大咧咧满不在乎，怎么现在就变了，这是大人说的懂事了吗？或许她已经熟悉我了她不再伪装了，她只是把平时的自己暴露了，对于变化的她，我有点新鲜感，但不知能持续多久。

[151]

今天上课了，教室还是大同小异，三面都是大白墙一面是窗户，讲台的黑板上方张贴着“向 努力”，这中间的空白应该是研究生三个字，这三个字已经不在了，我明白了，这是在暗示大家是自由的，是可以向自己喜欢的努力，包括女孩吗？

讲台下固定的高低平板构成了桌子和椅子，学生只能以此调整自己的坐姿，这大概有几十年的历史了吧，每个学生都要适应都是过客，痕迹之间相互混杂，如泥泞雨地。

跟以前一样，每次刚开学的课堂出勤率都是很高，阵容整齐表情严肃，我也在其中。

晚上开始跟张颜一起学习，她的笑容不多了，晚上我俩走在校园小路时并没有亲吻。

[152]

天亮得早，我醒得也早，我到操场跑了几圈，跑步的人还真不少，大家都沿着跑道逆时针方向跑着，我一直有点奇怪，为何都逆时针方向跑呀？或许这样跑是符合习惯，而逆时针这个描述的词有点怪异罢了，“逆”这个字挑战了文化，不知道别人怎么认为。

我跑完后就去食堂买早饭，看着堆积的热腾腾的小笼包我还是忍不住了，我买了四个，可恨的是小笼包里还是一如既往地有大块肥肉，我吃着恶心，于是将剩下的一多半吐到空中，然后用脚踢起，一些进入路边的花坛里一些散落在路面。我知道这样不好，于是就将大块的用脚再踢出路面，我想活该谁让你们这些包子里有肥肉的，这一刻包子一定视我为凶神恶煞。

晚上请张颜看电影了，名字是《陷阱》，叙利亚的电影。张颜竟然流出了眼泪，我偷眼看向四周，好像只有她一人如此，我在剧情中也没找到泪点，她真不可思议。当然剧情告诉我了一个道理，同龄人的爱情才是爱情，年龄跨度大的没有爱情只有交易。

我俩还是没有接吻。

[153]

新生来了，校园又一番热闹，想想去年我们也是这样，被老生们笑着谈着。我们寝室也热闹了，晚上睡觉前大家开始诉说各自的发现，什么老乡什么班级什么新来的漂亮女生。

我今天借了本《西方哲学简史》，我其实一开始就没看懂，但我还是坚持看着，因为看不懂的东西会让我集中注意力，免得张颜说我流露出一副傻相被女孩子误解。

没有亲吻。

[154]

我还是感觉张颜跟我在一起的时候笑容不如以前多了，她的话也不如以前轻松了，她也像我一样常常发呆，但我不像她那样常常叹气，我注意到变化但我没有问，我想她是个积极的人，她若不想说那就是她认为要积极地保密，她若想说她就一定会积极地发泄。我俩在一起时，经常有女孩看她或看我，这种现象还是很有趣，每当这个时候，我注意到她的表现是靠近我跟我亲昵一些。

下自习后我靠近她，她稍稍躲闪，没有亲吻。

[155]

我们这栋楼的厕所真是脏和臭，不知道哪里堵塞了，整栋楼都是臭烘烘的。看看周围的人都是人模狗样积极光鲜，他们的屎尿是怎么在这个肮脏中解决的？难道他们的表面模样就不会沾染这肮脏恶臭吗？

我是跑到西三楼的教学楼解决的，那里其实也是有些脏有些臭，这都是象牙塔般大学校园的一个组成部分。

我今天给念雪汇了七百元，多余的算是利息吧，我还写了信告诉她我赚到钱了。

我一直不知道陈静的单位和地址，等见到她还给她钱。唉，不知道还能见到她吗？

晚上就在幽深处，我和张颜紧紧地抱在一起，我能感觉她在用力，我在开始时似乎有点被动，但很快我觉得自己再不配合就有点示弱了会被她嘲笑的，我于是更加用力亲吻她，激情就这样释放了一段时间，她说她已经眩晕了还说其实你更强大你比别人强多了，她马上说自己口误了，我知道她是口误了，但我深懂弗洛伊德的理论，所以她以口误作为理由对我而言不是最终答案也就不是正确解释，意味着这个说法在我的想法中被滞留了被解剖了也就是泄密了曝光了，而她却是毫无所知。

[156]

醒来就看到窗外黑沉沉的，雨哗哗地下着，不知为何心情不是很好感觉心里沉甸甸的，不会有什么事吧。下床的时候竟然又崴了一下脚腕，很痛。这都不是好兆头。

吃了早饭端着空饭盆撑着伞随同人流走向西四教学楼，走进303教室，灯管还在放射出惨白的亮光，地上水渍很多，长条桌长条凳子都有点凉，同学们都默默进来放伞放书包坐下，彼此都没有话语，一片寂静。我看着周围，感觉大家的情绪都不高，自己的心情更是不好。

我感觉不好的时候就变得很消极，虽然表面上在听老师讲课，心思却不时地乱飞，在每件事情上停一下就跳开了，像只挑三拣四的苍蝇。我想回宿舍听音乐，但想到今早沉甸甸的感觉就不敢逃课了，我不能惹事，这个时候随大流最安全，要个性容易倒霉。要尊重预感。

我乖乖地跟着大家上完两堂大课，中午食堂打饭吃饭午睡，下午两堂课，傍晚饭后去图书馆见张颜，继续看那些哲学书，然后送张颜到女生宿舍楼下，就在黑暗中亲吻拥抱，结束后我回学七舍自己的寝室，洗漱上床戴上耳机，我这才算是舒了口气，一天就这样顺利挨过，或许躲开了很多意外。

谢谢万物。

[157]

开学一周了，大家慢慢恢复以前的状态。

我借了本《太空日记》，里面有几句话，似乎在我的梦里浮现过：头晕失重浮游，还有窗外遭到破坏的地球。

分离的一瞬间，身体浮到了空中，地球果真是蓝色的，地平线附近是一片湛蓝，越往深处颜色越深。

对晕太空毫无办法，只能适应它。

这个世间呢，是否也应该这样？

~~[158]~~

此时我害怕自己：沉郁、浑浊、现实又幻念丛生的情感里的人。

~~[159]~~

就在张颜的寝室，她插上门拉上窗帘，我俩又做爱了，毕竟是有些不踏实，我俩的兴奋没有完全展开，像块没有舒展还在褶皱中的桌布。周围还是有噪音的，我俩还是不敢将兴奋的声音发出，我俩的噪音会驱赶别人的噪音的。

做爱就一定是爱吗？如果不是，那就制造爱吧，我似乎找到了一条出路。

~~[160]~~

今天是个节日，每个寝室都各自聚餐，我们还买了酒，各自用水杯盛着酒一起喝起来，胡乱地聊着胡乱地表白着，我的酒量跟他们比起来算好的，最关键的是我喝多了也不乱说话，或许是喝得还不够多所以不会将心中的微小情绪放大就不会将细小的不满夸大，苗斌批评我每天神道道的有家不回还有好几个女朋友，你到底怎么回事呀？我觉得说不清楚更不愿说，于是不搭话只是喝酒，大家也就猛然间沉默了一下，像猛然间刹住的车。

过了一会儿小四川问那个姐姐怎么不来了，我说她结婚了呀，他又问你跟她那个了吗？我说没有。他说不像，我说真的，他说那太可惜了。或许是我一直不信任人，在关键的时候，我的嘴就拐弯了，我要保密，我若不能保密，别人就更不会为我保密的。为了陈静小四川还跟我喝了几大口，然后小四川又问张颜跟我那个没有，我还说没有，汪友宏笑着问那你找女朋友干吗？我也笑了，说你还别说我还真有点迷惑了。

跟张颜在一起，只要用钱就是我一人负担，她总是平静地看着我，觉得一切都是天经地义的，我也觉得男人是应该承担这一切，但我想那些流汗丢脸的夏季奔波就是为了换取和她在一起度过时光，这似乎有点不值了。我想或许我这样衡量是不对的是小心眼的，我又想到那念雪和陈静在跟我相处花费时，她们也曾经是这样心里纠结吗？

我们在喝酒的时候我一直是处于被动防守的状态，我不提问题我只负责回答问题，他们相互言语攻防时我就听着或跟着添油加醋或起哄，我一直是配角，就像足球场上我不是前锋我不是后卫我只是个守门的。这个身份定位让我觉得很轻松。

[161]

今天体育课搞 1500 米长跑测试，中途跑的时候我竟然感觉很累，按理说不应该呀，我经常早起跑步，不过我的那些跑步只是慢跑很少出汗也就是出工不出力，或许这就是原因。我还发现当我特别累的时候，我若继续坚持就会慢慢恢复体力，甚至又充满力量，真是很有趣，这大概属于所谓的身体“第二次呼吸”吧。

衣服湿透了，我回到宿舍水池边就洗涮上了然后又冲了个凉水澡，什么香波什么护理液什么香皂，用这些东西把全身处理了一番，然后晚饭时间就到了，我和汪友宏结伴走向食堂，食堂里人很多，望着这些人的后背和头顶，我想到了谜面这个词，谜底就是古代哲学家所说的万物的本体吧。

~~[162]~~

我们寝室只有一个小镜子，是小四川的，大家共用，我的头发很短也就很少梳，我的生活很粗糙，天冷了每周洗一次澡几个月剪一次头内裤几天一换衣服一周一换，别人有了女朋友都是女朋友给洗衣服，张颜从来不这样，我也从来没提过这个要求，我觉得她也不是这种伺候人的人，我的女朋友跟别人的还是不同的。

今天收到念雪的信，她说你真没必要这样做，虽然过去的日子她觉得自己很傻，但她也觉得咱俩互不亏欠，她说你忘了我吧，钱我收下了，你若需要我还会给你的。

她的信只有这一页纸，话很简单也很直接，这不是她的风格。我感觉她已经转身了她已经背对我了，她的正面我已经看不到了。

[163]

就在西院门口的一长溜通知栏上贴了一个告示，上面写着某教授的死讯及相应的安排，这类告示没多久就会出现一次，这对我还是有点刺激，我出现一种幻景，像处在靶心上，人群分布在我的周围在我的附近在这学校在青山区在武汉……一直扩展出去，如同距离我越来越远的同心圆上。每个人都是如此，他们也有自己的同心圆，每个人都是特别的，也都有自己的影响力。我就在这位教授的附近，这位教授就这样出现然后倒下，他的一生对于我只是布告中两句话的距离。

当我把感慨跟张颜说时，她皱着眉头对我说，你怎么是这样的男人，以自己为中心看不到生命中积极的东西，这么消极这么多愁善感。我心里想，我说的难道不是世界中的一部分吗？难道我就一定对这一部分视而不见视而不说吗？我一瞬间进入她制造的锁链中。

[164]

白天就是上课，晚上就是跟张颜一起自习，我在自习时总是看课外书。张颜又说你看这乱七八糟的心理学和哲学多危险呀别看出精神病呀，你看点正经的书不行吗？我问她什么是正经的？她说就是那些课程呀，我说我只是跟着感觉走跟着喜好走，那些课程学好了或许会让我考得更好但我只想活得更好。

考得更好和活得更好矛盾吗？在我眼里是矛盾的。

就在图书馆的二楼，我抬头望着周围黑压压低垂的脑袋，就觉得所有人都是在麦地里等待被收割，收割就是砍头碾碎。

[165]

我们系一年级新生有个女孩总看我还对我笑，我在西三楼的110室自习时发现她就坐我边上，还不时地瞄我。她有点像覃婉婷，但她不如覃婉婷漂亮，我对她也有好感，她还有一种时尚感，最关键的是她的笑让我有一种心情提升的感觉，不过我有张颜了，我不能放纵自己我于是装作没看到那女孩的样子。

[166]

坐在图书馆靠窗的位置上，日光灯照在某位同学的塑料尺上竟然反射出缤纷的色彩，我突然想到一个问题，如果这个位置这个角度没有人，这个色彩是否存在，通常的说法是毫无疑问地存在，它只是反射这个光芒。但仔细一想又有玄机，塑料尺反射的是一种频率的光，正常的眼睛会将此解读为色彩，但色盲只会看到光亮，说明若没有正常的眼睛处在这个位置那么色彩就不存在。色彩是视网膜和光亮共同创造的结果。

同样的问题，不远处的长江翻滚的波浪会发出声音，若周围没有人，那声音是否存在呢？这个问题很有趣，我准备回寝室考考那帮家伙们。

[167]

我还在想这个问题，若没有人类，这个世界存在吗？

若没有我，张颜存在吗？我自己偷偷地笑了，我发现我把一种有限的道理说到无限了，也就是把一种正经说成不要脸了。

我想这个问题时是在下午，是在英语课上，阳光穿过浓密的树叶斑驳地照着，我不时地望向窗外，我时断时续地跟着老师的话语走，一切都呈现一种漫长，就在这漫长的一个点上我的心已经绵软，像一只掉在沙堆里蠕动的毛毛虫。

[168]

张颜说听别人讲他们的爱情是男人体贴和女人娇柔，张颜说咱俩呢是你不体贴我不娇柔，咱俩是爱情吗？我想她表面上一副任意横行的样子，其实也是被舆论紧紧捆绑。

我说学校的书桌和高中时的书桌也不一样，但也都是桌子，其实形式本来就是多样，万变不离其宗。

她说多样也毕竟是桌子要像桌子凳子要像凳子呀。

我说咱俩拥抱了接吻了做爱了思念了，这就是爱情了。

她叹了口气，继续在我的怀抱里享受着我的摸索。

说是这么说，我其实很怀疑这形式后面就要有本质的说法，表面的背后就一定要有精神吗？这是柏拉图的思想，虽然他是牛逼人物，我也是很怀疑。

[169]

秋风缓缓地吹着，树叶开始脱落了，叶片飘荡在空中，我想我的记忆也是这样在不停地脱落吗？我莫名地感觉凄凉。

张颜说本以为自己很无聊没想到跟你在一起还是无聊。她的指责将我从平静中拖出或推出，我其实不是无聊我只是心无着落。我说那咱俩做爱去吧。她“呸”了我一下，我感觉她同意了，我笑着说去我的寝室吧，我把他们都打出去。

就在她跟着我走时，我想寝室的家伙们会答应吗？这是晚上九点，一个热闹的时候，似乎做不到。我说咱俩还是找个小旅馆吧，她撇了撇嘴，我俩就走向任家路了，就在那家小旅馆我俩度过了一个晚上，那个晚上我俩相互淹没一起溶解。

当然那一晚花了我一套书赚的钱，我还是有些心疼钱，我知道这样小气是不对的。

[170]

早上我俩若无其事地走在校园里，随着人流打饭吃饭去教室。

我想到了覃婉婷，她和张颜都强势，覃婉婷是一种温暖的强势，她让我感觉激情会有一种怜惜的心情，但张颜是一种冷酷的强势，她让我有些不安甚至产生一种惧怕的感觉。

顺带着我又比较着念雪和陈静，她俩都是温柔地待我，但她俩会让我在平静中找到无聊。

覃婉婷在做什么呢？不会还在夜总会吧，我肯定不会去找她。按照常人的眼光，我是堂堂的大学生，而她是阴暗的三陪女，我与她是高低香臭属性不同的物种，我对她只能鄙视，她对我只能仰望。

或许是这样的吧，但我觉得我一直游离在社会之外，周围都把我当成自己人，但我把自己当成异物，我想或许有一天我这个异物会原形毕露的，是跟风尘女毫无二致的。

我有时还想人与人怎么可以就这样莫名其妙地相识然后再无缘无故地失散？

[171]

我醒的时候天还不亮，我下了床穿戴好就出去了，感受这黑黢黢的楼房和校园路上银白色的灯光和斑驳的树影和安静的四周，我似乎又回到了假期中的校园，我喜欢穿行在这种情境的校园，如同我喜欢将头全部浸入水里寻找一种清凉。

跑步回来后看到贾世川在那里挤着粉刺。他边挤边抱怨说这些东西出生是准备干什么。小四川说是因为某些事物的出现就产生了这些东西，如同我握了你的手，你的手暖和了，你的暖和是因为我的温暖。他是说那粉刺的出生不是去寻找原因，而是某物的结果。我突然想到人类，每个人都是某物的结果吗？

[172]

隔壁寝室的李辉经常在晚饭后大声叫着“无聊无聊无聊真无聊”走来走去，然后再进入话题“你今晚干吗去？”他就这样推开每个寝室问每个人什么安排然后再走出，他经常在这些安排中进行选择然后搭伴。他刚才问我你这无聊的人今晚干吗去？我说我今晚去图书馆，“你真无聊”，他转头又继续问询。李辉真是跟我不一样，我觉得他一定需要个事情去做，他不能闲着，他不能面对一个无所事事的自己和毫无变化的周围，我发现他平时的眼珠都是快速地跑动，我想这是为何呀这世界就这样呀，千篇一律雷打不动，跑来跑去和静止不动其实区别不大呀。我就不愿意多做事，几件重要的事就行了，几个大景观看看就行了，一个爱情搞搞就行了，活到一定深度就行了。

他来自十堰，家里条件不错，他喜欢踢足球，我很奇怪他怎么没找个女朋友，他的外形身高也不错呀。我想喜欢我的女孩追我的不少，他应该也是这样吧。但看他的样子，他似乎没女孩追。不过人与人之间很有趣，我俩不在一起玩也就不会把话说得很深，估计我俩都属于彼此不喜欢的类型。

[173]

张颜说咱俩去江边吧，我说天已经黑了去那里干什么？她说她就想换个地方喘喘气。我说其实哪里都一样。她不理我自管自地走了，我还是跟着她去了。江水在月光的照耀下形成一道光带，水浪不停地拍打着岸边，这都是司空见惯的场景，她似乎心事重重，我不想打扰她，转而将注意力融入到黑夜月光江水船只还有对岸汉口的灯火里。

她说咱们活在这个世界是为了什么？我说我不知道。她说我就知道你不知道。我说其实无人知道。她不接我的话继续说难道真像书里说的为了全人类为了明天更美好吗？我说按照我看的书应该是为了自己的幸福，未来未必更美好。

你就是个自私的人。

好吧，那你说是为了什么？

我跟你就没有共同语言。

她一定是不高兴了，我虽然看不清她的表情，但我想象出来了。我知道她有时问话不是为了寻找答案，而是一种发泄，但我实在分不清她什么时候是问询什么时候是发泄。她的严厉像小刀一样划伤了我。

但她马上又贴近了我，我就搂紧了她。我俩相互摸索着，又进入深深的亲吻中，在月光下我看到她闭着眼睛，我俩的舌头在交织着吸吮着，这一刻我原谅了她刚才的严厉。

接吻停歇中，她轻轻地说你接吻时为什么睁着眼，我很奇怪她是怎么知道的，刚才我吻她的时候她始终闭着眼呀。

[174]

我俩今天去东湖了，先在湖上划船然后到了对岸的磨山。秋天的武汉真是异常秀丽，花草湖水山野都色彩鲜艳有一种尽情释放的姿态。我俩身心都融在其中，记忆不再侵扰期待不再侵扰，只有眼前的美丽，这绝对是我最快乐的时刻。我想永远驻留在这一刻，只有我和她。

今天玩了一天，当然是我在花钱。

其实就在玩的某时某刻里，我猛然间有轻微的腻味，想自己一人无限地躺下去，我知道这是期待的侵扰。张颜说这样玩有点浪费时间，我知道这是记忆的侵扰。

我注意到张颜有时偷看我，一种忧虑的眼神。我说你干吗这样偷看我，你还没看够吗？不都看遍了吗？她说我根本就没有看你，她说这话的时候毫无笑容。

[175]

晚上在图书馆老地方我没有看到张颜，老地方被别人占领了。我想或许她有什么事情在寝室吧，于是我到女生宿舍楼下对着窗户喊她的名字，这是晚上七点多，学生们都已经各自安排就绪了。寂静早已经铺开了，我这类喊叫就格外突出，像蚊虫用触角刺入学校肌体。无人应答，我想或许她去做别的什么事了吧，想想这个时间各教室应该已经坐满了，自己也没地方了，这时我倒生出一点轻松和高兴，看样全世界都在今晚要成全我玩的欲望了，我应顺从。

说起来还是我们这个管理专业好，课程比较简单要求比较松，因为我回去发现竟然很多同学都在寝室各种玩耍，我迅速加入一个牌局里，跟着他们小呼小叫起来。

[176]

吃完饭我就背起书包赶往图书馆了，在四楼阅览室靠西第四排临窗的地方就是我俩所谓的老地方，但那两个位置已经放上书包了，我发现那不是张颜的书包，她还没来，这跟以往太不一样了，她怎么了？她不会生病了吧？我于是赶向女生楼，她仍然不在寝室。

她的室友说你不知道她回北京了吗？她说这话的时候眼睛并不看我。

啊？我不知道呀，怎么回事呀？

她说她家里有急事。

她家里发生什么了，我一下子担心起来，这刚开学不久呀，她这样急匆匆回家竟然没跟我说一下，到底怎么了？我胡乱猜测随即又觉得这是一种愚蠢，马上将猜测否定然后将思维关闭，忧虑于是冒了出来，像茫茫草原上的浓烟。

[177]

当学业的负担压不住我当忧虑困不住我当张颜消失不见时，我就自由了。按常规我应该回到认识张颜以前的悠闲中，但我就像断线的风筝胡乱地飞着，好歹我还不至于昏头落地。白天还是依旧，傍晚来临时我似乎还想保持背上书包去学习的习惯，但现在都应该解除了，我吃完饭坐在寝室里傻乎乎地等待周围的唤醒，像电脑的屏幕保护图像。

当晚廖德军喊我去看电影，我就去了。

[178]

张颜这女孩真是想不通，无论发生什么应该打个招呼呀，怎么能这样做事？我到底算什么呀？

今晚我跟林继去看校园歌手比赛了。

[179]

或许她是迫不得已吧，实在是来不及告诉我吧，也可能找我但没找到我。

我的想法像枯叶遍地，秋风不断地吹走，落叶又不停地飘下。

今晚我跟肖辉宝皮兴中李辉打牌了，我输了，手气是个奇怪的东西，智力在这奇怪的东西面前有时毫无用处。

[180]

我理解她了，一定发生什么大事了，她无奈她被迫她来不及。

今天踢球差点打起来，我们家乡有句俗话“横的怕愣的，愣的怕不要命的”，是说无论你怎样人高马大威武雄壮，但你的克星就是那些傻乎乎的家伙，这些傻乎乎的家伙是不分青红皂白下手没轻没重的，当然这些傻乎乎的家伙的克星就是那些急眼了玩命的家伙，这些玩命的家伙就是那下死手的，直接是你死我活的，是要命的，是只有一种结果的。我想这个道理南方应该也适用。我们踢球相互冲撞本来也算正常，但今天就有个家伙看我不顺眼，他长得个子小，我俩相互碰几次他就踢了我，我瞪着眼，那一刻想冲过去踹他，但我还是退缩了，这种人容易误解我，往往过度攻击，有点类似所谓的愣家伙。再有就是上次老师已经警告我了，若再打架就要处分，严重就开除。另外最关键的是我不是很生气，没必要在小个子面前逞英豪。

那小子看我退缩了，瞪着我，也没再继续。

[181]

就在晚饭后我听到有个女声在喊我的名字，应该是张颜的声音，我马上冲到窗前，朝下一看果真是张颜，红色的风衣将她整个人都衬托成一团火般的艳丽，她在笑着，这给了我一个不同的感觉，性感和激情。我应了一声立刻跑到楼下。

她告诉我家里有事她就急着回去了，来不及通知我。

家里有什么急事呀，

她说有点事。

她这种回答似乎把我和她间隔开来，她看出我的失望了，于是娇滴滴说你别再问了好吗？我看出她的真诚了我感觉她似乎也有点心疼我，于是我就想或许有什么她不愿意面对的事情发生了，她也不愿意让我面对，那一刻我就谅解她了。

这些话与我脑中的理性分析其实是有缝隙的，是无法弥补一些疑点的。但就在我俩的热吻中，所有的一切都融化了，包括那尖锐的理智。

~~[182]~~

张颜今天情绪很好，她竟然破天荒地请我看了场电影。散场后我俩手拉手回到了学校，在女生楼分手时都有点依依不舍，面对我想亲吻的靠近她竟然躲闪了一下，然后她一副被动有点不情愿甚至勉强的样子，我还是有点意外的。不过我俩的舌头最后还是紧紧缠绕到了一起，口水相互灌溉着。

张颜变得温柔了，这就唤醒了我的缠绵。

~~[183]~~

我今天中午接到了一封信，没有落款，很久没有来信了，我以为这是与平时一样的求爱信呢，但看后我当时就蒙了。信是这样的：

大疆：

你好！

我想告诉你张颜的事，她消失的那几天其实是跟北京的男朋友在一起，那是个老男人，他们一起出去旅游了，但张颜让寝室的同学告诉你回北京了。我觉得让你知道真相是任何有良心的人都应该做的。

一个有良心的人

我靠。我看后就蒙了，呆呆地坐在床边，我似乎又回到了 14 岁那年。我记得似乎是贾世川问我：怎么了大疆？我觉得此刻我游离在这个场景之外，我是看着贾世川瞪着眼睛对着这个名叫大疆的人。

午睡和下午的课我都在空白茫然中，这个事件像根棍子击打了我的脑袋，我慢慢苏醒过来，然后想我是否爱上了张颜？我如果没有爱上她，面对这封信我就应该平静自如，但我的心已经大乱，我应该是爱上了她，这就是爱吗？面对一个骗我的人，我应该怎么做呢？

晚上和张颜在一起时我变得很懒惰，我不知道怎么盘问我什么都不想说，觉得怎么问都会被她遮掩，她都会主动积极凶猛凶恶，除非我真想结束了，结束吗？我觉得我站到了悬崖边上我在选择跳或者不跳，跳就意味着我要换个天地了，我突然发现自己是个懦弱的人。我只是沉默只是看书，她问你怎么了？我说我有点不舒服。她问哪里不舒服？我说有点头疼。她说要么我回宿舍给你拿点药吧。在这些对话里，我看出她的关切，这应该是真的。

一个关心我的人也是一个骗我的人，我该怎么办呀？

在我回宿舍的路上，风吹动着树叶，没有吹动我的影子。

临睡前苗斌把自己的录音机放得声音很大，喇叭里传出的是流行歌曲，我说你能不能把声音放小点。他说声音不大呀。我说吵死了。他说多好听的歌曲呀。我说真烦。他不搭理我，我当时猛地想冲过去把电源拔了，我其实都开始做转身动作了，但马上自己就冷静了，这可是同寝室的，还是忍了吧。他后来还是自己关上了录音机。若在平时我俩早早会有一人妥协的，但这次我俩都接近了临界点，我想或许他跟我一样都是心情不爽，就在那一刻我俩针尖对麦芒，操他妈的，这个词真精准。

[184]

傍晚了，不想去图书馆，我于是就在寝室里坐在书桌旁抛着硬币，正面反面正面正面反面，就这样数着，正面已经一百零一次了，反面才是五十九次，理论上说若硬币的配重平衡，抛的次数越多，正反面出现的次数应该越接近。

这时听到楼下有喊我的声音，我知道是张颜。

在我和张颜亲吻之前，我在想她的口腔她的舌头她的肌肤她的胸她的口水她的湿润是否已经被老男人污染了，如同那被肆意践踏然后污染的野地，但我这样想竟然还亲她还紧紧地抱着她，甚至比以往更激情更狂热。

[185]

我应该把张颜当作一个水里的动物，我只关心她表面的东西，也就是露在水面的部分，只消费她当面的表现，对表面背后的东西我不去感觉不去判断不去推理更不去想象。我就应该这样，这样一来，我发现自己慢慢舒缓了，这一定是一种境界。

[186]

我其实只看到她的一部分，她的其余部分被我屏蔽了，其余部分的变化和我没有关系。我似乎想明白了。

难道就这样了吗？真当做什么都没发生吗？我现在能感觉到张颜对我比以前更温柔体贴了，看得出来她很开心，亲吻拥抱抚摸做爱都很投入。

大学的爱情本来就没有出路，大家都是偶然相遇然后相处一段时间最后分开，何止爱情，同学之间不也如此吗？甚至还有父母儿女之间，大家相伴一段时间，然后各走各的人生路，各有各的高潮和寿命，一切何必当真。这里的高潮就是性的高潮，在这里我不用含蓄。

我想我越来越无心无肺了。

[187]

我能感觉到张颜大方了，她今天请我吃饭还请我看电影。我推辞的时候她望了我一眼，那眼神很犀利，这是一种表象，表象的背后或许是轻蔑或许是愤怒或许是不满或许也是无心的，我若一定归结为某一点，那我就一定要产生某种反应，我真不想，我不想跳到她的角度分析这个我，我也不想在自己的角度上分析她，我更无力跳到我和她之外分析我俩，我累了。

男女间本来就是玩玩，我应该将这男女关系看透看简单，这样我就会洒脱了，洒脱的结果就是昏头昏脑，但昏头昏脑的结果一定不是痛苦。

[188]

难以想象，我今天做了一件自己事前事中事后都无法理解的事，我跟踪了人。

我当时真不明白我为什么要这样做，因为对方是个陌生人，我对他一无所知，跟踪他的念头只是一瞬间。就在校门口的小商店里，我看见一个人急匆匆地走出，那是个中年人，个子不高稍有谢顶，他只是一个任何人过目应该就忘的普通人，但我当时就想知道他为何匆匆。那人沿着建设一路快速走着，然后驻足在和平大道的一路电车站牌。我随后也站到了那里，我跟着他上了一路电车，他在红钢城站下来然后走向居民区，我还是跟着，我想到侦探电影里的跟踪技巧，保持距离余光观察，但很显然这些技巧毫无用处，因为他根本不回望，他甚至不时地低头走路他一直匆匆，我也就不免快步尾随，这还是中午他去那里去干吗？没想到居民区的楼间隔很小，他拐弯到一栋楼后就消失了，我搞不清他是从楼口上楼了或是转入另外的楼了，我马上小跑，附近跑了一圈查看，毫无所获，那个中年人消失了我的目标没有了，我站在楼附近看着周围不知所措。周围不时有人慢慢或快快走过，偶尔看一眼呆傻中的我。

因为他的遗失，我知道我做了一件没有结果的事，这件没有结果的事变成了一件毫无意义的事，我就毫无意义地站立在那里了，好像被原先的冲动丢到了那里。一个多小时过去了我喘着气慢腾腾走回，红钢城距离我们学校有五站，我是一直走到了学校花了大概两个小时我直接回到寝室，因为下午的课要结束了一会儿食堂就要开门了。

如果他没有遗失我或许知道他为何匆匆。但知道他的动机又有什么意义？

如果我可以像上帝一样透视他，我可以看到他从婴儿变成少年变成青年变成中年，可以看到他被照顾被关爱被爱恋被嫌弃，可以看到他撒娇他发泄他压抑他麻木，可以看到他服从他努力他适应他设计，但现在我只看到一个谢顶的中年的庸俗臃肿的他。这一切毫无结果对我毫无意义。

从小到大我做了多少毫无结果的事，多少毫无结果的事变成毫无意义的事。这个中年人呢？其他人呢？我是否一直在做毫无意义的事？大家是否都是如此？

我发现原来我目的之外的东西对于我都是毫无意义的。

张颜是在我目的之内吗？若是，我的目的是什么？我现在觉得其实我根本不爱张颜。我之所以这样，是因为她的匆匆，她匆匆来她匆匆变，我何必为匆匆而执着。

我这么想着，轻松一下子铺满我的五脏六腑，就像月光一下子洒满武汉三镇。

~~[189]~~

我现在完全放松了，周围所有的东西在我没有目的的时候就是一堆废物，甚至是一种不存在，我可以不管不顾我可以控制注意力，老师讲的课我很投入地听着，即便我坐在阶梯教室的最后。我在各种嘈杂中准确分辨着数学老师的声音，我完全听懂并为之迷醉，我甚至觉得这郑副教授重复太多。

晚上在图书馆时我流畅地读着弗洛伊德的理论并发出感慨。我和以前真不一样了我学习不是投入是进入，如同身子和脑袋全部浸在水里。

张颜说，看你学习其实也是一种享受，因为你完全进入了一个荒原，一个只有你自己的荒原。

[190]

当一切情绪不在时，我感觉自己像一只被拔光毛的白条鸡，我是完全的自由和舒适。我起了个大早，一头扎进这昏暗的黎明，在校园里走着在清新的空气里，我不想让自己的脑子放空不想将注意力投入到眼前模糊的周围，也不想让注意力调出各种记忆和记忆里掺杂的情绪，我更不想让注意力去构建各种幻想，我于是就想那弗洛伊德的理论，原来这世界还可以这样解释，真是新奇。

白天就是上课，纷纷扰扰，做学生是很累的，更是无聊的。我发现每个人都变得很无聊，在无聊中大家就争相混到一起，逃避孤独。

晚上张颜说咱俩去跳舞吧，就在大学生活动中心我俩先是站着看，用一段时间的沉默进入这个氛围，看着一帮男人和一帮女人搂抱着然后我俩才混入其中。我俩其实都不会跳，就是在乐曲中抱着走着，我注意到很多人看着我俩，我俩个子都高一个帅气一个貌美，这真是天然所赐，但他们都不知道，若按照通行的观念我俩都是道德败坏的人。

但我在败坏中得到了悠闲所以我就不在乎是否道德败坏了。

[191]

知道吗？人的表皮细胞在 28 天就会全部更换，意味着那老男人污染过的细胞在 28 天后就会全部死掉，张颜是新的张颜，我用的是新的。当然我也是新的，我俩是新的和新的在一起。

[192]

我今天又收到了那个人写的信：

大疆：

你怎么还跟张颜在一起？她在玩弄你的感情，你怎么还继续跟她在一起？你若总是跟一个道德败坏的人在一起，那你也会变成道德败坏的人。

一个正气一身的人

这个“正气一身的人”就是那个有良心的人，这个二合一的人本来是无法容忍张颜的背叛，现在又无法容忍我对背叛的态度。对于这位事不关己还能投入情绪花时间写信花钱买信封买邮票的人我有一点好奇，看着字体的细细小小浅浅扁扁，我想象成一个瘦瘦小小的女孩，很想知道她是谁，她长得什么样，她性感吗？

这一刻我很无耻地想亲亲她，我觉得自己下身有了反应，我竟然进入另外的状态中忘记了信的内容。

[193]

这个二合一的人是谁呢？信封上没有名字没有班级信纸上没有落款，我想这“二合一”一定是张颜身边的人，我认识她们寝室的六个女生，我将每个人都细细地过滤生成一个现成的道具，让她们每个人都试一下，看是否和整个场景配套。

也许是太闲了，我还想如何让这“二合一”现身。

就在我和张颜缠绵的时候我想起了“二合一”说张颜在玩弄我的感情，她的意思是在我真心的时候张颜不是真心，我是真心的吗？我突然觉得真心和假意不是很容易区分。

她和我在一起的时候我不需要她是全部的她，我只需要我需要她的部分，多余的没必要，多余的或许是真爱。

[194]

就在食堂边上有个小吃摊，那里的拉面还是很香的，那些葱花和香油调制的汤水让我一喝而尽。每天的美好其实还有口感和胃口的满足。

比较起来我们寝室这几人真是太传统了，他们应该都是处男，每个晚上横卧在各自的床上，不知道身体的能量不知道能量释放的快乐。

[195]

张颜还是一如既往地在图书馆那个老地方等我，我俩经常上自习俨然一副比翼双飞的样子，比翼双飞和劳燕分飞是反义词吧，此时和未来是反义词吗？我不愿意深想了，我不想预测未来，我就深陷在此时此刻。

那个米黄色的图书馆大楼在黑夜中也是如同其他颜色一般只呈现乌黑的轮廓，灯光从窗户跑出，我的心跟不上书里的说法时就跟着灯光四处乱窜。

我在想那个“二合一”在这种结果下会如何说法？

[196]

秋天的阳光是柔柔的，它静静地趴在我们的表面温暖着我们。我就坐在教室里看着陈旧的桌子凳子，恍惚中看到无数的人曾经身在其中，他们坐下他们站起他们扭头他们哈腰他们用心他们忍耐，但此刻我们占据了教室我们重复着他们的动作，替换着他们的旧日替换着他们的阴影。

我想这一刻即便是死去也是可以接受的。

[197]

汪友宏说那李岳毅现在很搞笑，有个水运学院的女孩像疯了一样每天都过来，李岳毅说没想到那女孩太痴情太激情，自打睡了那女孩后那女孩就说非你不嫁，否则不是你死在我的石榴裙下就是我死在你的怀中。李岳毅说所有的分手战术都失效了他已经崩溃了。女孩还说你以后所作所为必须都在我的眼皮底下你要给我老实点你不要破我的底线我是说到做到的我不是平常的女孩我很冲动我做的时候是不提前打招呼的你千万别试。李岳毅说那女孩经常给他讲家乡的各种爱情故事，那女孩是北方人还是少数民族，我们在眼前各自塑造李岳毅的悲凉眼神，那一刻我们大家都笑倒了。

[198]

张颜和我的关系时松时紧，我想她对我应该不是满意的，但每当有女孩对我流露倾慕的眼光时，她就像林中的倦鸟被惊扰会不自觉地对我由冷淡转为热情。我和她一定不是血浓于水而是醋浓于水。

[199]

就在晚上散步时张颜竟然说你这人是个好人，但好人是没用处的，所以你是没有用处的。她这种毫无来由的发作和标准的三段论彻底伤了我，我当时有种窒息感，在黑暗里我张着嘴不知说什么了。

[200]

今晚看校篮球队和华中科技大学篮球队在体育馆比赛，大家都为自己的学校加油。张颜也是兴奋异常，她问我你为什么这么平静？我说看不出有什么兴奋的地方。她说你这人怎么能这么自私，你毫无集体观念你生活在集体中就是集体的人你就应该为集体做事甚至要为集体献身。

平时我都是忍了，但这一次我没有忍住。或许因为不断的忍没有带来好的结果或许因为我觉得有自己的道理，我就说集体是个后天的概念，这样的概念可以无数多，我可以说我是属于家乡的属于515寝室的属于学七舍楼的属于管理系的属于学校的属于武汉的属于国家的属于男人的，我要为这无数的集体做事？还要献身？太好笑了吧。

她瞪着我脸憋红了，她说你这都是些什么乱七八糟的思想，你有病。

她最后说其实你真是个没味的男人。

说完她站起来就走，毫不顾及大家对校队刚刚进球的欢呼。我看着她走看着她扎起的头发在摆动着。我一直很喜欢那种摆动，我会想到一种青春的跳动，望着这一切我丝毫没有惊讶没有气恼，我冷眼看着坐着我保持平静我纹丝不动。

[201]

晚上我去图书馆老地方，张颜不在那里，我背着书包去女生楼喊她，无人应答，我就回寝室了，只有汪友宏一人在孤灯下看书，我就上床听音乐在荷东迪斯科音乐中发呆。

[202]

晚饭时我在女生楼下喊张颜，她下来了一脸冰冷。她说大疆你以后不要找我了咱俩分手了，我愣住了，她不顾我的反应扭头就走。我望着她的背影想算了就算了吧，她总是批评我她挖掘出我的另一面了，然后把这另一面涂抹上了她所不屑的颜色，既然这样其实也没啥意思了。我就走了，什么也不想。

这些日子我和她共同端着一碗无法下咽的饭，或许她是对的，这碗饭还是扔掉吧，这碗饭名叫爱情。

[203]

我其实不适应突然到来的孤单，晚饭后我拿不准是否去图书馆了。我看弗洛伊德的书上瘾了还喜欢在阅览室看画报，我真想去图书馆，但若碰到张颜怎么办，我若在那里出现似乎是在等她似乎是变相求她，我稍稍纠结了一下，算了，哪里也不去了，看寝室这帮家伙怎么过。

有人在走廊大喊三缺一，我边喊着“一来啦”边冲了出去，是申支龙，他龇着牙笑着说目前只有咱俩，然后他继续大喊三缺一。晚上当然在牌局上度过。

[204]

上午我的饭盆竟然丢了，有的事真是不可思议的，同学经常有丢饭盆的，那时我就想或许他们的饭盆太普通了太新了，有人拿走后或许洗洗涮涮就用上了，但我的饭盆很大很特别也有点破了，怎么还有人不嫌弃，用起来不怕被我发现吗？我们是在阶梯教室上课，三四节大课时我记得我那大饭盆跟其他同学的饭盆一起被摆到教室外的窗台上，沿着窗沿一排排并驾齐驱很乖乖的样子，下课后就找不到了，毫无踪影无翼而飞，毕竟使了将近一年半了说没就没了，每天在一起没有多珍惜也没有多欢乐，突然不见了就觉得不方便，于是一堆记忆就盘旋在饭盆周围。我明白我每天都在打开它但我从来没有占领它，我又开始联想到了我自己，我的身体不也是在变化中吗？我根本控制不住它的变化，我一直在使用自己的身体，其实我没有真正地占领它，自己的身体是在慢慢背叛自己远离自己。我突然悲伤起来，不知道是为饭盆还是为这生龙活虎的身体。

晚上卧谈会上小四川问大疆你怎么不上自习了。我说和女朋友分手了。他说真的假的不会吧？我说这次是真的，他说不应该的吧一日夫妻百日恩哪有这样快捷的。苗斌笑着问你们“日”了吗？我说妈的没有，我想还是应该为女孩子的名誉保密吧。汪友宏说明白了，你没有做该做的事这样必然分手。我说你们几个大处男怎么装得像行家老手。贾世川说我们都是道听途说是间接经验没吃过猪肉但见过猪跑。我说明白了，不过你这俗语说得有点怪你是想说没尝过女人但见过女人的肉身吧？大家都若有所思地浅浅笑了起来，后来大家又都叹息起来，慢慢话就少了就都睡了。

[205]

我有时会想起张颜很多批评我的话，我当时要么是无语要么是应答不到位，现在想想真是一堆遗憾。其中有一次张颜说我骨子里就是极端自私的。记得我当时就什么也没说，现在想想我应该问她，你凭什么说我骨子里？骨子里你能看到吗？你看不到就不能乱说话。其实有时候透过现象看本质的说法经常被人滥用，也就显得很坑人。

[206]

看出来李岳毅病急乱投医了，他今天竟然一直跟我絮絮叨叨，后来问我你每天优哉游哉地守着一个女人不腻味呀。他明显不知道我的近况，我当然也不愿意跟他说明就应付着说对付着过呗。他说妈的我一直认为和女孩快进快出就容易甩掉，没想到这个水运女孩如此凶猛，我都怕她了，这可怎么办呀？我想他应该绝望了只剩抱怨了，像个水中挣扎的求救者。

我能有什么办法，我说你就对付着过吧。他接着说只是为了下半身却搭上了整个人生。他说这话的时候是苦笑，我只能假装同情地看着他，心里想要找个地方大笑一场。

[207]

武汉太冷了，到处都是冷冰冰的，我被冻出了疮，怎么能这样呀。

张颜这么坚决地做事，真是个铁女人。陈静也是这样，半年多了毫无音讯。念雪似乎已经失联了。这就是我的三个女人。在一瞬间我觉得自己错了，一瞬间之后我又觉得我没错，其实我一直是被她们挑选被她们驱动，表面上她们被动其实她们又处处主动。我呢，突然迷惑了。

[208]

我在校园里遇见张颜了，是在上午的两节课后，这有二十分钟的休息时间，阳光很温暖，大家都散步在教学楼和校园正门间的开阔地带中。我是和林继在一起，她是跟女同学在一起面向我们走来，我注意到她根本不看我，装作根本不认识一样。我看她这样也就把头转到和平大道的方向，其实就在十多天前，我俩还在彼此身体上相互吸吮。

人和人可以亲如一人也可以冷若异物，唉。

[209]

我今天又收到“二合一”的信了，

大疆：

你做了正确的决定，你走出了这一步，虽然痛苦，但你从此前途光明。

一个关心你的人

一个正气一身的人一个有良心的人现在又加上了一个关心我的人，变成“三合一”了，我痛苦吗？我从此前途光明了？我觉得这“三合一”的说法实在难以接受，我觉得她在抓向我是在靠近我，我似乎觉得脚下的路飞舞起来变成了一条绳子，这条绳子结成一条大圈，正从空中落向我，我对她突然没有兴趣了。

我已经习惯去图书馆上晚自习了，就在和张颜交往前我很不愿意上晚自习，每天都是各种玩，心情可以无限的舒畅，但被改变习惯后，晚自习读书和阅览室看图片这些做法已经挖掘出我快乐的深度了。我已经习惯在这种深度下攫取快乐，浅显的快乐让我不满足，如同接吻的甜蜜已经无法替代做爱的快乐了。我于是背起了书包，四处找位置，最后在西三楼找了个位置，我知道这样我会慢慢返回到玩的阶段，如同无法做爱，亲吻也是一种满足，亲吻若得不到拉拉手也会很激动。

[210]

武汉怎么能这么冷，我真不理解这些南方人竟然可以和所有动物一样承受同样的冷酷。而我们北方人类和动物是有巨大差别的。写完这番话我觉得这有点像辱骂了，但我真不是，我只是愤怒于在这种严寒下的毫无作为的聪明的南方人。

下午收书费的时候班长对我说话竟然是命令的口气，我想你这小子想挑衅我吗？等回寝室我把你摁到床上然后再把你拎着腿大头朝下抓起示众。但没想到在宿舍时他对我的态度很好，我想这孩子有病在教室里一定是犯病了，这样一想我就远离不开心了。

晚上我跟林继去看电影了，林继说他喜欢班里的一个女孩，但那女孩对他不理不睬，我说我虽然交过几个女朋友，但对这种情况真不知道怎么办。不过我想每个人都是不同的，你想怎么办就怎么办，怎么办都有成功的，这是个没有规律的荒唐的世界是一直在变化中在实现中的。林继说你的这些话都是废话，其实我说的是存在主义。

~~[211]~~

今天收到那女人的信了，她说你今年寒假必须回来我和你爸都想见你了，你这样太不合常理你必须回来，否则以后就没有生活费了。看着她在信里的威胁，我的眼泪突然流了出来，我怎么了？

我想我的存款还有2000多呢，寒假打工应该还能赚，其实可以不怕她的威胁，但一想这里这么冷，而家乡的屋里是暖融融的是可以在炉火旁睡着的，随即眼前出现家乡的鹅毛大雪了，记忆中大雪纷飞的场景出现了，妈妈从雪地里走过来，全身披着雪花。

这一刻我看到对面物理实验楼的一扇窗有人显现，我的心思断了一下。但很快又接上了。

好吧，回家看看吧。

晚上我去了图书馆，在阅览室里只看图片，这次我看的图片不是春天夏天秋天，我是专看雪景枯木冰冻。

~~[212]~~

大家似乎把我当恋爱专家了。中午打饭的时候杨德佳问我，有个高中女同学在湖北大学每周末都来找他，他问我该怎么办？我说你就顺其自然呗。他说什么自然呢？我说你该亲就亲该抱就抱该脱就脱该上床就上床。他说啊？这么生猛这么流氓呀，我说你对女人好就是要跟她共赴一床，这才是真正的好。他的脸竟然红了，哈哈，他是个老实孩子。但我知道他有自己的节奏，不会加速的，即便是加了速，也会认为是他自己所悟。

另外我知道，大家愿意跟我说其实也是由于我的嘴严。

回寝室的路上李岳毅问我，你和女朋友分手了吧？我说是的。他问那你跟她那个了吧？我说没有。他说你别骗我我明察秋毫。我就没再搭话，他明显不是为了八卦，他说他可怎么办呀，那个水院的女孩完全把他当老公使唤了，他也没出息管不住自己每天就想跟她那个，那女孩几乎每天都过来她骑自行车过来给他洗衣服帮他收拾，也要他骑自行车过去帮她忙这忙那，俩人像夫妻一样了。她说春节要跟着她回家乡见爸妈她怎么这么黏呀，在她不爽的时候就威胁我声称要切掉我下面说要养我一辈子。她怎么这么凶残呀，唉。他说自己的悲惨人生呀可怎么办呀？难道真要在她的屠刀下乖顺一辈子吗。我说要么你就从了吧，未来再说吧，我还说现在的她未必是未来的她，现在的你也未必是未来的自己。

就在他诉说的时候我俩缓缓地走着，他低垂着头我仰望着天空，我俩像冬天的丫杈跟随风的流动。

[213]

我站在岸边看着滔滔不绝的江水觉得整个武汉其实也是在流动中，所有的东西都在慢慢变形变色，太阳在一定的距离外天空在一定的距离外，武汉对于我其实也在一定的距离外。

这是周六下午，我漫无方向地踱着步，我昨晚没有梦此刻没有思想，我就像静静浮在天空中的云朵，整个世界都与我无关。

我很晚才回来，我看到了太阳是怎样沉没，蓝天是怎样隐退，对面的汉口和我脚下的武昌在水面上是怎样缓缓移动。

寝室里大家无话，我戴上耳机，钢琴曲播放着，我在音乐的流淌中漂浮。

[214]

星期天我醒得很早，我靠着枕头枕头压着床架床架顶到水泥地水泥地撑在混凝土上，这些东西浑然一体各自承受力量无需操心。我打开床头的小灯，先是写昨天的日记然后又翻开《西方哲学史》，努力地理解着。轻轻的鼾声还在有节奏地发出，床下汪友宏还偶尔地翻身。

临近九点的时候寝室这帮家伙已经端着饭盆发出吧唧吧唧的声音，我准备出去打饭了，没想到陈静来了。我很惊讶，她却是笑嘻嘻的样子就像每天都来的样子，她还像以往一样提了袋水果，每人都给一个，然后把剩余的挂到了我床头。小四川说姐姐好久不见了。她笑着说你想姐姐了吗？小四川脸红了，他马上调转枪口说哥哥想你了。我说你别乱说话，陈静笑着走近我直接问我吃了没有，我摇摇头，然后跟着她走了出去。跟她走的那一瞬我觉得自己像一个饥寒交迫的乞丐跟着一个幸福的富翁。

我其实内心很欢乐，我小时候一直想有个姐姐，这一刻我觉得自己实现了心愿。

陈静歪着头仰视着我，嬉笑的神情，你想我了吗？

没有。

她的嘴角上翘继续笑着，别嘴犟了，我知道你想了。

我望着她不知怎么接话了。

你那小女朋友怎么样了？

没了。

怎么，是被甩了吗？

是的。

为什么呢?

她腻了，看不上我了。

唉，你们这些孩子呀，一定不是这种情况，或许会有别的什么吧。

我突然觉得她的直觉强大，不想再说那张颜了，我就转移话题。

你怎么想起找我了?

唉，这么久了，我真是应该来看看你这可怜孩子。

不是结婚了有老公了吗?

我昨天跟他吵架了。

这时我俩已经走到了那个通向阶梯教室的花廊里，她拉起了我的手，我能感觉到她的潮湿和温暖，她说你的手还是那么热。我说我不知道。这时候她站住了脸对着我嘴噘了起来翘起脚眼睛闭上了，我低下头亲上她了。在亲吻的时候我是闭着眼的我有种异样的感觉似乎在一双眼的注视下，管它呢，我只享受此刻。

我永远忘不了张颜说的:你真是个没味的男人。

晚上我是从中华门赶回来的，我俩今天去了黄鹤楼还看了电影，我也是刚进寝室门突然被撞开，是张颜。她的脸涨红她的嘴唇在哆嗦，大疆，你是个混蛋。

我本来笑容满面地跟贾世川打赌说中国足球队明天比赛的事，看到她的愤怒我吓了一跳，我和寝室的几人都望向她。

你怎么了?

需要我当众揭发你吗?

揭发什么?我注意到所有的眼光都照向我。

揭发你道德败坏玩弄感情。在她说话的时候所有的眼光又照向她。

我估计她看到陈静和我在一起了，我只是不理解我和她已经分手了谁和我在一起和她有什么关系。但那一刻她措辞严厉大声叱责，走廊上很多人看着，我若不说话似乎就是默认了。

咱俩不是分手了吗？

你就是个混蛋。她说完竟然扭头就走，她制造现场然后她离开现场将现场留给我，我面对这现场的一片语言狼藉呆傻地站着。我真是搞不懂她的想法，她已经有了男友为什么反过来侮辱我，不是她说的分手吗？她为什么这么激情这么冲动？

她走开后人群散开现场消失。我默默地洗脸刷牙没跟任何人说话，任何人也没跟我说话。周围人会认为我是个道德败坏玩弄感情的混蛋吗？会对我有什么影响吗？这么复杂，真他妈的烦。

随后又觉得无所谓了，现在想想她今晚开始的第一句和最后一句都是一样的，这是一种对称。

哦，对了，半年前是她走进我们寝室表明我们恋爱开始，今天也是她走进我们寝室公布我们恋爱终结，这么有序这么对称，如同一种创作一种艺术。在昏暗的盥洗间，我看到了身影和裸露的水管在交叉，就像我做题被划的叉叉也像十字架，我突然猛地一哆嗦，恐惧喷出。

[215]

又上课了，昨天的事就像没发生过一样，大家和周围在我看来都显得若无其事的样子，我还是有点心虚试图从这些若无其事中找到破绽，但毫无疑问每个人都在忙着，其实每个人都在自己的生活里也可以说是在自己的观念里还可以比喻成在生活的囚牢里，或者在无奈的困境里。这句话应该是某位哲学家的话，但我记不清了，那就算我说的吧。

这样看来，我开始的想法绝对是误解了，对于大家和周围昨天的事或许真是可有可无。

我觉得有的老师真是水平不高，用“照本宣科”描述他们真很恰当，或许是肚子里有货倒不出来？应该不是。我们班的英语老师以前是个老太太，大家都投诉她讲得不好，英语系勉勉强强磨磨蹭蹭地换了个年轻的老师，大家又发现这老师更差，完全是照本宣科似乎还有点神经兮兮，我们都私下里说这英语系有意整我们，大家已经无力投诉了，后来一想只要给我们及格就行了，我们这几个混混很开心，这英语课又变成我的睡懒觉时间或图书馆看画报时间了。

或许社会就是个搅拌机，各色人都混到一起，不要觉得在什么位置就是什么牛逼人士，其实混子很多，这样一想我又开心了，我不用努力了，不拼学习拼运气吧。

我还是觉得有些堵，意识无论流到哪里似乎都有张颜的话在那里等着，她的很多批评的话像礁石阻挡着我的意识流动，我的意识只能绕开，她怎么能这样？我怎么还无法突破，难道我受伤了吗？

[216]

河北的苗斌现在变得很激昂，像一只发情的鸡，最近他总是哼着小曲笑哈哈地跑来忙去，陕西的贾世川说用那句人生经验的话，见人就笑非奸即盗，这人应该是“奸”了，我们都点头称是。

苗斌说你们都是些无聊的人就盯着蝇头小利看不到外面世界

的阳光。汪友宏说狗屁阳光现在已经黑夜了外面漆黑一片月亮都没了。我们都连声说对。苗斌说你们呀你们要学会用黑夜的眼睛看到光明。小四川大笑起来然后大叫暴露了暴露了，一个诗情大发的人就是一只发情的畜生，快交代吧。苗斌说就不告诉你就不告诉你，这时他的话和神态又像一只撒娇的小狗崽子。

没有人说什么，我似乎一直在自我审判自我辩解，前天那个现场似乎还没散去，这两天已经搬进了我的意识中，我在其中表演着还在辩解着还不时替换成张颜或者旁观者表演着。

[217]

这几天小四川经常在寝室里抓个人就当他的舞蹈陪练，他有时还开玩笑地抓着拖把摇来摆去。

小四川现在变了，他的头发打上摩丝几乎根根头发清晰可见，皮鞋擦得铿亮西服领带样样齐整。我问他干吗去，他说去跳舞，转口问我一起去吗。我说不想去。他说唉，我就知道你不会去。

他这么一说我马上就想他理解的我和真实的我有多大不同，我理解的我和他理解的我哪一个更接近真实的我。

不大会儿他和苗斌结伴出去了，还有对门寝室的申之龙。

我晚上坐在西三教学楼冷冰冰的座位上，白晃晃的灯管下弥漫着凄清的感觉，整个112教室只坐了我一人，在这种静谧中我有一刻恍惚觉得张颜在面对着我，这似乎是一个没有完结的故事，我和她之间留下了一种残缺，如同从悬崖跌落的石头还没有着地。她就这样将我侮辱然后一走了之，我难道只能自己养伤自己修复吗？

我能怎么办？去她的寝室去她的班级告诉大家她脚踏两只

船吗？

这个想法只是一闪我就觉得我是干不出来的，唉，算了吧，想想自己，或许这就是对我和陈静不道德关系的报应，石头还是落地吧，残缺还是自己补足吧，自己修复自己吧。

我走到半敞开的长廊里望着天空，在这个没有月亮没有浮云的黑夜里，我似乎穿过城市的光亮看到了点点星光，我反复告诫自己，在这孤独的夜里若能保持孤独就是一种坚强。

[218]

家乡的天空一片湛蓝，所有的平面斜面布满厚厚的白雪，我一身厚重地出现在家乡，我就站在雪地里和阳光下，所有人都微笑着看着我，我和他们之间没有话语。

我醒来后发现枕头湿了，我知道我在梦里哭了。

在这个冰冷潮湿的深夜我发现家乡的冬天不是用来寒冷的，是用来思念的。

每天还是上课下课，上课铃和下课铃让我产生不同的心情，每个人的理智都窝藏在各自的身上。我想他们都跟我一样吧，都在这种规则下习惯然后麻木。

老师们都说为了明天然后现在需要怎样怎样，怎样怎样以后明天才会更美好，我有点怀疑这种说法，第一是那今天怎么办今天就该受苦受累吗？第二明天更美好吗？明天凭什么更美好呀，明天或许有天灾人祸呢。

我想昨天今天明天其实都是一样的，昨天不值得追忆，明天不值得期待，今天呢？今天不要太辛苦。我知道我这观点太惊人，或许每个人都会指责我。

我在课堂里胡思乱想的时候也是老师在讲课的时候，课堂里就这样，大家的心思都在沉默中相互穿越，像冷风中乱飞的枯叶。

[219]

乌云一直布满天空，天空没有表明态度，这样一来周围都是冷冰冰的，我无处可看就在纸上反复写自己的名字，每个完整的名字挨个陪伴我几秒钟然后就分开，我就继续再写再找另外的陪伴。

傍晚竟然又收到了那“三合一”的信，

大疆：

我没想到你是个饥不择食的家伙，你怎么这么随便这么快地找女朋友，我看透了你，你好自为之吧。

一个曾经关心你的人

嗯，看样她也知道陈静跟我在一起了，我突然觉得很好笑，这人自编自演自说自话，假装一个不需要喝彩的演员，我想这人一定是张颜身边的人或许就是同寝室的人甚至是密友。我真想会会她了，看她是谁。

但我又一想，即便见到又能如何，我能跟她有什么说的吗？还能跟她亲吻拥抱上床吗？或许见到她以后我会兴趣全无，她在信里将我如此贬低，她的话语俨然符合家长老师甚至舆论的正确，在这种腔调下我会疯掉的。

她和他们知道什么知道多少，我突然掉入一种愤怒里，我将她的信撕碎扔进垃圾桶里我还“呸”地吐了一口，去他妈的。

我不能浪漫不能乐观，否则我会伤害自己的。

~~[220]~~

陈静来了，她在楼下喊我的名字，我站到窗前看着她发现她的动作和影子的动作是不一致的，她在微笑和摆手，影子是像蛇一样的S形是没有笑容的是让人可以联想到缠绕的和柔软的。

我下来后她问我下午干什么？我说上课。她问我午饭吃了吗。我说吃了。她说你陪我吃饭吧。我就陪她坐在校园门口的小吃摊，我看着来来往往的人，来来往往的人也有人看我，那一刻我想起幼儿园的傍晚，身边的小朋友在等待爸妈的接走，而我坐在那里看着他们相拥相亲的快乐。

她说看你每天这样安静一定是感觉幸福吧。我说是的。她说她记得当年上大学时学习很枯燥每天很无聊。我说我从小到大就这样安静。她说其实你这人真跟别人不一样，也许你是对的。我问什么是对的，她说安静就是对的，这是直觉。

她吃完了就说要回去上班了。我说那我送你吧。就在接近76路车站时我将155元钱递给她，我说这是你为我花的钱。她很惊讶地看着我，为什么给我钱？

不为什么，现在我有钱了我不想欠别人的。

你这么认真呀，我不要，你留着吧，我喜欢跟你在一起，所以我愿意给你花钱的。

你收了钱我会心安的。

但我拿了钱会永世难忘的。她的目光很坚定，最后她还是没拿。

我站在路边看着她在开动着的76路车上跟我挥手，我呆呆地望着没有反应，我在毫无道理地自言自语：为什么道别离为什么在一起？这是一句歌词。

寝室的这几人很喜欢争论国家民族美国日本这些东西，他们为此口干舌燥为此激动热烈，最后结果是谁也说服不了谁，大家都坚守在自己的想法里甚至还更加坚决了。对于这方面我觉得自己就像个色盲，我是没有能力去鉴别的。但我注意到，凡是争论过的问题经过一段时间后他们仍然各持己见毫无变化。所以争论毫无意义，只能凭各自见识和智力，慢慢自行改变。

汪友宏总是满腔爱国情怀，比较起来我毫无国家和民族观念，他是可以为国家为民族奋不顾身的，我呢，我只会找个旮旯躲起来，为什么要为别人为众人活着，他们摞起来的命一定要比我个人的命重要吗？这个判断是由谁来做？是大家还是我还是我们之外的人，反正我不会为别人献身的，我就是我，世上独一无二的我，我要珍惜自己，我若像教育所说的为一堆人献身，我的独特性哪里去了？

我知道这么说跟别人很不一样，容易被人辱骂自私或有病或无心无肺甚至混蛋可能还会被人唾弃，但我真是这么想的，我要说实话，至少在日记里。

风在狭长的过道里徘徊，学生们用厚实的衣服抵挡着。我想爱国或许还跟个人的冷暖有关系。

~~[221]~~

我坐在教室看书，累的时候我就散步，走在校园里看到明月照亮前方形成一条光带，像是月亮垂下来一条路，它在诱惑我前行。

[222]

今天中午吃完饭后我们去操场踢球，我还是做守门员在清冷中我在框架内蹦蹦跳跳一球没失，回来的路上大家都说多亏了我。这时下午的起床号开始响起，大喇叭在各自的角落里同声欢叫，学生们从各自的楼口走出涌出再分散，汇集再分叉。

我们一帮人走着相反的方向，我们热汗腾腾准备回寝室洗涮然后睡觉，下午是心理学选修课，我们都不选。

我发现张颜从对面走来，我的心一紧我注意到她是一人，这时苗斌捅了我一下，哎是张颜。他声音不大，我说知道了。她一定也发现了我，她把脑袋扭到一边冷漠地靠近再走开。她身体的一切都被我抚摸过，我曾经跟她合二为一，但如今都被思想所切断。爱情不应该是这样的，如果是这样的那时的身体相连一定是苟合，就像街上的一只野狗和另一只野狗的结合。

苗斌说你俩真分了呀，大疆，多好的女孩呀，这一定是你的过错。我说一直都是她在主导着一切，她说开始她说好坏她说对错她说结束她做标准她做判断，我毫无办法。苗斌奇怪地看着我，那你就哄着她高兴呗，我说没有那么简单等你有了女朋友你就知道了。苗斌只是摇头。

晚上我还是背着书包去教室了，我继续看《逃避自由》。

[223]

圣诞节又要到了，晚上我坐在上铺看了会儿小四川、苗斌、贾世川还有隔壁寝室的周五福在演练节目，然后又去 503、504、

506 三个寝室晃了晃，大家都处在无话可说的状态，我就去图书馆了在阅览室看画报，我都看过了就再看一遍直到第五遍，从这些图片中试图寻求里面所谓的艺术。

我是个无知的人，能从中发现艺术吗？或者说这些画面和我的观念相互作用能够产生出艺术吗？

晚上突然停电，几乎所有人“噢”了一声，随后又变成一片欢呼声，大家都解放了，我知道只有停电这种意外，才能将每个人从习惯里释放出来，自由才能出现。

[224]

到处都是灰蒙蒙，这意味着每个走在路上的人都是孤独的，影子不会陪伴。

课堂阴冷灯管明晃，大学语文老师还在有气无力地讲着。大家各种神态，像归元寺形态各异的五百罗汉。若是走在街上这老师只是俗不可耐的小个女人，我或许都不会多看一眼，但在讲台上她却让我心生敬畏，我知道这是一种包装，我被包装迷惑了。

就在熄灯前苗斌这家伙还是憋不住了，他说自己有女朋友了过几天要来寝室玩。我们之间本来话题像饭票一样总是越来越少是需要不断补充的，他的这个话题像一堆新买的饭票，够折腾一段时间了。我们纷纷让他详细介绍一下我们都说要帮他把把关，他哈哈地笑着。

灯灭了他又开始说贾世川的事，边说边笑，我们没听出啥可乐的，贾世川就说苗斌有病，这些话扫开了睡前的无聊。

被窝很快就暖和了，我知道是我自己温暖了自己。

[225]

我发现人有时候很怪异，会偶尔失去理智会发脾气会倔强会犯浑，跟平时完全不一样。

即便是喜欢唠叨的脾气很好的汪友宏傍晚突然不说话了，动作上摔摔打打，阴沉着脸背起书包就走了。我们几人相互傻望着相互问这老汪怎么了是否得罪他了？我说我没有。他们说他们也没有。然后贾世川说汪友宏就在床那里忙着没注意应该也没人怎么样他吧。大家又相互望望毫无答案，话题深入不下去了，小四川就说别累了，散了散了吧各忙各的吧别八卦了或许就是发情了。小四川又说反正我们守着大疆和阿苗就倒霉，你俩总有爱情滋润我们只能干旱火大。

苗斌说一个萝卜一个坑，你会有的，不过你不出去找不能埋怨我们太能干，我们都笑了。

晚自习回来后，汪友宏又笑了。阿苗问老汪你傍晚时怎么了？他说我没怎么很好呀。阿苗说那你怎么不说话摔摔打打地出门了。他说我就是不高兴。阿苗问那为啥呢？汪友宏说我恨这个时代。

为什么呀？

为什么不能父母之命媒妁之言？爱情太麻烦了。

我们一起鼓起了掌笑了起来，一方面是因为这老汪说得好玩，一方面是我们祝贺小四川猜准了，一方面我们宽心了，我们不用瞎猜了。老汪很高兴，他以为我们只是赞赏他的话。

其实很多所谓的怪异在人家自身是合理的，只是外人不知道。

[226]

今晚是平安夜，苗斌把女朋友带来了，女孩名叫刘芳是他的河北老乡，她是在红钢城边上的冶金医专上学。刘芳个子不高但长相俊俏，我注意到这刘芳总是偷偷看我，眼神还有些滞顿。我不喜欢她这样的表现同时也暗暗为苗斌担心，我知道这样的女孩是一种贪婪也是一种不懂事理。在我高一的时候就有一个叫王强的哥儿们，他的女朋友就这样，有一天她竟然偷偷跟我说喜欢我。我记得当时说这怎么可以，我和王强是生死弟兄呀！她说那我就跟你的生死弟兄分手然后咱俩再开始。我说我宁愿死也不会这样。我当时很直接很坚决，但我还是发现王强跟我慢慢疏远了，开始对我冷言冷语，我俩关系再往后就掰了。我当时真想告诉他，后来又觉得说了也未必有用。

就在中午我们各自买了一些菜，苗斌还买了酒，我们就喝了起来。我喝得有点多，于是就走出寝室走出校园向着余家头方向走去。醉酒时人有独特的视野，我看到了头顶上的飞鸟，它或许会想这个人走在人类自己设计自己建立的世界里，人工世界和自然世界距离一直在拉开，这个人一定被人工世界灌满了，一定不会背叛列祖列宗的。我被这个想法所刺激，就想方设法寻找自然世界的痕迹，就这样蹓跶了几个小时，拈花惹草式的。

[227]

今天休息，早上醒来时只有我一人了，某一瞬间我似乎发生了错觉似乎又处在寒假里，就在我琢磨如何应付这漫长的一天时，门被推开了，李辉高喊着无聊无聊进来了，他问你们寝室的人都干吗去了。我说不知道。他问你准备干吗？我说我正在考虑。他说真无聊真无聊考虑好了告诉他一声。我说为什么？他说这样他就会参考一下再决定是否参与。

我坐在床上看起了书，偶尔还想起了张颜，我想若是我们俩人在一起会做什么呢，会四处游逛吗会教室学习吗会一起缠绵吗？我发现经常在一起会彼此厌倦，我想她是不爱我的，但她为何又那么大的情绪。我爱她吗？在做爱时我想我也爱她了，但其他时间呢？我也是爱她吧，否则我怎么现在还会偶尔地想起她；我爱陈静吗？我也会偶尔地想起她；我爱念雪吗？我还会偶尔地想起她；我一人在同时爱着她们三人吗？当这个问题出现时，我就觉得这都不是爱了。我还想到覃婉婷了，那个特别的女孩，她在这个世界怎么给我露个笑脸然后就隐而不见了呢？

我一直都是被动的，我会这样一辈子吗？我会像书里描述的那样爱得昏天黑地痛不欲生吗？这是一种能力吗？我具备吗？

我觉得蝴蝶的寿命才几个月，人类的爱情怎么可以长久？

[228]

李岳毅像个怨妇似的喜欢叨叨，他说你们北方人真是不好惹，我是完全被套牢了。我说看你和她在一起总是笑逐颜开呀！他说我是苦中作乐呀，女朋友说我不要一副愁苦的样子，好像跟她在一起是不幸福的，还问我你不幸福吗？我只能说幸福，她说你若觉得不幸福那咱们就分手吧，不过分手前我就把你这种色狼先废了。然后她哈哈哈哈大笑起来，要知道那不是笑，那是咆哮呀。

我笑了，他胡乱地说着，发出浅浅的似笑非笑，他说他就是这样变成了好人。

其实我还是看明白了，他只是抱怨他真改变了他也就真正找到了幸福。

[229]

晚上在西三楼的 312 教室上自习，我看书时专注力很强，如同潜水似的，一头扎进去就能完全进入书里，很久才能浮出。我还在看弗洛伊德的书，他让我看懂了人类。

看懂了人类没啥用，我看不懂张颜我也看不懂陈静我还看不懂覃婉婷，能看懂人类却看不懂具体的人，矛盾吗？

[230]

我对新的一年真没什么感慨，不就是一种计数吗？没啥意义，晚会倒计时我看到他们都唾沫星子乱飞喊着数字，我应该是没有表情的，那一霎他们都没注意到我，而我在观察着他们，他们应该是相同的团结的，而我是个人的不团结的，这是我的自由还是我出毛病了？我记得萨特说这个时刻应该是他们成了我的对象，他们是我眼中的物，我是他们的主人。

晚会上江西的朱放军唱崔健的歌，这家伙有点敢作敢当的样子，很多同学都喜欢他，我也喜欢他，他的样子让我觉得有某种安全感和积极和快乐。我呢，给别人什么感觉？写到这时我突然觉得自己似乎要为别人而活了，我想成为别人的奴隶吗？

晚会还是包饺子，只有几人会，我当然也会。会的结果就是我们几人不停地忙乎着，大部分人在边玩边学着，班长严肃地指挥着，但他又不懂，就只能充作我们的传声筒，其实他就是为指挥而指挥。很多人都看出来了，但没人说什么。我真不喜欢他，我俩之间很少说话，他很聪明他应该看出来了但他不敢惹我，他或许知道我随时可以将他举过头顶。

[231]

昨晚没睡好今天醒得很早，露在外面的胳膊就能感觉到屋子的阴冷，我就紧紧地缩着甚至半张脸也埋在被子里，瞪着眼看着屋内的黑暗，脑子缓慢地行走在各种想法中，时间停滞了。

那个前任副班长黄宏宇跟我说，你看咱们现在班长那个德性人模狗样地一脸严肃一副正义面对邪恶的神情，其实呢，连个晚会也搞不好，真不如咱们那时呼风唤雨无为而治。我没想到他会这么总结，整个一年级的记忆似乎被改写了，我似乎有了新的认识原来我那时的混沌是这样的目的明确。

[232]

苗斌说刘芳寝室有个女孩非常漂亮，应该和你很般配，你会喜欢的，刘芳说你应该跟那个女孩见个面。

苗斌说不过那个女孩很冷，他去过几次就没见她笑过但她很有礼貌。

我说好的谢谢哥们儿了，不过要考试了以后再说吧。我对漂亮女孩没什么兴趣，跟她们在一起很麻烦，就像张颜这样的一切都是不明不白结果就是有点受伤。

我想这类冷女孩应该更是要远离，她们空有躯壳更难伺候。

人有时爱情都被注定了，不同形象的男生就匹配相应级别的女生，他们经常私下议论，某人是这种长相找到那种长相的女孩就适合了，我也跟着慢慢养成习惯也是这样评判了，自己其实是喜欢那个子不必太高形象上要有精灵古怪的感觉，要有点我行我素的架势要喜欢笑当然漂亮更好，综合起来就是气质，覃婉婷就很适合。追我的这些女孩里，有的很漂亮个子也高，像张颜，但有点严厉严肃；陈静呢，形象稍好善解人意也很体贴我，但已是人妇；念雪呢，形象一般凡事都依赖我顺从我，但我只是怜惜不是热血。

最终还是看感觉，所以我对他的推荐没啥兴趣。我现在仍然偶尔收到情书，有的女孩我也认识但我真是不喜欢，其中有一个写了很多封了，那女孩有点精神病嫌疑，她长得有点恶心不知为何这样自信。

[233]

月底就考试了，所有学生又开始进入另外的状态。

对于具体的每个人来说，吃饭是重要的学习好是重要的身体健康是重要的搞好同学关系是重要的安全是重要的大学期间搞场恋爱是重要的正直是重要的英语是重要的，我们在不同的时间不同的场合被灌输这些重要的事。夜深人静时这些重要就全部涌出将我们眼前的世界糊满，重要的太多了其实就变得都不重要了，我们的精力就在这些重要中奔来赶去，想想真是耗费青春，但不这样又能去干吗。

我坐在西三楼，看会儿书又发会儿呆，所有人都在关注着眼前的书本，我知道对于别人我是多余的。

[234]

下午大家都去自习了，整个宿舍又空了，我想换个休闲的方式，但也只是想，没什么特别的可以选择了全是重复。每天的生活表面上是自由自在，其实呢都被规定好了，花样只有这些，自由也就是想象了，人其实早被注定了。

晚饭前隔壁的谢永清递给我一封信，一看字体我就知道是那个三合一来信了。

大疆：

你好，看出来你现在处于情绪低落期，你应该欢笑起来，我理解你，考试临近了，还是全心学习吧。你若需要倾诉，请给我来信：中南财经大学会计系财管95柴立红转果收。

果果

很明显，这个叫柴立红的是二传手，三合一的名字是果果，真可笑，她怎么看出来我情绪低落了？另外张颜寝室里有名叫果果的吗？我没有印象，好像没有。果果这个词应该和圆、饱满、红色这些概念是邻居，这是我不由自主的联想结果，套入一个女孩身上时，我就想到胖胖矮矮红扑扑脸蛋的爱笑女孩，我知道这样不准确，我就停止对她的形象预判，但这还是给了我基本的轮廓。

傻瓜也能看明白，这么做是借口，我有一个闪念：她就像一个蒙面人，正手持一块巨大的黑布，她不是在等待我的欢笑，而是等待我的靠近，然后捂住彼此。我失去了对她的所有兴趣我想远远逃离，否则我就像岩石上淌下的水掉入某个深渊了，深不可测的黑暗。

[235]

就在图书馆三楼资料室的大桌旁学习时，我发现斜对面的女孩总是用余光在看我，我有种被监控的感觉。我试图忘记这东西的存在但今天很烦躁我真静不下来，这样又放大了这种烦躁，我发现这女孩胖胖的眼珠转动飞快明显是种精灵剔透的样子，女孩五官端正个子中等。我努力安抚自己又坚持学了一会儿，还是烦躁依旧，于是站起离开。

我走在昏暗的小路上，脑袋里混杂着枯草阴冷月亮还有江水的图景，我无端泪流。

[236]

中午陈静来了，那件白色毛衣的高领将她的脖子包住，这种装束让我感觉她变得端庄优雅，一段时间没见了我发觉对她的一些感受流逝了，这次见面一些东西又重新合成了。

她问我最近过得如何，我说还是依旧。

那你寒假准备做什么？

我要回家乡。

你不是家乡没人了吗？

那爸那妈需要我回去看看。

你是应该这样的，他们一定想你了。

不知道。

我俩走在校园小路时，周围没有人，但我俩没有亲吻没有拥抱没有拉手，我俩的影子浅浅淡淡高高低低涨涨落落黑黑无无。

[237]

我想我是这样的，我想象我是一种样子，但事实上我会呈现出一种样子，但真实的我是另一种样子。这应该是三种样子。

我若觉得自己呈现的是完美，我就会自恋，如果身边人认为我的呈现是完美，他们就会崇拜，当然更多是嫉妒。

今天脚崴了一下感觉很痛，当我一拐一拐地走在任家路时发现一个女人看着我，应该是怜惜的表情，我虚构了她的善良，我在想：她一定在想这个孩子如此形象出众但太可惜了是个瘸子。

我突然又想她是这样想吗？或许我看到她的怜惜都是假象是我的眼睛虚构的，或许她也是我虚构的。

我今天瘸了一天，晚上感觉好多了。

[238]

这几天连着考试我一直很轻松，有句话说会者不难难者不会，我就是会者，这些考试在我脚下轻松溜走。

考试的时候我的周围坐着几个作弊的家伙，我只是把卷子放到容易被他们看到的地方我不允许他们换卷子或递纸条，从表面上看我是被动的他们是主动的这样我就安全多了。他们都是老手了，因此过程算是顺利。

这几天他们轮流请我吃小炒，看着他们巴结的表情我很开心，我把自己想象成一个自己希望的样子然后认为这个样子就是他们觉得很够意思的样子。

[239]

今天收到那女人的信，问我的票买好了吗若是没买那就夏天回来吧，她说我的那套房子租出去了回家乡后就没有地方住了，所以这个寒假就算了吧。他们真是不靠谱。

我本来没有回家乡的想法我甚至想过永远地远离，如同那空中飘浮的蒲公英是没必要找回根茎的，就是因为她的怂恿才让我重燃记忆将深埋心底的记忆打开，这段时间我已经调出了家乡的雪地和老房子的旮旯和天空的绚烂和伙伴们的欢笑等等这些短暂的画面，画面让我心生温暖甚至在梦里相互穿梭，这所有的一切堆积成了期望，期望在这几天就凝固成了观念，这个观念开始燃烧起来了。这个狗女人又不让我回去了，怎么又要毁灭我的观念了，像十四岁那年吗？

我怎么办？我已经发动起来了我真想回去了。

我揉搓着信纸呆呆地站在宿舍楼前，似乎感觉这栋楼呈现着那女人扭曲的脸，整个世界都是背景都是支架，支撑着我呆傻的脸和对面这张扭曲的脸。

[240]

幸福人生就是将一个个欢乐连接起来，像穿起的珠子，有的人珠子多有的人珠子少。对于我，在十四岁之前是家庭的欢快是一个接着一个数不清的珠子，十四岁之后是掉落珠子的开始是珠子散落破碎的过程。这些痛苦都被我紧紧抑制着，时间久长后就变成了如同深埋地下的垃圾，各种各样的痛苦已经相互溶解难分难解了。

我回家乡没有地方住，这真是个问题，我不回去了吗？

今天学校有火车站的人来卖票了，我望着那长长的队伍看着他们脸上的欢乐我有一瞬想发作起来，像十四岁那年没完没了地哭，但我真没有流泪的冲动了，悲伤似乎开始远离了我，我觉得我站在这一边，欢乐是在那一边悲伤在另一边，我和它们形成了个三角关系。我此刻的人生是被截断的，也就意味着此刻是注定被遗忘的。

考试只剩两门了，大家都有轻微的松懈。小四川在寝室里问大疆你买票了吗？我说还没有。我一定是沉浸在情绪中表情一定不放松，他就没再继续问，话语就中断了。我在写日记时发现这个问答的不完整，这样就形成了轻微的遗憾，如同画在纸上的一个圆，缺了一笔留下一个缺口是个不完整的圆，我的心就悬在空中迟迟未能飘开。

[241]

我想我不该这样，武汉不是很好吗？我不是在这里已经拥抱过寒假和暑假吗？我可以继续拥抱呀，我能发现自己的思想变化，像一只蹦跳的白兔，我站到了对面然后觉得对面才是正面，我这时长舒了一口气，这口气是将家乡的眷念化为乌有。

下午大喇叭放起床号后大家纷纷起床，马上进行的是《大学物理》最后的答疑课，其实就是说出考试重点。大家都不敢马虎，汪永宏说大疆你中午也不睡还抱个水杯子搞出“吸溜吸溜”的声音搞得我没睡好。

我说我也不知道这声音会这么大。苗斌说你应该注意点。

我什么也没说我觉得他们是对的，我在冬天驻留太久了，我已经冻僵了。

[242]

万万没想到，那男人来信了他告诉我他找了个地方说我可以去住，他说你还是回来吧。

妈的真烦，我的心思已经变化了，现在又要变回来。

我当然是决定回去了，立即马上迅速买票，我买到了票，也就跟他们一样成为脸上挂着笑容的人了。

我站在窗前看到远处袅袅升起的炊烟，余晖深红，双眼圆睁大气喘出。

[243]

今天考《大学物理》，就那些东西，老师都提示了老师这么善良，及格没有任何问题。

晚上杨健请我看电影，感谢我让他抄。他是个玩家很少上课，真不知道他的大部分时间干吗去了，他用作弊的十几分钟换来整个学期的玩乐，真是很划算，这是个聪明人。很多人都说若这样读大学就是白上了就是毁了一生，我想未必吧。

[244]

《有机化学》的成绩出来了，杨健竟然抄出了 76 分，我是 87 分，我位列第五他名列第九，成绩公布后我吓了一跳，其实他也吓了一跳，我苦笑着说兄弟你这抄得也太吓人了，不能太明显了，这让群众都有意见了。他说哥我也没想到呀我总怕不及格我也怕你出错呀我想多抄点就更稳妥了，没想到会这样。我其实暗暗在想，那讲师怎么没发现呢？错也一样对也一样，一定是抄袭的证明呀。后来一想这种课，估计老师也是应付，他可能找了一帮人批卷，另外这老师估计有多一事不如少一事的想法。不过我还是小心吧，宣传栏上每学期都有某某某因作弊被学校干掉了的公告，我以后还是尽量不给他们抄了。

[245]

昨天傍晚我坐上了火车，今天上午到达北京，这一路上车厢里都是学生，旅途的新鲜感和旧有的熟悉重温还有窗外的田野车轮和铁轨间的交错声音一直延续着，我已经喜欢观看了，看着断续分布的小村庄小城镇想象着他们的生活比较着我和他们的不同，我的未来是不确定的吗？村庄里垂死的老人的未来是确定的吗？火车经过河南安阳市时，那街区上很多人很多车停在交叉口，在闪过中我看着他们，相对应着他们应该是看着快速驶离的一个个窗口，我想我会记住这个画面吗？他们会有人记住这一刻吗？若无人记住，那这一切真是毫无意义地发生吗？但若有人记住就有意义了吗？我觉得一刹那进入了某种荒谬中。

我想到了张颜，这时她应该也在北京吧，跟我在同一块土地上，就在不远的地方，封闭的房屋里，那个称为家的地方。

家，意味着什么？意味着对其他地方有了亲疏远近，而这，就是歧视的来源。

[246]

靠，人怎么能这么多，买票的队伍好长呀，就在北京站，管理人员在不断地喊着推搡着，真是很奇怪很讨厌，都已经形成队伍了为什么大家还要前后用力挤，我觉得肠子都要被挤出来了。很多车次都在屏幕上显示无票，个别有票的没有座位了，在窗口买票时已经没有很多选择，只能在售票员的生硬催促下快速决定快速递钱，她胖胖的手快速晃动着不时地反射出白白的光芒。我的话语在她的手上得到了回应，我拿到了北京到牡丹江的票。

中转真受罪呀，我在半夜 12 点 20 分上了车，车厢全被灌满了，几乎所有空间都塞满了人，别说是坐在过道，就连站着都无法挪动腿脚，人和人相互靠着挤着，随着车厢的晃动而晃动，形成一堆奔驰的肉。几个小时过去了，站着的人很疲惫，座位上的人似乎也累了，每个人都被这压缩的空间挤压也相应地将身体交给这周围去依靠而不必担心歪斜倾倒，我有一段时间就将身体交给了这所有的依靠物。

这压缩的空间里出现令人可怕的沉默，只有火车行进的声音，咣咣当当咣咣当当，每个人都躲着别人的眼光，男男女女大都眼神呆滞发直，有的人干脆闭上眼任由火车晃荡。

太累了！接近临界点了麻木了，意识已经放弃了抵抗，骨架肌肉的自然力量还在挣扎中。

在这种时候，人和人这样地接近和压迫，每个人都一定视对方为障碍，一定会深感别人的多余，同样也会认为自己虚弱。若此刻有人有怪异动作或声音，那一定被周围所压迫所管束。我突然想这地球上若是站满了人，若是长久地这样，人与人之间会有笑容会有道德吗?

面对鲜活的人我甚至想到了那些没出生的人，从生理上说女人可以生十几个甚至几十个孩子，每个孩子都一定会是独特的，但大部分只能生一个，那些独特的几十个被放弃了，正在进行的生命和可能形成的生命值得尊重吗?

他们从来就没有生成过，也许永远无法生成，这是一种巨大的遗憾吗?

人看着血淋淋的人倒下会是一种惊心，但面对这些相互厌倦相互多余的对方难道还会保持善良吗?

火车在黑夜中奔跑时，我知道车上所有的人都有姓名，每个人都会像我这样嫌弃世界嫌弃自己吗?

不知道谁放了个闷屁，臭味发散着，周围的肺吸进呼出，无穷地过滤。

[247]

每个人都太累了都在盯着旁边的座位，坐着的人一副无视身边拥挤的样子，他们只跟有座位的人搭话，一帮站着的人看着，这些坐着的人似乎有某种荣耀或自豪。我知道有座位的人和无座位的人是不平等的，若是不平等的人相互聊得开心，那有座位的人就要让无座位的人坐下，这是良心驱使，当有座位的人预期到这种风险后，他们就不会与无座位的人聊天了。

有了座位是在沈阳以后，过了哈尔滨后，几乎每人可以占据一个长椅了，这时人之间进入平等甚至有一些友好了，真是距离决定态度。

到达牡丹江时是半夜了，走出车厢在站台上寒风凛冽，那一连串的寒战唤起了家乡的感觉，我走出站台进入候车大厅，等待清晨的列车，我其实有点激动。

临近中午时，我在火车上望到了家乡，那座大厦那片楼房那片山那片树林那片平原，所有的一切都被白雪覆盖，无数灰色的枝干在寒风中伸向天空，像一种呐喊，河水紧紧拥抱在一起组成坚硬冷酷的冰，像无限的亲爱。

我终于到了。

走出车站，所有的一切都是一如既往，家乡没有任何变化，行人来去匆匆面无表情，我若感觉亲切温暖的确属于自作多情。

我知道是没有人来接我的，那男人说我若白天到就去单位找他，若晚上到就去那女人现在的家找她，我坐上小公共车到了他的单位。

我俩见面时都很平静，他只是抓过我的包。他不是很善言辞的人，更不善于跟我聊天，只是自顾自地反复说我的儿子我的儿子，这是不用回答的。看出来了，他很高兴。然后问我饿了吗累了吗？说完这些就不再说什么了，但我的心开始处在温热中。

他带我去小饭店吃了一顿他甚至还问我想喝点酒吗？

我住到了他们单位的职工宿舍。房间里很暖和，我躺在床上时腿肚子一阵阵地抽动着，我知道抽筋了，这是机体的兴奋。

那女人傍晚前来了，她也很平静。她说孩子你瘦了你又高了。我嗯了一声。她说你今晚跟我去家里吃饭。我说我不去。

你还是那么倔，我已经准备好了。

我不去。

她看着我，我看着她，她的眼睛迅速躲开了，好吧好吧那咱俩就到街上吃吧。

我说你回去吧，你既然准备好了，不回去就不像样了。我说完这话时，我就想这个“样”是什么？我没费脑细胞，当即就定义这个“样”是通常大众认为的角色，她应该保持母亲和老婆的形象，这样她就应该做饭，将饭摆上桌，碗筷齐备，吃饭时再唠叨些什么最后再收拾再抹抹擦擦。

她说这样吧，我回去把饭做好然后带过来给你吧。我说这样也行。

她跟我在一起时话也不是很多，她总是在暗暗观察我，还有一副讨好的神态。我在十四岁被抛开的时候已经学会察言观色了，寒假在夜总会，暑假在卖书时我就已经学会了讨好，因此她的表情对于我都属于小把戏，我真长大了，我读懂了她，她面对我就像个面对客人的三陪女。

她问我你明天准备干吗。我说我想去爬山。她问你跟谁去。

我说只有我一个人。我知道话语声已经进入她的耳朵，我注意到她低下了头，眼圈红了。

~~[248]~~

我昨晚很早就睡了，这五十五个小时的火车似乎将我的脑子重新启动，咣咣当当的节奏一直在控制着我的睡眠。这宿舍很热很干，我醒的时候应该已经接近十点了，那女人昨天带了一些厨具一些肉菜米还有油盐酱醋过来，还给我留下了一些钱。

我简单做了点饭，吃完饭后就沿着北街走。我慢慢地走慢慢地看，北街到头后我就进入一片旷野中，正前方就是北山，大雪已经覆盖了一切，所有的物体似乎都脱去了形状，所有的形状呈现宽大厚重变成坟堆的形状，这是一种团结一致。我深一脚浅一脚地走着，路在我身后出现。

天很蓝没有风，太阳高悬在上空，应该是用了一个多小时我就爬上了北山，我能看到我的脚印将北山和小镇连接到了一起，像一种镣铐。

我这时候已经冒汗了，累了我就坐在山头上。这个地方是一段时间前绿色铺满的地方也是一段时间后绿色铺满的地方，我就在这两段时间之间也是在过去绿色和未来绿色之间，就是现在的白色中，我呆呆地凝望着像抱成一团团雪疙瘩的家乡，这种距离和这种角度让我觉得自己很高大，这可以视作一种家乡对我的庄重仪式，虽然有点像葬礼。

我吃完第二顿饭时已经下午三点了，我站在幸福楼前望着三楼那两个窗户，那是我曾经和恐惧妥协和软弱妥协差点自杀差点放弃的家，我呆呆地望着，我和眼里的家融合到了一起，周围人过往不断，他们和这个世界一样都是围着我的躯壳，而躯壳内的我却不在躯壳内我正在家中央。

晚上那男人将他的儿子带来了，那孩子五岁了那男人让他叫哥哥，他就叫了声哥哥然后他俩就望着我，我没答应什么也没说就看着他俩，那男人的眼睛就看向别处了。我知道他失望他懊恼，男孩奇怪地望着我等着我说什么，我没有什么表情，我看他们的表情一定是我站在山上看着家乡一样的表情。那男人问我你明天干什么去？我说还不知道。他说碰见你高中同学了就是考进哈尔滨师范大学的安晓鸣，他问我你回来了吗，你明天去找同学玩吧。我说嗯。

似乎没什么可以聊的了，宿舍空荡灯光昏黄，男孩开始喊着回家了。就在他们临走时，我蹲下来打开包拿出一个汽车玩具递给了男孩，那男孩当时就蹦了起来然后欢呼，那男人站在边上笑了，这是一副满足的神情。我在心里也笑了，我知道这是我造成的这是我心甘情愿的，我是希望看到他和他快乐。

[249]

其实家乡的每个角落都堆积着记忆，我的安静和周围的安静提供了一个类似银幕的东西，记忆就在这些安静中不断上演，我在这些记忆里舒适和温情，于是我就认作这些都是家乡的现实美好，我知道这在心理学上属于投射现象。

我知道这些同学的心理，在我十四岁之前他们很多人崇拜我或嫉妒我，当然这是我无法辨认分清的，因为崇拜和嫉妒也是相互变化转换的。在十四岁之后他们都转化为可怜我，我知道他们都是好心，我牛逼的时候他们承受太大的压力了，我是榜样就意味着他们是跟随者是失败者，我垮掉了他们就可以做正常人了，可以不被家长老师比去比来了。我理解。

安晓鸣对我很好，准确地说其实他对谁都好，他很老实他不势利不见人下菜碟不欺负人对人总是笑他总可以在庸俗的生活中发现不同发现快乐，他很聪明在家里听爸妈的学校听老师的街上听规则的，他真比我强多了。

安晓鸣见我后的第四句话是：

你知道吗？赵敏死了。他的语气并不悲哀甚至有点轻松神秘。

不知道。我摇摇头。

他是被警察干死的。

为什么？

这小子越狱，估计想死了。他噘着嘴点着头说。

赵敏的脸孔在我脑海闪现了，他是个倔强的家伙是个打不死的家伙，曾经我们几个人围殴他，他被打得满脸淌血被摁倒在地被我们踢着踹着，他就始终高喊打死我操你们妈的，你们他妈的一定要打死我，你们要不打死我我就干死你们，一个接一个干，操你们妈。我们真打累了我们不知怎么再打了，他已经满脸是血了，我们五个人呀，结果是恐惧地相互看着。我们不想打死他我们就想打服他，但他这样顽强我们真傻了，谁也想象不到，肯定不是我带的头，妈的真他妈的丢人，我们五个人最后竟然都跪下了，跪在这个躺在地上的满脸是血的家伙面前，我们完全服了，我们都说我们服了我们不想死。然后我们成了他的马仔，我记得这个场景，一辈子不会忘的。

他死了？

他死了。

我从小到大被人教导过很多英雄形象，我的理解是选择一瞬间去死就可以成为英雄了。我想赵敏似乎也属于这种特点，他就选择了一瞬间他就成为了英雄他是英雄，英雄都会死的。但我呢，我不是英雄我也会死的，因为我会在一瞬间选择逃开的是不会在一瞬间选择死亡的，但我最终还是会死的，我不会被信仰所杀但我一定会被自然所干掉。

就在回去的路上，阴沉又昏暗的世界，这是可以用密度这个词来量度的空间，雪花争先恐后拥挤着掉落，那落到烟囱里的雪花是不幸的，它直接化成了水汽，它的一生是跌落的一生。

我看不远看不清，只能低头看着我的两只鞋在雪地上“咯吱咯吱”地走着。

[250]

上午罗涛来找我玩，这家伙比我大两岁，因为陆续留过两级，所以就跟我成为同学了。

他初中毕业后就上班了，他的爸爸很有远见认为儿子学习不好七混八混不如早些学个手艺娶个老婆更实惠一些，这次见我时他说他家开了个修理铺他现在干上修理了，媳妇刚娶进门，我问你还想梅喜吗？梅喜是我们初中同学，当年他为她痴迷。他说做爱的时候想。我抑制不住了，操你妈的真你妈的经典。我俩对着哈哈大笑，当年的状态一下子复原了，我俩似乎一下子回到了四年前。

其实高二以后我俩很少联系了，他后来去了个小中专学汽配，我呢开始奋发学习了，这样一算也有四年多了。

他问我那念雪咋样了？我说还真不知道呢她应该在哈尔滨上学吧。

他爸高升了去佳木斯总局了。

哦，我的脑海里开始创造佳木斯总局的样子，把武汉的青山区政府楼搬过去了。

你俩分了吧？

嗯。

我们都知道你俩早晚就这结果。

高逸怎么样了？

他去辽宁了，接他爸的班了。

我们三人曾经在学校不少打架，打高年级打同年级打低年级，跟社会的干跟外校的干跟本校的干，打不过的就被招安，打得过的就吸收进来，反正就是混日子，说起来我们三人还只是小混混。他俩曾经都先后喜欢同一个女孩，也就是梅喜，他俩都没成功也就没成为情敌。

罗涛说你还是跟我去那修理部玩吧，我还能顺便照顾一下生意，否则我老婆又骂我了。

远远看到一个女人叉着腰站在门口，罗涛说那就是我老婆。她一副很严厉的神态，我注意到她老婆看清我时眼睛一亮，似乎有种讨好的表情，我就有点心里嘀咕有点不安。她很殷勤地递烟倒水，我不断说谢谢。

我在他家吃的晚饭还喝了酒，我俩不免说到了赵敏，罗涛说赵敏死了后没人收尸，因为他叛逆。他爸妈早就说这孩子我们不要了不管了我们断绝关系。我听这话的时候想起了自己，若我死了那男女会为我收尸么？若他俩都不收，有人会为我收尸吗？他俩收尸时会懊悔吗？我想到这就多喝了几口，这些酒就进入我这个行尸走肉中。

路灯在主街上还闪亮着，我离开主街后就进入黑暗里，真是黑，伸手不见五指的黑，如同被埋进土里，反正最终还是深一脚浅一脚地踏着雪摸到了宿舍。

[251]

安晓鸣和一帮考上大学的男男女女同学来找我玩了，他们看我一人住着这个大宿舍应该是想安慰我就以不同的角度夸赞我的自在舒服，他们其实都知道我的情况，那些不知道的经过他们相互传播也就知道了，我觉得他们似乎站到了同样的信息平台有了相同的装备，因此他们的话都有相同的深浅和分寸，我不知是否该感谢他们，因为他们的关照反而唤起了我的自卑，我似乎是他们从垃圾堆里捡回的莫名东西，他们需要仔细鉴别小心清洗然后重新命名，我穿过他们的身形空隙穿过窗户玻璃看到蓝色的天空，一只麻雀在飞着，那不是正常的滑行或飞翔那是一种乱飞，像在逃避着什么，穿过的角度太小了我看不到原因也看不到结果，在倏忽间就空无了，于是我的注意力又回到同学中间，像夏天时跳回到草丛中的癞蛤蟆。

我们这帮人在一起时间一长就呈现一种集体无聊状态，在具体话题上大家只能说些普遍的意见和观点，这样就很容易得到共识，但这样一来语意就变成一种无趣，大家还在纷纷说着似乎都恐惧那无人说话的面面相觑，当然大家还很愿意在一起，似乎这样才是聚会才能温暖才能快乐。我脸色轻松我跟着他们一起欢笑一起皱眉一起闪亮着好奇的目光，我知道他们都习惯我的沉默，我想他们不需要我说什么，跟着凑数就行，这就是传说中的同学情谊吧。

大家都没钱，吃饭的时候就各回各家了，夏文生说你去我家吃饭吧，我以前在他家吃过饭，他爸是个官儿他爸和他妈对我很好，但我有轻微的家长恐惧症，说不清的感受，我说谢谢了。

我做饭的水平其实不错，我会烧鱼我会炒菜我会做米饭我甚至还会包饺子。记得当年念雪就说大疆，我爸爸说一个会做饭的人是幸福的，是不会自杀的。

我睡了个午觉，这男人的单位是个建筑公司，现在天寒地冻工人已经放假了，但办公室还在上班，我住的那个宿舍暖气烧得很热，我醒的时候那女人刚到，这是两个孤立事件，我醒是我的午睡习惯，她倒是她做事情的进程，两个孤立事件相撞后会被一些人说成巧合或运气或冥冥注定，但我知道就是巧合。

她突然问我，你什么时候喊我妈妈呢？我说等你像妈妈的时候吧。我心中想起了那个词“德要配位”，我不能跟她用成语表达，成语太简洁了也就太含糊了，容易被误解。我俩此时都很平静，像池塘的两个涟漪彼此静静穿过。

她长长地叹了口气，眉毛紧皱望着我，然后快速躲开。我像她，她的五官很漂亮。

她走的时候就是一堆琐事的交代，我都听清楚了当然都明白了，我一直很平静一直没有态度。我住的宿舍是旧时俄式建筑，天花板很高，这样她的话和我从中明白的道理都可以各行其是。

[252]

昨天大家约好了今天去学校玩，我到校门口时是九点整，当时约好九点整准时在校门口集合的。我看远远近近并无熟悉身影我就一人走进校园，校园栅栏里外并无差别，都是大雪覆盖，只有校门口宿舍食堂教学楼相连的长长杂杂的脚印，这些杂乱的脚印收拢成一条雪路，这都是我熟悉的，一年不见没有什么变化，我不想走现成的雪路我就在雪地上高昂地即兴走着，算是开疆拓土的英豪吧。我穿得不很多但快步走起来并不觉得冷，这校园的每一平方厘米的土地我以前都踩踏过么？我不敢这样自信，每一平方米我应该踩踏过吧，我毕竟在这里熬过小学初中高中，这个我很确定。我们那时抓蝴蝶会胡乱奔跑我们踢球会四处奔跑我们打闹会尾随奔跑。我知道我的脚下是尸骨遍布，当然这是人烟稀少的北大荒，这些尸骨大都是各种动物是那些曾经狂奔撕咬热血苟合的动物，这和武汉以及那些南方不一样，那些地方是人类稠密区，相应地代代循环会不断倒下各种豪杰英烈帝王将相，那里一定是人尸支撑的。

我开始又想这些人尸了，土地将他们分解再融合，这样他们最后融为一体，早知道是一体的，何必阴谋何必拼杀何必刚烈何必英武。

那些同学一定是喊了我很多遍，卫国走近我时说你咋了大疆，喊了你无数遍了你在这里干吗呢？

我说对不起我真没听见。看着卫国怪异的目光我马上解释说我在缅怀历史展望未来。他说你别掉进过去就行。我当时就觉得他有才气，这个“掉进过去”的说法其实是具有丰富内涵的，心理学哲学绘画甚至量子力学都会有启发的。他说抓紧吧大家都等你呢，咱们该进去了。

高三还在自习中，我们一帮人贴着门窗看时他们也有一些人望着我们。我们是有目的是知道他们是咋回事的，他们是无目的是被窥视中然后被动分析我们的，我们是主动把他们看成对象，他们是被动把我们当作对象，当他们无法猜测我们的身份时就陷回自己的身份中，他们就想他们自己没事吧，他们被动了，这相互的较量随即变成一种自我审查了，夸张地说就是虐待者和受虐者的关系。

这时有老师走过来了，我们认识他，他见我们面熟，大家彼此说了什么然后就继续楼上楼下走了几圈重温几遍，话说多了就重复了就无聊了。

校园表面空荡，但我觉得校园已经饱满了甚至家乡也饱满了。我们这帮人是想挤进过去的记忆，当我们一旦挤进后我们就会模糊就想修改记忆，教室走廊这些眼前的东西在不断地打岔，它们是在抵抗我们的修饰是在纠正我们的错觉。

[253]

冷风扫在脸上像牙齿咬苹果时没咬进果肉而是齿尖和果皮间滑动的感觉，这有一点惊悚。我想起在火车上的发现，火车带着我在快速奔跑着，冷风是我和火车快速挤压空气的结果。现在我停止了，冷风却在奔跑中。

我知道我不应该，面对老师的笑容我没有多一点谦恭，往深里说我对这些迎来送往的人其实是抱有一点怀疑的，我总觉得这些老师们每隔几年就送别一批学生，他们的热情和信念都被这无数的学生们分解了，如同一块蛋糕越分越小，他们很难真诚了，至少跟我们这些学生相比。虽然或许他们也不想这样，但这一定是自然而然的。

我真不该这样想，尤其是对张老师。

张老师当年待我很好，就是他在我高二时说大疆我告诉你这是你最后的机会了，你若还不学习你就永远留在这里了你也就死在那边了。他用还沾有白色粉末的食指指着东北方向，我们都知道那是片坟地，其实那附近还有个监狱呢，这些意思都可以通用。在这话语和手指创造的场景下我突然惊醒，像一个梦游人。

我们见到张老师后都是笑，我知道自己只是笑是不够的，我应该感激他我应该买点东西表达一下感激我还应该跟张老师说一下现状。我都想到了，但我还是没做甚至没说话，只是跟着能言善辩的同学点头微笑拘谨礼貌，我知道这真是不够的，若觉得人多不方便我就应该单独再去拜访他，把我知道的想做的都释放出来。

我不知道我是羞于表达感激还是懒于表达感激或者我就是忘恩负义缺乏道德，这样想的时刻我是自责的，但我竟然为了躲避心里的不安马上转移想法。

所有的教育都告诉我有恩必报甚至滴水之恩当涌泉相报，但我在这些强大的可靠的毫无过错的教育下寻找逃避。我不由得想起那句名诗：黑夜给了我黑色的眼睛，我却用它寻找光明。但我是反着来的，白天给了我彩色的眼睛，我却用它寻找黑夜。

大家在一起闲聊着张老师和我们共同的过去，至于张老师和我们的现状以及未来，那就是张老师和我们各自的了，我们不可能有共同的现状和未来，否则就意味着留在了家乡，成为张老师可以经常遇到的人了，也就是大家都默认的没什么发展空间的人了。

张老师家住在大厦，那也是俄式建筑，高大稳固厚重，外面是稀稀落落的雪飘，屋内是暖洋洋的。在这些欢笑中我真想睡了，蜷缩着，像在母体里可以心跳的肉块。

[254]

罗涛下午又来找我了，他说全家请我晚上去喝酒，他还说他老婆特意买了鱼买了肉要做好吃的给我。这种说法引起我轻微的疑心，随即又觉得自己似乎有点卑劣不应该朝邪恶的地方思考，若将智力引到这个方向那一定会促成邪恶的事了。

晚上我在他家喝酒时，他老婆穿件猩红的大毛衣将整个身体卷起像一根醒目的标志杆，我还是注意到了她的身材我知道这样不应该，但她的前凸后翘还是让我的眼光捕捉到了，我的理智坚决地将此信号踢开，但这种信号还在顽强地不时地闪烁，像阳光穿过茂密的大树，我内心在努力搏斗时生出一种罪恶感。

我很能喝酒，罗涛不是对手，他老婆也没少喝，罗涛说其实当年我们差点耽误你，你应该考得更好，我说谈不上谁耽误谁，现在很好呀！他说你反正离开这里了你会留到南方了吧？我说不知道，两年以后的事了，再说吧。我们七扯八扯说起过去说起过去对今天的影响，最后还是绕到生我的那对男女身上了，罗涛说你那爸爸还好，反正被他现在的老婆管得死死的，你那妈妈似乎不是很如意，她嫁给一个有孩子的男人有时还被那男人揍。我听到这句话后猛然站起，我说我喝多了然后穿上大衣转过身就走出去了，他俩在后面喊你怎么说走就走呀。

皎洁月牙儿的夜空，雪地反射着银光周围都清晰可见，我的眼泪顺势而下。

[255]

中午那女人来看我时我暗自观察她的脸她的手她的动作有什么异样，我意识到我真是很心疼她，这是我的妈妈呀。她应该没有发现，我细细看着她时竟然眼泪猛然扑出。

就在二商店拐角处我跟那个男人说话时我是在笑。我说叔叔我是大疆，您的老婆是我的妈妈，我求您了以后不要打她了，我现在上大学了我会很有前途的，您现在的孩子我将来会照顾的，我求您了以后不要打她了，我是她的儿子求求您了。

在说这些话的时候我的手里抓着一块砖。其实也不用，那男人比我矮一头，在我愤怒的时候我的双手就会将他拍到地上，他会和地面平齐，让他的鲜血淹没他，我保证。

很明显那男人哆嗦了，他应该看到我的眼眶圆睁眼珠通红他应该看到我手上的厚砖了他更应该看到我的笑容和哀求了。他强笑着，不会不会不会的了。

我在回去的路上才把砖头扔到雪堆里，太凉了操他妈的我的手已经冻僵了。

[256]

那女人见我时跟以前一样，我知道她老公没将这事告诉她，我知道那家伙应该是听进去了应该是恐惧了应该会悔改的，我长舒了一口气。

其实我和这些同学在街上边走边指的时候，我偶尔会觉得我们都是太幼稚了都有些不知羞耻，家乡的人生活在这里其实是对周围有敬畏的，他们的哭笑他们的顺利或不顺利他们的幸福或灾祸其实都仰仗这周围世界的赐予，而我们这些混迹在所谓外面世界的人自以为眼前的世界是小的是简单的是落后的，却不知道这其实是同一的世界，如同我们其实都是在魔鬼的手掌中，没有任何区别。

我关灯后才发现没有拉窗帘，我躺在床上看向外面，月光下有黑黢黢的房屋有厚厚的白雪，深不可测的寂静，我四肢大开吐纳着气，我在想天堂会如何，或许这已经是天堂了。

[257]

后天就是三十了我不知该做什么，记得以前都是自己收拾家布置一下，假装跟邻居们一样，造一个不孤单不寂寞的氛围哄自己开心一下，但在这临时的居所我想不明白怎么办了。

晚上罗涛的老婆竟然来了，我心里暗暗一惊。她说罗涛去进货了明天才回来。她说她太无聊了想跟我聊聊天想看看我是怎么过的。她根本不等我有任何反应竟然自顾自地脱下大衣，这一系列动作很流畅很从容，我在这种意外面前不知道怎么对付了。

我马上掉入一种纠结中，我表现的一定是呆傻的样子，我想起了《水浒》中那个潘巧云和石秀，石秀的提醒反而促成了潘巧云的恶人告状，我必须摆脱还需要巧妙摆脱。本来我一向是懒散和无所谓的态度，这件事将我放到了选择里，毫无疑问我不做选择也是一种选择，我没有态度也变成一种态度。我想我若是总表现无所谓或者绵软就会招致别人的过分甚至是纵容甚至暗示了，我已经陷进来了我必须挣脱必须表明态度，我绝不能沉默。

我说我的女朋友马上就到了，她和她妈妈坐车过来，那女人应该是不相信，但我将谎言说得如此具体，我脸色还非常平静，她自然拿捏不准，她问你哪来的女朋友呀？我说是密山市里的她爸爸是个官。她“哦”了一声，看了我一眼慢慢穿上大衣。

我没说什么，她也一句话没说，她转过身，门“吱扭”地打开，她走了，踢踏踢踏的声音慢慢在走廊消失，门还开着，等了一会儿，我走到门口一脚把门踢上了。

我知道事后她会悟出什么，管她呢，她太过分了，当然她或许不以为然。

罗涛是我哥儿们，天下只剩这一个女人我也不会沾的，娶这种女人真他妈的倒霉。

[258]

十四岁的记忆要用我现在十九岁的心去理解。

我走遍了家乡所有的街道我不是有意去寻找什么，只想看看。所有的场景都埋伏其中，我知道换个傍晚或换个雪天我还会找到不同的片段，但我只能这样了。

其实所有的此刻都依次死去，每分每秒都在死，死了以后就成为过去就变成记忆。

我不断遇到熟人，我们笑着打招呼我们笑着告别，我心内有种凄凉，这个场景是最后一次，再见他们时一定不是这样了，这个时刻已经死掉了。

那男人说你知道吗明天就是三十了你年三十夜去我家过吧。我说我不去。他说那你怎么过。我说我明天就走。其实他不问我我还不知道这过年的微妙，他问出来了我就想到了我就想离开了。我看出来他眼光的无奈，那一刻他眼中有一种苍茫感，我觉得他不是看到了他自己的过去就是看到了我的过去。

那女人说你三十之夜到我家过吧。我说明天我就回武汉。她看了我一眼随即哽咽起来，她很倔，我想她所有想说的话都在哽咽中被废弃了。我知道我的倔也是来自于她，我继承了他和她的倔，然后用这个倔对付他和她的倔，我似乎战胜他和她了，但其实我只是他俩的延伸我是他俩另外的存在，我们是一家人我们是一体的我们是共用一个灵魂的。她走后我就呆傻着，陪伴我的是我的心跳。

明天我就走，就在咣当的火车里我要坐过旧年我要坐进新年。我已经懂了，每时每刻都是以旧换新，我何必执着具体时刻。

傍晚时分我走到旷野里看夕阳最后的灿烂，我知道这是我临走前的最后一次了，无边无际的天空从东到西颜色轻微地由蓝黑到蓝色再到粉色再到艳红，这是一种壮丽，这与美丽不同，美丽是人人想占有的但壮丽则是人人想归属的，我透过这种壮丽怀念漫长的过去，我慢慢又从过去回归到眼前，眼前是无边无际的雪地，我明白了我本就是这片土地的一撮土，无论我怎么凝聚怎么稀烂，只是这一撮土的变化，我永远不会超越这片土地的。

我在晚上把锅碗瓢盆筷子勺子仔细地擦洗着，还有油盐酱醋的瓶子还有地面这所有的清洁，我仔细地做着，每一个缝隙我都要关注到，恍惚间我觉得就是在家里，所有缝隙都藏着过去的自己。

在关灯后的黑暗里，我突然想到了覃婉婷，这个洒脱的家伙在干什么呢？她会怎么看待我这心里和外面的一地鸡毛，她会不屑一顾还是郑重其事？

[259]

我在临走时突然不舍，面对这熟悉的一切我想我是否带着垂死人的眼光和心情。女人和男人都来送我了，他俩无力收留我也就无力挽留我，我们三人都知道我需要的是完整和纯粹，他俩需要的是兼顾和方便，他和她之间也说话，像两个陌生人。他和她巴结着对我说话，我像一个领导对他们爱搭不理，我们从管局到密山站就是半小时的车程，这半小时之间我们没有对话，每个人都把眼光放到另处，这周围的一切和对方一样似乎都是浅显易见的也是深不可测的，这半个小时无论怎样都会走过，无论如何都会成为我难以磨灭的记忆，我眼睁睁地看着景物的变化，心如同秒针一样计量着，我其实很想在这一刻死去，和他俩一起死去。

我在进站台那一刻回望了他俩一眼，他俩讨好地笑，我没做表情。

就在车开动时我觉得看透了这男女，他俩其实就像山坡上的两个蒲公英在阳光灿烂的日子里飞得不远不高，现在阳光已经远离了，黑暗降临了，他们只能就近扎根，只能等待命运的安排，等候时光的屠刀。

我似乎看到了屠刀，我的眼泪喷涌而出，我突然觉得他俩很可怜，我很混蛋。

我已经长大了，他们欠我的其实已经还清了，或许他们根本不欠我。

或许是这个社会做出了一个他们欠我的表情和口舌，他们真就以为欠我了，我也就真以为他们欠我的了。我和他们都被骗了。谁是骗子？社会以众人面目表现出来，骗子混迹在众人中，其实查无此人，或者每个人都是参与者，每个人都是刽子手。

当我想拥抱这个世界时，这个世界对我冰冷无情，当这个世界想拥抱我的时候，我已经不习惯了也就不需要了。

记忆的哭笑街区的曲直凛冽的寒风厚重的大雪把我埋进家乡的情感中了，我在这几个小时里就在其中喘息重新求生，我的眼泪一直在流淌着，像从一个深夜又跳进另外一个深夜。我知道我长大了。

[260]

去哈尔滨的列车很宽松，几乎是一个人一个大长椅，我知道就在几个小时前这里还是摩肩接踵，就这么诡异，现在空间完全大开。我转换成一种淡淡的忧伤，不知是为这些椅子这个通道这节车厢这列火车还是这片土地？

我发现人和人的关系也变了，列车员已经抹上口红了列车长的领口松开了列车警察的帽子也不再端正了，大家有了笑容有了招呼有了聊天，甚至车上还有了免费的盒饭。

人太多了，人就会造一个奴役彼此的社会。

[261]

今天是初一，开往北京的列车也是空荡荡的，在宽松的空间里在轻松表情的陌生人间我似乎喜欢这漫长的旅行了，窗外的景物不断变化而车内是没有变化的，这让我的眼睛没有选择只能看向外面，这一无奈的举动反而促成了思想的自由。

阳光穿过车窗，上午是照在我的对面，下午我就换到对面坐，阳光仍旧照在我的对面，我的腿搭到对面，阳光就和我的腿亲密接触，我时醒时睡莫名的幸福感在全身流淌。

过道的另一边也坐着一个家伙，个子不高长得反正不好看。我大部分时间其实都是望向窗外，当我偶然间转头时注意到他在看我，他朝我笑然后走过来坐到我的对面。

你是学生吧？

是的。

我也是学生，你为什么初一坐火车？

哦，我有事回学校。

你是什么学校的？

我说了我的学校，他表现出宽宏大量的一笑。

我是北大的。

哦。

你知道北大吗？他显然对我的平静不满足。

知道，我还是平静。

他似乎有点失望，但他抑制不住欢乐。

你知道我初一回学校干吗吗？

我摇摇头。我不想知道，因为我实在太自我了，别人甚至周围世界都跟我无关。但我面对他的时候需要回应，摇头就行，这是一种礼貌。

我是北大数学系的，我要去美国留学了我明天要去美国大使馆面签。

哦。

他应该对我的冷静有点不满，但他还是继续笑着，宽容的神态。

这时应该是轮到我起头说话了，但我还是想着窗外，他的那些话阻碍了我的自由。

他似乎不满足这辉煌的话语完成后突然的冷落，这是一个落差，水都会形成瀑布，何况情绪，他将话题引向我。

你这时候回学校能有什么事呢?

我去见女朋友。我不知为何找到这个借口，毫无疑问这个时候所有的东西都进入了假期但只有爱情没有。

啊，你有女朋友了，她一定很漂亮吧，他在说的时候反复打量我。

我不置可否我不想说谎了，谎言只是个纸糊的盾牌，偶然用一下即可，我不想被戳穿。

但他把我的沉默当成了默认，我发现他的羡慕了，他眼中光芒不在了，

我还没有过女朋友呢，他像是自言自语。

很显然，他很诚实，也就意味他很容易轻信。

更重要的是他羡慕了我的爱情和想象中的美丽。

这似乎说明我上了爱情的大学，而他还在爱情的小学。综合一算他跟我没有可比性。

我俩后来没再说话。

火车快抵达北京时夕阳已经彤红了，我在火车的转弯处看到了西边的妩媚，我不知为何为自己的一切庆幸。

下车前我注意到他还是笑了，或许他幻想了美国的爱情故事，

或者他发现了我的爱情谎言。祝他好运吧。

初二去武汉的火车票很容易签转，车站里空空荡荡车厢里也空空荡荡，某一瞬我觉得自己太奢侈了，我觉得全国人民都在给我让路。

[262]

就在途经鸡公山的后半夜，月色和雪色争相辉映。我知道月色和雪色其实都是阳光的颜色，它们是一脉相承。就像我的爸爸妈妈和爸爸妈妈的爸爸妈妈一样。这一刻我身在这种思绪中，像一个漂浮物慢慢等着分解。

到达武汉的时候是早晨，雪花稀稀落落，雪和水遍布街道，我需要换乘一次公交车，就在这些等待中忍受中，我就想这雪跟家乡的雪一样或许曾经来自于太平洋大西洋地中海曾经都是兄弟姐妹，现在却进入不同的天空变成不同的乌云汇聚成不同的雨水掉进不同的土地，我就这样乱想着上车下车走在街道走出街道走近校门走过校门走进楼门走上台阶开锁进门，开始各种生活细节。

看着自己的床和床上的东西再打开箱子和抽屉，我开始一件接着一件或拿或放仔细抚摸，这些东西和我在一起的时候就构成了家，我在家乡时曾经留下的东西我这次回去没有见到，我甚至不知道它们是否还在一起，若它们被零散了被丢弃了那就不再构成家了。现在我就站在宿舍里，被我抚摸的东西被我看到的东西和我的记忆又重新构成了家，家给了我温暖给了我依赖。

还是冷，我就坐在电褥子上盖着厚被子披着军大衣倚靠着床架子头就靠上了墙，我知道这样不干净会沾染灰土，我其实是应该在墙上张贴美女图既能慰藉心灵还能遮蔽墙灰，但我不喜欢贴美女图我也没发现什么图更适合我，一个大白墙或许还能让别人难以琢磨也能让我想象无边，写到这儿我明白了，或许某种变态的抽象的画适合我。

[263]

傍晚我在东院门口的小商店买牙刷牙膏，我在挑样子选牌子掏钱数钱再等着找钱的这一系列动作所占据的时间里注意到营业员本来是平静的态度，但这女人突然皱起眉头并且用一种怪异甚至生气的眼神瞪了我一下，我有点诧异有点疑心，我注意到她的鼻子猛然翕动着我看她还略略地拉开了我们之间的距离，她找完钱后就迅速远离我，我带着不解转身走开，我这时闻到了一股味道，我明白了是精液的味道，我知道了，我在午睡的时候遗精了。

[264]

要不是日记，我还真不知道几号了，我就按照上面的日子顺延，具体的日子其实真不重要了，白天和黑夜很重要，我要在黑夜深睡要在白天饲养身体。当我真正进入周围的细节后，我发现天下万物都有无穷的细节，这些细节被冠之以爱好艺术嗜好癖好从而吸引勾引人类，其实这都是陷阱都会让人沉醉让人越陷越深让人无法自拔让人自以为是。

我又站到了江边，阳光照耀，浪一波接着一波地表演着，如同炫耀如同争宠。它们以为我脸上的笑容是对它们的赞许，其实我转眼即忘，根本分辨不出它们的特别，我是看到了整体，看到的是不间断的运动，我笑是因为它们跟我一样傻都在无意义地表演着。

[265]

去年这一天是学生返校的日子，今天毫不例外，我又蹓跶到了江边我沿着江边时坐时站，我想其实每个人都一样每个人都有自己的王国在自己的王国里飞扬跋扈，但在国与国之间每个人和其他人都要妥协，所有的飞扬跋扈都变成温文尔雅，如果不妥协那就各种摩擦各种没素质。

接近中午时毛毛细雨开始下落，我慢慢有种幻觉，觉得我和大地一起在上升中，而这些雨是我们上升途中所遇到的，就像看着玻璃瓶里无数的气泡。我们一直上升着，我知道这是没有顶点的上升。

当然没有雨的时候我们是在下降，烟囱里的烟在升腾说明我和大地在降落中。

我们这个世界就是在升升降降中。

回学校的路上看到有条蛇蜷曲在路上，点点血迹，很明显是被过往的车辆轧死了，但还没有被轧断。我就折断一根树枝将蛇挑起，在宿舍走廊时就引起同学的轰动了，大家都过来围观，有人说还没吃过蛇肉呢，咋呼着要煮煮吃了，有人大胆还用手摸，没想到蛇身还真动了，这一下把我们都吓着了都退后很多步，树枝也扔到了地上。最后朱放军来了，还是他胆子大，他将蛇剥了皮还将蛇胆一口吞下，他说这样会英雄虎胆。

熄灯前小四川说蛇有九条命的，这样做不好。我们都沉默了不知道怎么接话，或许都有点莫名的恐惧吧，我在想这事我是否做错了或多做了什么。他的话的确很诡异，像推开了一扇门每个人都走了进去。

我的思想实在是过于缠绵细密了，我想这世界其实很神奇，神奇到永无止境，神奇到或许我不是个男人。

我始终在想，或许我真错了。

[266]

开学了，每个人都像刚启动的电脑，虽然效率速度不同。

贾世川说大疆你怎么这么早回校是不是假期没回呀？

我回了。

那你怎么这么早就返校，你家里没什么事吧。

我以前被问到这个问题时都是以各种理由搪塞，但这一次我不知怎么说了实话，

我爸妈离婚了我没有家了。

他一定没想到答案会这么快速出现，他呆呆地望着我，可能是对于答案的快速蹦出和异乎寻常而惊讶吧。他喉结上下动了动咽了咽口水缓缓地说其实这样的家庭很多。我知道他将我放入这种普遍的正常的社会中，像放入围棋盘上的棋子，所有的棋子都是地位平等能力相同的，这样说会免得我一人觉得孤单或自卑。

我说我知道。

[267]

我发现我自己糊里糊涂地上套了，我给自己设的套，因为我

跟妈妈的男人说我会很有前途的，这是我脱口而说的话是为了安抚他。但现在为这句话我要付出代价了，未必那男人会当真，我要当真，我不能再像以前那样了我为此要受累了，负担本不存在，是妈妈的虚弱带来的。妈妈没有别人可以依靠了她只有我了，如果我没有前途她就会继续挨打。我突然进入一个简单的逻辑推理中我推论出妈妈的挨打是因为我的无能，这一刻我进入深深的自责中。本以为她是强大的原来我才是强大的，包括那个被管束的爸爸，他们应该都需要我强大。

我知道我轻微地改变了。我从康德的道德理论延伸到孝顺本来是天性，其实不孝顺倒是人的对天性的反抗。不要像某些文章骂那些不孝顺的人是畜生不如，其实孝顺的人倒是如同畜生一般。我知道这话很难被人接受，但这是按照康德的理论推论而来，谁敢说康德错了？

今天武汉很暖和，长袖衬衫就可以了，人自以为春夏秋冬相互分明，其实根本不是这样，这中间隔着亲爱的爸爸妈妈的一堆唠叨。

这是春天的黑夜，很多黑黢黢的东西在白天是绿色的，我呢，在校园里安静地走着，被昏暗的路引导着，我想一个可以被黑暗吞没的人一定不会被光明所迷倒。

[268]

苗斌说咱们寝室跟刘芳的寝室搞个友好寝室吧，哪天咱们一起出动，先认识一下。

小四川说好好好，应该这样，我们不能关着门过日子，汪友宏和贾世川也连声叫好，我只能附和。

日子太重复了，这种对话也算不寻常了也就被记录下来了。

[269]

今天是星期天，林继和我去了汉阳门和中南商业大楼，我买了《儿童心理学》《教育心理学》《现代心理学史》，当我俩路过胭脂路上的一座教堂时缓缓的歌声传扬出来，本来这是无关的孤立的是和街上的喇叭声和建筑的风格一样都是各自的呈现，但我俩还是好奇，因为那曲调的平淡和缓慢，在二楼我们看到几个人穿着特异的服装，我俩又爬到了三楼看到很多人站着唱歌，在正前方有一个 20 多岁的女孩面对他们在领唱，她戴了副眼镜，应该是那种装饰类的，她长得白净眉眼鼻嘴都很端正，她的面色从容声音飘逸，似乎一种圣洁的光芒在四射着，一种从来没有过的倾慕突然从我心头冒出，我盯着她时感觉她也看到了我，她似乎还仔细地定睛了一下然后她就不再看我，继续原来的表情原来的状态。林继轻拍了我一下他用食指朝门口指了指，我跟着他轻轻地走开了，下楼的时候他还做双手合十的动作。我小声说不对吧应该在身上划十字吧。我俩就小声地笑起来。

就在公交车摇摇晃晃的路上，我想这个领唱女孩的世界会是什么样的？她能够在这里一定也是在强大的信仰下，她的一切会如何？工作学习赚钱爱情做爱孤独？

这个领唱女孩会在什么样的阳光照耀下呢？我在半睡中对她有了幻想，一种家园的感觉很奇妙的感觉，我要去找她，明天就去。

我见到她怎么说呢？我毕竟是陌生人，她会怎么做？我进入细节里了。

我突然很激动，马上爬起写了首诗：

子弹射向我的时候
我觉得是我扑向子弹
这一刻是我射向了子弹
子弹是原地不动的
是我和这个世界扑上去的
是你们理解错了
不是原因产生了结果
而是结果撞出了原因

我不能这样，不能像错过覃婉婷一样仅仅被照耀一下就被她丢掉了，我要改变，要向这个世界提出我自己的要求。

我浑身一震。

[270]

我站在教堂里，阳光穿透玻璃在地面上绘出窗户的长条形状。我就站在昨天的地方在寻找着昨天的痕迹。这时有人靠近，是身穿黑色但领口中间有一个白方块的人，他问我在这里干吗。我说我是学生昨天这个时间这个位置有过一个领唱的女孩我要找到她。

他闪亮的眼神看着我，你找她干吗？

哦，我们学校有活动我想找她帮我们组织合唱。

哦。他还是相信我了，他就笑了，他的笑让我感觉他就是我熟悉的人。

你说的是薄荷老师吧，她是武汉音乐学院的。

她叫什么名字？我有点没听清。

她叫薄荷。

谢谢了。我想他们都很单纯，这个名字很清凉适合她适合此地此景。

暖风柔柔地吹着，我从容地走进音乐学院大门，校园不大，这是周一的中午有些暖洋洋的感觉，我觉得走在树叶的新绿里。

看着别人的走向我知道那个方向的那栋楼应该就是宿舍楼，就在寥寥的行人中，我看到一男一女迎面走来，那男孩推着自行车女孩挎着他的胳膊。

我的心猛然敲击起来，我发现这身穿长裙的女孩就是薄荷，怎么能这么巧呀。他和她低着头在低语着什么，他和她都在笑着。我还发现薄荷的耳垂下方竟然有个小痣，他俩慢慢地从我身边走过，像暖风一样地轻柔。我感觉到她的安宁和幸福了，我的头跟着他们转着看着他俩离开。我就呆呆地站着看着她在远离，直到一个胖胖的壮汉奇怪地看着我，我似乎才苏醒。

圣洁的人是不会选择的，她是坚持的是忠诚的是稳定的是永恒的，我是不能破坏的是不能插足的是短暂的是邪恶的，我应该放弃，但圣洁在我心里建立了领地。

就在摇摇晃晃的公交车上，我站着抓着立杆望向前方，我觉得自己应该像这俩车一样，要一直向前冲，面对薄荷，我想自己要像一把尖刀插入她的心窝，搅碎她。

下车后我觉得这似乎不对，搅碎后的她不再是她了，也不是我需要的她了，我觉得自己不能这样罪恶。算了吧，放过她吧，放过自己吧。

爱情像飞鸟从我头上掠过，无影无形。我如同大病一场，再次摧毁自己。

[271]

班长问我你昨天干吗去了不上课也不请假。我说我有事。他说你应该跟我说一下我好跟老师说一下这样免得你考试时被老师搞个不及格。我说对不起我知道了谢谢你了。他没再说什么也不看我转身走开了。这一刻我突然很感激他，他的话是善意的。或许他的心未必如此或许他就是要做官的感觉，但我要从可见的信号去分析，不要从自己对世界的不信任心理去分析他，也就是不能带有预设的心理，预设的心理就是偏见，这是解释学的一种理论。

寝室里有一股臭烘烘的味道，这是我早晨刷牙回来的感受，我边想边推开窗户，汪友宏说这么冷你开什么窗户。我说太臭了换换空气。他说打开窗户我们会感冒的我们宁肯闻着臭也不能感冒呀。

我还是有个惯性不是遇到挫折就会轻易被改变的，妈妈的挨打和我没前途的关联关系时间一长竟然被我分解了，我想一切应该还不至于吧，那男人或许是惧怕我的高大和手里的砖。这是我在计算机课上的新想法。

[272]

有人说话很直，说到底是说话随便甚至肆无忌惮，这种人竟然还号称自己直爽，还一副看不起别人含蓄或委婉的样子。其实关键是他说的话太过肯定，这样会将被说的对象完全束缚，反而扭曲了对象，这就暴露了说话者思想简单甚至不成熟。我不喜欢这种人，明明傻了吧唧却自以为很聪明。

苗斌说后天咱们去冶金医专玩吧，大疆你现在有气无力的像个行将就木的野狼，你一定要去。他还说刘芳也说你绝对应该去见见那个女孩，别浪费了自己，那女孩绝对不错。

我说谢谢了这种冷漠的女孩我真消费不起。

刘芳说那女孩家庭条件非常好，她很有钱她可以消费你。

我说我不是那个意思，我就是不想找女人了，总是那么乏味，熟悉了都一样上床了更一样。

他们都笑了，517 寝室的李志成说真的假的这么有经历，汪永宏说当然真的了。小四川说妈的这世界真不公平饿的饿死饱的饱死。

苗斌说大疆咱们还是都去吧，你这样很影响我们建立友好寝室的，毕竟还有其他哥几个呢。小四川说对对对，人呀不能有了牙签就忘记了手指头的作用，大疆你这样的风格我们很佩服你这属于坐车不坐座位的属于上厕所不占茅坑的，你去吧就当拉拉队了希望你说到做到保持永远呀。

我和他们都龇着牙相互望着笑着。

我睡不着时我就望窗外，当然是歪着头还要斜视，或许因为在五楼，我们经常不拉窗帘，这里的黑夜没有家乡黑夜那么黑这里看不到满天星宿，我就闭上眼将耳朵紧紧贴在枕头上听着，我在迷糊中发现这个世界跟我一样都是被摧残中。

[273]

不可思议无法想象太巧了真是太戏剧性了。

他妈的。

那句话怎么说了？上帝关上一扇门又会再给你开扇窗。

就在傍晚我们跟着苗斌去刘芳她们寝室了。看门的阿姨说你们在九点之前要离开呀，我们都点头哈腰连声说是，我是最后一个进寝室的门，就在相互介绍中，我看到了我立时就呆住了，其中的一个女孩，我看清了，操，是，覃婉婷，是真的，覃婉婷，我操，这是什么概率才能发生的事呀怎么可能发生这样的事情，这世界真是有奇迹的。当时感觉我的血都喷涌了，她也看到我了她也惊了一下，随即脑袋就转向别处。

我有种时空错乱的感觉，她怎么在这里？我无法将一个素颜淡漠的女孩和一个光艳随性的女孩合二为一。

就在这个小寝室里十多个人明显有些拥挤有点像春运期间的火车车厢了，苗斌和刘芳相互把自己的人介绍着，我什么也没听进去，只是笑，很明显我的笑影响了覃婉婷，她也开始笑了，我俩是有目的地笑。每个人此时都把自己当作主角，欢喜的目光胡乱照射着，都没有闲暇注意我俩别有用心的笑。

似乎大家都不适应这拥挤的空间，不知谁提议去校园转转，于是一帮人就快快慢慢地走出。还是我们寝室一帮在前她们女孩子一帮在后，中间是苗斌和刘芳，慢慢的脚步随着想法变化，队形随之变化，男女间开始混杂了，我一个人走着我注意到覃婉婷跟女伴距离不远不近，我慢慢靠近她，她也感觉到了，我俩走到了一起。

真没想到，你还是学生？我轻声感慨。

你这傻乎乎的人也是学生更不可思议。她其实也有笑意，我看出来了。

你现在还去那里吗?

我那是社会实践跟你不一样，别瞎说，我早就不去了。

你把我当傻瓜吗，你个学医的去那里实践什么?

学医的就是去搞懂你这种狗男人的生理卫生。

没得罪你吧，怎么对我这么亲切。我笑着。

笑个屁，你口严点呀，别乱说。她紧张地瞟了我一眼她严肃起来。

放心吧，不过你也别说我在那里曾经端茶倒水呀。我还是笑。

我知道，你那时很下贱。覃婉婷笑了，原来牙齿还能反射出月光。

咱俩太有缘了吧，概率这么小的事也会发生。

她跟着我这句话缓缓地摇着头，这是不可思议的动作。

就在睡前，汪友宏说大疆你跟那个漂亮女孩聊得很好呀，我说是的我准备娶她了。

他们又开始齐声骂我了。

我没说假话，我真是这么想的。覃婉婷，太刺激了，这种女人会让我刺激一辈子的，她会让我重新发动的，像一个新的牌局让我重整自己。我坚信。

妈的，我本来很悲观，我本来一直在想这辈子我不会再改变了，真没想到。世界真刺激，人生真刺激。

完全不可思议，错过的是错觉。

[274]

说是这么说，早上起床时我就嘀咕了，我娶她?我还是先爱上她吧，爱？我会爱吗？

我太高兴了，又见到她了，以前的她似乎是空中飞舞的花蝴蝶，我毫无办法，现在的她就像网中的小鸟，她飞不远了。昨晚我一直在想她，我真是太高兴了，这一年多的时间我经常想起她，终于遇到了，想想昨晚的对话，我是以前的我她是以前的她。

就在昨晚分手时大家都在周围，这样彼此说话就有些装模作样，我还真忘记跟她约什么时候再见面，不过她跑不了了，我想她应该也喜欢我吧，我本科她专科我帅她靓，据说她又没男朋友，她好像喜欢我，搞定她问题不大。

昨晚我一直睡不着，在寂静的浸泡中，她的音容笑貌一直在抚摸着我，黑夜是那么的幽悠，我觉得自己是山谷是湖泊，爱情像飞鸟像金鱼在其中深入浅出。

今天是周四，我要从这个周四正式开始。吃完晚饭我就去医专了，我是骑自行车去的，就在楼下，进进出出的很多女孩看我，这类学校大部分都是女孩，男孩是她们的掌上明珠。

刘芳出来了，她说怎么了大疆被我们的婉婷迷住了吧，我说是的，她说不过呢你今天运气不好她去亲戚家了，明天再来吧。

哦，好吧，谢谢了。

我会告诉她的，她会开心的。

我笑了，刘芳的话如同在我意象中的婉婷周边加了一束光，她更清晰了。

[275]

刘芳的话明显是个积极的信号，就在我骑自行车前往冶金医专的路上，有二十五个红绿灯，很奇妙的是一路绿灯我一直没有下车一直骑到了校门口，这绝对是个好兆头看样一切都会心想事成的，这一霎我似乎还有一种对覃婉婷轻轻的小视，她似乎已经进入我的怀抱了。

在我的喊叫后，很奇怪的是另外一个名叫徐丽的女孩走了过来，她说覃婉婷不在。我问覃婉婷不知道我来吗？徐丽说她知道但她不想见你。我问为什么？徐丽说你知道结果就行不用知道原因了。我说我要知道。她挑了一下眉毛然后摇摇头叹了口气走开，我发现她走路的姿势真是很好看，虽然她不是个好看的女孩。

这是个温暖的傍晚，天已经被涂上了淡淡的黑色，我就站在楼口，周围女孩都在我身旁穿过。我像小溪中间的一块石头被人注目也被人环绕，我想反正也来了反正回校也没什么事，我就在这里等吧，我要见到她，亲耳亲眼得到她的解释。

天已经完全黑下来了，我就直直地站在楼前，过往的人已经很少了，等着的人都等到了被等的人，坚持的只有我一人了，我眼睁睁地望着朦胧的周围，也看不清什么也胡乱地想着什么，覃婉婷为什么不想见我，难道她已经有男友了难道她有难言之隐难道她看不上我难道她自卑难道她考验我？我知道这里面有答案，但不知道是哪个，如同我知道这地球上有钻石，但不知道是哪块地。

没想到徐丽和覃婉婷一起从灯光亮白的楼口走出来了，我靠，骗我，这俩家伙骗我。

我得意地咳嗽了一声，她俩明显被吓了一跳，徐丽有点不好意思，覃婉婷愣了一下，那一瞬我发觉她似乎有种欣喜的神情，但她马上进入冷漠。

你在这干什么？

等你。

等我干吗？

徐丽对着覃婉婷说要么你俩聊一会儿吧，我先走一步。

别，你别走，我跟他没什么聊的。

她拉着徐丽说走，咱俩一起走。

我实在难以置信这曾经是个跟我一起上厕所一起跟我搂肩搭背的家伙。

你跟我说几句不行吗？我开始追随她走了。

你到底想干吗？覃婉婷并不回头。

我想跟你交朋友。

我不想跟你交朋友。

为什么？

不为什么？我现在不想交朋友。

你不能告诉我为什么吗？

因为我不喜欢你。

说完她快步离开，徐丽变成了跟随者。

我真是蒙了，这女人有精神病，妈的怎么说翻脸就翻脸，我记不起来怎么回的寝室。

唉，本来还以为一路绿灯是什么好兆头？瞎他妈地联想，搞得自己额外受挫，真是没有兆头。

不过，不知为什么我还是感觉她是喜欢我的，我自恋？

我做了一个梦，在梦里我对着校园大声喊，你说吧，什么都可以。

[276]

就在我起床穿衣叠被整理床铺的时候我想她在干什么，这些每天必备的事情她做起来会有什么不同吗？

现在我知道什么是爱了，或许只有被拒绝后才会懂得吧，如同被门阻隔在外我就开始幻想门内的温暖和别致。

我开始理解我的那些求爱者了，我和她们其实都是一样，面对着爱的人和未来不知道是自己站在出口还是入口。

我其实对她们的拒绝也是口不择言的，对不起。我有了愧疚感，这是我第一次明确的感受，是设身处地和同病相怜的结果。

我见到苗斌有期望了，我问他你帮我打听一下可以吗？苗斌说刘芳已经告诉他了说这覃婉婷很奇怪的，她的话很少，刘芳也搞不懂。

很少有女孩不喜欢我，虽然没怎么统计，但我注意到大多见到我的女孩都有或深或浅或直接或间接的好感，她怎么会不喜欢我呢，我应该问她这是为什么？在夜总会的深夜在她酒醉的时候，我觉得她是喜欢我的甚至她还是信任我的，但现在她怎么了。

我本科她专科，我帅气高大她靓丽完美，我们很相配我们都是单身，我可以像风吹动她可以像叶飘扬，一切都可以顺其自然。她没有理由不喜欢我，我要问她为什么，我们不曾经是朋友吗？朋友不就是无话不说吗？我俩不需要开始，我俩继续前行就可以，多简单呀。

我整天都在分析她都在想她，我不断地模仿她的心理，用她的眼光来观察大疆，就在这反复思虑中，我将她和大疆合二为一。

这是每个人的春天，我却在冬季里。

~~[277]~~

今天我又收到了一封信，很厚，一看笔迹就是那个“三合一”写的，我根本不拆当场就撕碎扔进垃圾桶里了，这个动作完成后我有种兴奋，我觉得自己很是壮烈，像是战场中尸堆中的站立者。

我觉得前天跟她谈话太仓促了，很多话都没说出来更没有说明白，我应该再找她聊一下。

傍晚我就跨上那辆破自行车了，我要见她。

我在楼下喊了几声并无人搭腔，就在我犹豫的时候徐丽下来了，她说大疆同学你怎么了准备强抢民女了吗？你应该不是缺女孩的人吧不用这样在一棵树上吊死吧。我说我跟覃婉婷前世有缘，这个你不懂，麻烦你还是让她下来吧我再跟她说几句，你回去告诉她吧我不会吃她的。

徐丽笑了，然后又“唉”了一声转身回去了。

很快覃婉婷下来了，有种披头散发的感觉，

你想干吗？还威胁上老娘了。

没有呀，我不知为何很喜欢她骂我的恼怒。

少屁话，什么前世，你准备说去年吧，你以为知道点什么抓住点什么就可以逼我了吗？

我不会这么做的，你放心，我大疆全称是大爱无疆的我不会小肚鸡肠阴谋诡计的我死也不会供出你的。

你还算个男人，不过你不用油嘴滑舌，你那大爱还是留给别的女孩吧。

我就给你。

我不需要，你别再找我了，咱俩不合适。

为什么不合适，咱俩很合适呀。

我不喜欢你。

为什么?

不为什么?

告诉我。

没什么跟你说的了，再见吧。

你要告诉我，否则我还会来的。

随你了。

她转头就走，我闻到了她的体香，这是她衣服扇动空气，空间留出余地，体香及时填补的结果。

这一刻天已经黑了，她是朝向光亮的楼口去的，我的感觉是她被光明所吞咽了。

[278]

我知道我这人有精神病，精神病的一大特征就是执着，妈的我犯几次试试，我要表现出我的真诚我的勇猛，让她不要误解我是柔弱的我是虚伪的我是即兴的，我要让她刮目相看。

傍晚我就站在覃婉婷的宿舍楼下对着她的寝室窗口大叫两声她的名字，只有两声然后就不说话了，我的意思是报个到让她知道我来了然后我就站楼下等她出来。我已经做好准备了，她出来或者不出来她理睬或者不理睬我都不在乎，一个小时后我就走。大学是三点一线寝室教室食堂，我要变成四点一线寝室教室食堂求爱地，哈哈我就这样，每天傍晚我都来连续一周试一下。爱和不爱不是那么绝对的不是山水分明的，我要挖掘她渗透她推动她改变她。

不知道她是否在寝室，反正我看到她们寝室的人出来了，她们有人对我笑笑有人装作没看到没看清或不认识的样子从我身边走过。

其实我站在那里的时候有女孩看我还有漂亮的女孩甚至还有外表和覃婉婷不相上下的女孩看我，我能感觉她们的喜欢，我的确不该这样紧盯一个人，我真应该像踢足球一样盯住位置就行没必要盯死某个人，我是寻找爱情我不该寻找一个人，我想我真是掉进覃婉婷的沟里了。

覃婉婷走出来了看了我一眼根本就不搭理我抱着书跟着徐丽一起走。我想既然看到我了，我和她说话她也不会搭理我，我也一句话不说只是看着她从我眼前走过，徐丽一脸的惊讶，她一定奇怪我不跟覃婉婷打招呼随后就流露出努力不让自己笑出来的表情。

直到她俩被黑暗吞没后我才离开，我回去的路上是快乐的因为这是执着的起点。

灯光照着树叶的时候我就在明暗中穿行我要直接去西三楼找个座位坐下，我还要上自习，我要学习。

[279]

这是个周四，算起来我追婉婷有一周了。

每当临近下课前，我都有一种好好看书好好做作业的冲动，可做作业时就想随便打发一下。上午大学物理的作业发给我后，我错了几道，叉叉边上写着：你要用心。

这老师很懂我，他在暗示我对婉婷不能仅用两条腿还要用心。

我傍晚又到医专了喊了两声后就坐在自行车座上两只脚悬空练平衡，心想平衡练好会比她搭理我更早吗？

刘芳走过来说喂大傻覃婉婷不在抓紧走吧。

没骗我吧，

骗你干吗？好心告诉你不信就在这等着吧。

哦好吧谢了。

床上的我在寂静和黑暗中想着围绕自己的一堆事，一点不觉得孤单。

~~[280]~~

今天风很大，窗户的插销没有扣住窗户被吹开了，窗框重重地拍到了外墙震碎了玻璃，这发生得很快我来不及反应，无奈地看着碎玻璃不同速度地破碎掉下然后就听到一连串撞地的脆利。

教室宿舍食堂还有冶金医专的宿舍，这四个地方还有四个地方的连接路占据了我整个一天，我的今天很充盈四个地方的心情和四个地方的煎熬灌满了我。

想到玻璃的命运我觉得自己很无辜，面对这一天我像掉进水里的壶里外全是水，自己就是个壳子就是形式，我毫无办法。

我的大学应该怎样度过我曾经想过，学校不断灌输的模式是现成的也只有一种就是学习，但我做不到，我无法做一个学习机器，我浑身都是活力，要把这活力通过学习这个单一的出口释放，那是不可能的一定会变态的。

~~[281]~~

我需要养成习惯我要抓紧吃饭然后就要跳上自行车赶过去。

冶金医专不是个大学校，应该在千人之内，很多人应该都认识我了，甚至都知道我每天这样的原因了，很多人知道我的做法了。

我就站在楼下我觉得我坚持不住了，覃婉婷根本不搭理我，她的表情转向强硬和恶劣了。我有点怀疑自己的执着了我需要换个方法了，但左思右想其实没有什么其他接触的办法。

我对苗斌仍然保持期望，我是需要他从刘芳那里知道些覃婉婷的什么动向和变化，因此我每次看到苗斌都希望他能说出点什么。

在西四楼附近遇见张颜了，我看到她在恶狠狠地瞪着我，从小到大这种表情我还是第一次遇到，这让我有些不安，整个下午我都在反复想着这个画面，怎么回事呀？我开始回忆我们分手的前前后后，是她说开始是她说结束的呀，为何她会这么大的情绪？

或许我在冶金医专的执着传到了她的耳边？那也不至于这样呀。

算了，不分析了，我无法让每个人都满意。

晚上隔壁寝室打麻将，他们将窗户用毛巾被遮住，没想到半夜时分一声巨响保卫处的人凌空一脚就踹开冲了进去。这是福建的谢永清在我们寝室笑着描述的，他是用凌空一脚这个词描述，我们经常看足球比赛，这个词是经常在播音员口边的是和场景配套的是我们习惯的，换到这个场合一用，我就不自觉将球员的悬空和脚力放到寝室的门口，这是个静态的画面有种活力和激情四射的光芒。我沉醉其中不问结果。

[282]

陈静中午来了她歪着头笑着问我最近过得怎么样，然后又自问自答嗯看样不错胖了点，你知道吗我喜欢你胖一点。

我“哦”了一句。

我俩是在任家路的一家小餐馆吃的午饭，她问我有女朋友了吗？我说我正在追一个女孩，她很惊异像武汉人一样习惯遇到疑问都会瞪着眼睛：你还会追女孩？

是的。我低着头说。

那女孩一定很漂亮吧。

是的。

那我一定要看看要给你把把关。

不用了谢谢了。

你追上了吗？

还没有。

哈哈大情种也有这样待遇，你仔细说说大姐帮你参谋一下。

我就像掉进水里的人，随便一只手我都要抓住，我于是描述了一下。当然我没说我们在夜总会的相识，我真不知道怎么说才能维护住覃婉婷的非凡，我担心她会贬低覃婉婷，贬低她就会伤害我。

凭我的感觉，她应该是喜欢你的，她的反应的确很奇怪。不过，姐姐可以教给你几招。

原则上所有女孩都有弱点的，她的弱点就是你的机会，你如果能知道并能利用，那你就一定会成功的。

我说我每天都去她那里守候一小时，她说你可以试一下这个办法，这样做是默认她的弱点是机动性强是易被感染易被改变的，若她这些天了还不理你就说明你的判断是不对的，你若太坚持会像一种骚扰你会引起甚至加强她的反感，现在你就要变换一下。

我说两个学校抬头不见低头更不见，怎么办呢？

她说你可以写信试试，多聊聊争取多一些见面的机会，你还是要想办法增加接触的机会。

我觉得她说的变换方式的办法的确是对的，但我想既然已经这样了还是争取凑个整数天，这样有意义，所以我还是要再坚持几天。

陈静说她最近不过来了她怀孕了。

晚上我站在医专女生楼前，觉得自己像拴在楼口的一条狗。

[283]

我站在医专宿舍楼前，想象着自己是个巨人，所有的钢筋水泥树木都变成脚下的凹凸，过往的人都是可以忽略的。这一刻周围一切都安静下来，包括我的爱情。

[284]

我告诫着自己，我要坚持我要继续。

坚持是一服药，她总有生病的时候她也就有被我治疗的机会。

站在楼前我像一个身着白大褂的救死扶伤的白衣天使在随时等待她的倒下。

有时我又想陈静说的是对的，我这样的坚持会让覃婉婷更加坚持，我俩变成倔强比赛了，这样距离爱情更加遥远了。

[285]

他妈的我简直要疯了，我现在满眼怒火，就在天还亮时我离开冶金医专的门口，几个跟我身高相近的家伙走到我跟前问我是大疆吗？我说是的。其中一个家伙一棒子就打过来了紧跟着其他三个人就打向我，我当时就被打倒了，几个家伙继续踢我，我爬起马上跑进冶金医专学校，门口有个保安也似乎被吓着了他站在那里不知怎么办。那四个家伙开始追我，很显然他们觉得打成这样还是不够的，我其实在奔跑中是在寻找家伙，无论是石块还是棍棒要干死他们，但校园太干净了校园又不大，这个时间学生很多大家都在看着，我没办法又跑向门口，我没注意有个家伙拦在门口一棒子又打向我打到了我的头上，血当时就出来了，有点晕，我支撑着坐在大门口右边，靠在围栏上我模糊地发现他们跑开了然后我就什么都不知道了。

等我睁开眼睛时发现周围一帮人围着我，我想稍等一会儿再缓缓离开，头上的血已经不流了，但嘴里有腥咸味，不知是嘴里的血还是从头上流下的血。

有几个女孩围过来问我你没事吧，我头昏昏地站了起来，她们说校内有医务室然后搀扶我要进去，门口保安似乎缓过来了说我们不对外服务你不能进去。几个女生就过去说情，我说不用了，我知道学校不远处有家医院我说谢谢了我捂着头走向急诊室。

我回寝室的时候头已完全被包扎，我的头就像脸上挂着个白色的圆框，只有五官显露，同寝室的还有周边寝室的同学纷纷过

来，我的老乡蒋甲学跑过来了他还拎着个空酒瓶子，

怎么回事？

不知道。

谁干的？

不知道。

我的这些不知道让他们都不知怎么继续对话了。或许大家看我那么平静就又开上玩笑了，泡妞有风险呀。

我一直在想这难道是覃婉婷找人做的吗？不会吧，虽然这些日子她不搭理我，但我也感觉到她并没有明显的厌恶表现，毕竟这和仇恨还相差几层楼呢。

难道是张颜？不至于呀。

那还有谁呢？我在初中时也莫名挨过打，东北就这样，男人有时出色就会被别人盯住然后就以“装什么”的借口将人打翻，但这里应该不至于呀，另外这几人下手有点狠，很专业，到底是谁干的？

我如果死去了那就死去吧。

我今天本不该去，只是想这是最后一次吧然后就变招。没想到。

同学们看到我大都开始震惊然后同情然后跟我一起怒骂再然后就分化了，我能感觉出有些人是幸灾乐祸，他们觉得这应该是我吸引女孩的副作用，我在女孩身上获得多少额外的快乐就应该付出多少额外的苦难，他们一定认为这是一种公平。我很理解。

[286]

一清早覃婉婷竟然来我们寝室了！我还在床上躺着呢，其他

几人也在各种衣衫不整的阶段中，她根本不管不顾似乎周围的人都是陈设，她进来的表情应该是怀疑的神态，看我这样她的眼神变得焦灼，叹息起来。

你怎么样了？

没事。

让我看看你的伤口。不愧是学医的面对这些东西手脚利落，我吓得马上躲闪。

别看了。

她怀疑地看着我，你的病历呢？

你不相信我吗？

我不相信任何人。

你的病历呢？她又问道，我看了她一眼就指向我的桌子，桌面就是盖子掀开后就是大方盒子，里面全是各种小物件。

她掀开了桌盖子。

这时大家似乎都觉得多余了都加快各种收拾动作，我看着他们的忙碌想想这些哥儿们真是很懂事很善良，很快寝室里只剩下我俩了，她不再继续研究病历了。

谁打的你？

不知道。

肯定是你风流债太多了。

老天作证我从不欠债更没有风流债。

你就长了张欠债的脸。

她说话的时候并不看我似乎是自言自语但始终是一种冷漠。她自忙自地打开包，我才注意到这是一个比较像样的包，她拿出两个塑料包装盒放到桌子上摆放起来，哇，我心里一叫，好丰盛的早餐。

你腿脚没事吧？

哦，哦，没事。

那你抓紧滚下来吃吧不用老子喂你吧。

我简直心花怒放了，她的骂就是一种亲热呀。

你平时就这样骂骂咧咧吗？

别废话吃饭。

你不觉得咱俩太有缘了吗？要顺从缘分呀否则伤天害理。

她不再搭理我，直接吃上了。

我闻到很多体味，这都是来自于我，这令我有点害羞。我还是打开了窗户，她斜眼看了看我什么也没说。

我突然想一定要娶个医生或护士她们的嗅觉一定具备强大的适应性，这样我就可以任性散发各种气味。哈哈，我突然发现任性里的“性”这个字在这个位置的妙处。

我俩默默地吃着，她很快吃完然后站起来拿起包就要走。

喂喂，你干吗？

我走了。

嗯？你怎么说也不说，站起来就走？

有什么说的？你活得好好的跟我有什么关系？

那我活得不好跟你有关系吗？

她根本不理我更不看我直接拉门再带上门，左手全部完成并没有身体的转动更没有转头，她的左手纤细白嫩在开关门的动作中准确地表达她的意愿，顺便彰显她的美丽一角。

就在她出现时我还想这挨揍的好处是覃婉婷靠近了我，但这一刻我的心真冷却了。

我明白了一个道理，女人不是能追来的算了吧我不追了似乎越追越远了，看样这就是精神病的结局挨顿打老实了或者撞到南墙就死心了，我在这一瞬间顿悟了，像一个百岁老僧。

我觉得昨天想得不对，我不能死因为我死了我的妈妈会挨揍，这一刻我觉察到眼泪潜伏在我的眼眶四周，准备弃我而去。

我一整天都在床上，春风吹拂着我的青春和疼痛，我逃开眼前的渴望，就从三皇五帝开始想着历朝历代的英雄事迹开始不断演习我的人生。

[287]

我整个脑袋都被白布缠绕我个子又很高，这在校园里还是有些显眼了，如同草地里一棵特立独行的蒲公英，我也不在乎，当然怒火还在我心头燃烧失恋也在折磨着我，我还是按部就班地上课，我表面一直保持平静甚至某种程度上表现出一种慵懒。李志成问我的眼睛怎么是通红的没得红眼病吧？

他问这话的同时我正在想有机化学的一道题，这道题和红眼病这个词发生了碰撞，我的注意力发生了轻微的偏差，背景和主题发生混淆，不知道哪一个信号更为重要，这种结果就是一种类似于面对抽象画的迷惑。

我于是一副听不懂的样子望着他，你想说什么？这明显答非所问。

我想这应该不是覃婉婷干的，那应该是张颜干的，我要去找她。

这已经是夕阳西照的时候，女生楼的楼口是朝西的，这样我是顺着夕阳望着女生楼的，这栋灰楼呈现一种昏黄的颜色，这是一种珍贵的旧日温情，我的愤怒慢慢融化成了一种忧伤。

我在楼下对着张颜的窗户喊她的名字，很多人都在看我，有人“哦”了一声然后张颜出现在窗边，她看到了我一定也看到了满头白纱布的我，她的笑容顿时消失转换成严厉。

你找我干吗？

你下来，我问你点儿事，

什么事？

你下来说。

我为什么要下来？

这一刻我突然想若她不下来说明她心虚了那就证明是她找人干的。

下来你怕什么？

她不再僵持把窗户直接关掉，人消失了，我想妈的真是你干的，我一定要找你算账，为什么这样？

我想我已经找到答案了，我的忧伤坚硬起来，像水结成了冰，我愤愤地走开，我发现有人看着我，我理解成这是同情的眼光。

没想到张颜追了出来，她说大疆你站住。

我转过身子望着她，她表情有点缓和，

你这是怎么了？

被人打了，不是你找人干的吧。

去你妈的，我找人打你干吗？你以为你值得姑奶奶找人打吗？

我一时语塞，不知道怎么答复了。

你活该，你一定是欺负别的女孩了，我知道不是谁都像我这样好欺负。她突然又转为恨恨的表情。

我在一瞬间突然读懂了张颜，这就是完全自私的人，她是一种没赚到便宜就认为吃亏的人，去她妈的，我想既然不是她干的我就没必要再跟她废话了。

我转身走开，没有任何东西再追随我。

不是她也不是覃婉婷，到底谁是幕后黑手？这么大的仇恨，我惹过谁？

我是招惹过很多人，但我从来没有过分地对待别人，我保证。我在脑中将周围的人排列成队挨个清点细细过滤，这能是谁？那能是谁？

有一刻我觉得这是没有黑手的事件，甚至这个事件本来就不存在，事件发生前我的梦开始了，等我伤口复原后梦就结束了，这些天我一直是在梦里，是爱情带着我在东游西逛。

~~[288]~~

我一直觉得不会爱上什么人，我甚至也不懂什么是爱情，更没觉得自己会爱上覃婉婷，但这段时间的坚持让我的心思总是围绕着她总是要浮现她总是在分析她。我的这些看似不是爱情的东西在长时间的坚持下构筑成了完整的一个她，一个我自己头脑中的她，一个不是真实的她，这种结果就变成了类似信仰的东西，这就是爱情。

这些天的坚持表面上折磨了她其实还是折磨了自己，我真开始不快乐了。我觉得一种强大的失意笼罩着自己，我的眼前总是浮现她的音容笑貌我完全被自造的她占领了。

我甚至嫌弃生活的节奏，太慢了太重复了太无聊了。

整个的我钻进了一个死胡同里，我甚至还知道出口，但我就是无法转身。

[289]

当我恢复到以前的三点一线后生活就完全平静下来，可我的身体还在继续我的情绪，我开始牙痛了。剧痛将我从午夜的梦中拉出再将我从床上拖出，我独行在黑漆漆的校园里，有种逼迫我张牙舞爪的痛苦在蔓延，太疼了，我的意识深受折磨，我用手抠用凉水漱口，一切都毫无用处，我快步走着，既无处宣泄我的力量也无处转移自己的疼痛，只能忍受，在这没有月光的黑夜里。

[290]

上午我就去校医院了，乱七八糟地处理了，不太疼了。

中午西五楼有人跳楼，我们班有人去现场了，据说尸体已经被拉走，是位老师。傍晚就有人说是化工系的一位年轻教师，是因为失恋。大家都说唉怎么想不开呀。我突然觉得这是想开了才会做的举动，看透了世间看透了自己，死就无所谓了。我倒觉得自己现在属于想不开的状态，有时这语言很有意思，对一件事的描述竟然可以存在两种截然相反的结论，并各有道理都有存在的合理性都可以相安无事。

如果那老师没有跳，我或许会想跳，但有人跳了，我又觉得跳也一堆舆论不跳也一堆舆论，算了吧，别再没跳好落身残疾。何况跳了以后我的妈妈会被她的男人嘲笑甚至挨打。

我一人走到西五楼，我在寻找那人体和水泥地相撞的痕迹，水泥地面上一片干净，我知道那最干净的地方就是碰撞点，一个人制造痕迹别的人抹掉痕迹，让这个世界可以装模作样。

[291]

我走在校园时仍旧还有女孩对我微笑还有女孩跟我搭讪，我的烦恼还在心里弥漫，我并没有很好的表情很好的耐心很好的话语来应对，所以我也就获得了一些对方的冷言冷脸，我知道我这样不对，但我也不觉得女孩子想怎么样我就该怎么配合。

这是个什么样的世界呢？这是个大家相互平等的地方，你有选择的自由我也有选择的自由，你不能要求付出就有回报，我也不能因为你付出了我就要给你回报。

写完这些我突然意识到覃婉婷不就跟我一样吗？她没义务来承担我的痛苦。她对我不理不睬其实是她的权利。我这人明明是自己生病了却让别人吃药，很多话表面上是对别人说的其实是自己对自己说的。

她走到校门了是来见我是来找我，我知道，我哆哆嗦嗦地找鞋，所有的床下我都找遍了，但没有，我大叫起来叫我的鞋子，喊的是我的名字。

我突然被打断，是苗斌在拍打我，大疆大疆，醒醒醒醒，别叫春了要起来上课了。

我睁眼看着他，他在龇着牙笑着，我发现枕巾大片潮湿。

我坐起点着了一支烟试着抽却换回一堆咳嗽。

[292]

我还是不时地想覃婉婷，就在这花香遍布校园的夜晚我一人在校园的小路上走，前前后后很多情侣，若她跟我在一起我会多么喜欢这夜晚呀。

我甚至涌出几句诗：

当你用你的温柔写在我的苍白时

我才发现我有了内容

一个你的内容

而我

不翼而飞

我这种人就像以前汪友宏说的存有巨大缺点，过于专心就不能眼观六路耳听八方，所以我就会陷在爱情里时间更久强度更大我就显得忠贞不渝，其实这是性格带来的恶果，不是我的意志。

唉，忍受吧，我在忍受我的优点的副作用。

这几天我走到哪里都有一种提防的心理，我总是左顾右盼见到几个男孩扎堆走，我就提防起来远远绕开。

[293]

唉，我真是失恋了，我想这本来是一个细胞刺激的问题，是个生理的问题，表现的是神经反射，心理学称作注意力过度集中。我太久将注意力集中到一点上，爱的过程是注意力积聚的过程，一旦生成就独立出来就会变成可怕的力量，若是分解那也就异常艰难，像盐和水的分离。

我就如同一个螺钉，这些日子里慢慢地和螺母合到了一体，现在我所做的是慢慢反转方向慢慢转动慢慢松开，关键是这螺母是神经是血肉是电流，这就意味着我需要同样的血肉电流神经来补充。

我不能像以前静静地观看花草枝叶了，我也不能模仿花草枝叶的状态来观看周围了，因为这需要一种静态，而我现在是在波涛汹涌中我无法用安静的理念来安抚躁动的情绪我需要以动制动，我于是跑步，跑步时我大口喘气，我还看复杂的哲学想复杂的问题，我马上变成了一副积极上进的模样。

但她还是在我的眼前挥之不去。

[294]

今晚汪友宏和贾世川在下象棋，他俩走得很快，棋子也就纷纷被拿下，我突然感觉我像一局棋中被吃掉的棋子，我被生活拿下了，我茫然无知我不知所措。

我不愿见苗斌了，跟以前相反，以前总是期望他可以带给我任何有关覃婉婷的消息，但现在除外了，每次见到他就唤起我对她的思念，这变成了我心上的一根刺，不时地会刺痛我。

唉，竟然是这样的结果。

为了转移注意力我就改变注意的角度和深度，以前我洗脸只是用水在脸上扑一下然后用手揉搓两次再用水扑再揉搓两次最后我用毛巾擦一下，我要改变了，要揉搓四次用水扑三次用毛巾擦拭后我再冲洗毛巾，不知道这时候水和毛巾怎么想，或许那水本来不想沾染我本来想被人放到烧水壶里加热然后变成蒸汽在空中自由一会儿，没想到被我浪费在我的多余动作里。我就在这些细节中打转然后无谓地感慨着。

我有时还想覃婉婷。她或许已经后悔了或许正在赶往我的宿舍，她要告诉我所发生的都是她的不对或许她还说是她没办法。我就这样乱想着，只要能安抚心的忧伤，哪怕是一时的欺骗。

我有时感觉心在怦怦直跳，有时感觉毫无生息担心自己像一架松了弦的钟突然停摆。

这就是生活，像我的头发生长一样无声无息，毫无奇迹。

[295]

时间应该是在帮助我，是在矫正我的注意力。

这是假期，我这种随意的走动一定是安全的应该不会有人暗算我。我一人走在江堤上看看白云看看绿树野草看看江水，思路就开阔一些但不时地还会有覃婉婷的细节钻进钻出。我把自己的心想象成土豆，对覃婉婷的记忆像一把尖刀，这尖刀不断搅动着我，所搅之处残破烂碎然后又慢慢开始重新生长，等待再次被宰割。我就这样承受着然后坚强着。

整个一天我都在闲逛中，心其实在抵抗中，我似乎觉得我已经慢慢地战胜了记忆我已经盛满了大自然。就在我临近校门时人在增多嘈杂声增大我开心起来，但一不留神我突然想覃婉婷此刻在干什么呢？这个念头如此无端出现，我马上扇了自己一巴掌。

晚饭后我背着书包走进凄凉的西三楼，我要继续看书，我的目的就是用一种复杂替代这种忧伤。

[296]

这就是一种经历吧，我应该在经历中变得更加强大。

今天小四川神秘地说你们知道那化工系的老师为什么跳楼吗？我们马上望向他，他说据说是相处两年的女友跟别人跑了然后那老师就精神病了。

我早上洗了两次脸，因为我第一次洗完后我就吃早饭了，早饭后我突然想我为何用水扑面三次，这是单数呀多不吉利呀怪不得我失恋呢，我马上又洗脸了我用水扑面一次，这样凑出双数了，我才安心背上书包去上课。

写日记这一刻我觉得我真是看到了以前注意不到的地方，这世界不是那么横平竖直的。

下雨了，雨点快速滴落着，我望着窗外感觉心思像雨点一样落到了自己不熟悉的地方。

[297]

我回顾我的人生，这十九年的生涯十四岁是个命运颠倒的打击十九岁的现在是个翻江倒海的激荡。

我能制造出什么机会，毕竟是两所学校所有的东西都不交叉，像天上的云和地上的池塘都是一种元素却做着各自的梦。

[298]

教授端着茶杯进来，先是低头吹了吹，准备喝时却不知为何又放下了。

她不该这样待我呀她怎么能不接受我？但我感觉她见我是有种温情的，我的感觉如此错误吗？

我对她的爱或许是一种情感转移或补偿心理吧，当我在张颜那里受挫我就需要找个安心的地方休息或找个替代物安慰，就像一个人从一条要沉没的船跳到另一条船吧。

我怎么了我又想她了真他妈没出息。妈的我是男人吗？这时我的左脸又被我的左手扇了一下。

~~[299]~~

每天都是重复，我觉得自己无聊了我今天很讨厌看书。

我真打不起精神来，校园四处都散发着无聊。

我讨厌我的日记。

~~[300]~~

晚上一帮人打牌，我就坐在边上看着，我注意到我的影子是在蜷曲中他们的影子是在撕扯中。

我后来无法分辨了，于是假设有一个睿智的人面对着我，这个人在我某种举动下都能识别我，他会说大疆你这属于莽撞你这属于任性你这属于糊涂你这属于误解你这属于极端你这属于真诚你这属于运气。这个人将我所有的表现都用现有的词汇描述出来，这意味着我所有的表现都是普遍的是可以找到词汇描述的，这也意味着我毫不独特是在机械地做着什么实现着什么。

[301]

我的绷带拆掉几天了伤疤已经不疼了，我想过几天完全复原后就会忘记这些疼痛，几个月后我就会忘记这失恋的痛苦几年后我就会忘记这些细节，几十年后我会忘记这个爱情，但我相信我永远不会忘记覃婉婷的眼神。绝对不会。

我有时会像个旁观者评价自己，失恋又挨揍，不知为何失恋不知为何挨揍，他妈的可笑无比，这世界真是奇妙，我几乎同时处在哭和笑中了。

空气中黏黏糊糊，我就在这黏糊中也在昏沉中。

[302]

就在我想去楼下找物管让他们换灯泡时，苗斌却提到了覃婉婷的名字他说家境这么好的女孩不该读医专。

今天小雨，窗玻璃上挂着水滴，每个水滴都映照着校园，校园就在水滴里，每个水滴都有一个校园。我觉得自己这种状态像落在水面的油，是不会融入周围的。

要么我找个女孩玩玩吧随便怎么样。

玩又如何玩了就会快乐吗？我这是自寻无聊吧，我觉得我不会快乐了不会爱上任何人了。

[303]

江水没日没夜地流着，我想只有沉在江底的石头才知道流逝的痛苦，我就像在江底的石头不停地被穿梭不停地被抛弃。

这个世界弃我不顾自行离开了吗？

妈的难道我是在撒娇吗？失恋就失恋了怎么能这样？我他妈是男人吗？

[304]

感觉好多了，我偶尔出现舒适的心情我在慢慢放松中。

上课时太阳很大，我坐在教室最后我看着他们的背影我没有背影，因为我是在阴影里，虽然我的心是在阳光中跳动着。

我是个七尺男儿我躺在长两米宽一米的床上我的日常活动是在二百米范围内我看到的天空也就是方圆二百米，坐井观天就是这样计算的吧，我的日常是有规则有样本有界限的，我能怎么特别我还能怎么优秀？我突然对人生失望了。

我跑到教室坐在教室里透过窗户看向外面，我有种幻觉，觉得窗户是个巨大的鱼缸，他们都在鱼缸里，每个人以各种服装各种姿势在游动中。

我不需要爱情了。

[305]

靠，无人可以想象，今天中午覃婉婷竟然来了，她敲了下门然后走进来，她落入这个不属于她的空间，像一片飘上讲台的叶子，这一刻我似乎呆住了，她微笑着竟然是脸红着她说大疆咱俩出去走走吧。

这一刻我有种错乱的感觉我觉得空间人物表情都发生了扭曲，我和她似乎是站在万花筒里周围都是在曲面里所有的东西都变形了，我就呆呆地跟着她走了出去。

这是真的吗这到底怎么回事呀？

我还是忍不住问了你怎么来找我了？

怎么，不行吗？

我不知说什么了我俩都低着头走，她声音轻柔：

你想我了吗？

我知道她是说她想我了，这时我似乎完全被甜蜜灌满所有的自己有种敞开的感觉，似乎像一个木偶全身伸展四仰八叉张开在空间里，每个关节的牵线都被松掉。

你怎么了，傻了吗？说话呀。她的声音很低，甜甜软软。

你怎么改变主意了？

什么主意？

你不是不搭理我吗？

你以为我这是在搭理你吗？

我俩就这样一句挨着一句在缓缓地将意思推进着，像一朵缓缓开瓣的花朵，我俩围着校园走着，如同走在一座迷宫里。

她说你明天晚上来找我吧你不是每晚都要到我这里报到吗这个优良传统你怎么放弃了你是准备背叛过去吗？

我笑了她也笑了，夕阳肆虐着，周围的一切都膨胀起来，世界真美好。

她就在落日里离开了，那时世界一片红。

在黑夜里我胃口大开我饿了我又去打了三份菜，我边吃边大口喘气，空气也是甜的。

汪友宏说大疆看样你成功了，我没有抑制住笑算是应答了，小四川说唉你终于成功了我们真是担心死了，我说不会吧你们担心啥？

担心学校的水泥地呀。

妈的，你们太小看我了吧。

大家都在笑。这是个周五，粉色的周末。

[306]

我应该觉得昨天发生得很不真实，因此当我站在冶金医专宿舍楼下的时候很紧张，我喊了两声，第一声只是低低的沙哑音声音似乎没穿透嗓子，就像渔民撒网网根本没有甩出去，于是我又喊了一声，声音出去后我发现声音是怯怯的是单薄的，但就在那个窗口覃婉婷马上出现了，她摆了摆手她在笑，我也笑。

我其实没吃晚饭我真不饿。很快她下来了，她穿的是裙子，白色的是那种材质华贵的是可以随风飘扬的，我俩都还在笑。

你吃了吗？

哦我没吃我不饿。

我也没吃我也不饿。

很有趣，我俩走在一起的时候是紧挨着的，真的很自然也很有趣，她是亲切又陌生，这真是很奇怪的感觉，不知她是怎么感觉的。

我俩还是走到小吃摊，在坐下前她掏出精巧的纸巾，张开后帮我把凳子擦了一下然后再擦自己的，一切都是那么自如快速，这是我从没享受过的，我突然意识到她一定会照顾我的，我是被放进她的爱里了，这跟张颜还有其他女孩都是大不一样的。

我俩就坐着慢慢地吃着，彼此间不说什么总是甜甜地笑，我能感觉到彼此都被同样的感觉激荡着，是同样的波涛汹涌是那种可以翻山越岭般的激情。我俩吃得很慢，所有的动作都是慢动作，天自行慢慢地变暗。

餐后我准备买单了，她看着我七零八碎的钱淡淡地说收起你的那一点钱吧我来吧。

我不想这样我说还是我来吧。

别坚持了好吗我的大男孩。

在这种柔软中和昏暗下我的心猛地一震，我血都热了。

她说每周一三五六咱俩在一起玩吧，其他时间咱们都需要学习咱们不见面好不好？

当然好了听你的。

一切都听你的，这句是我心里说的。

[307]

我的心安定下来了，我可以像一条鱼完全伸展在鱼缸里不再有风吹雨打不再担心饥饱，我好像一个牵线的木偶所有的部件都可以拆卸都可以摆放起来可以休息可以安宁了，我还像冬季的阳光可以被所有接受。

我跟随大家上课听课下课打饭吃饭聊天打球睡觉我的眼光柔和我对每个人微笑，春光是灿烂的。

晚上我坐在西三楼的 301 教室我一直在看着西方哲学我就坐着看着想着，应该有几个小时我一直没动身我没有尿没有屎没有渴没有累也就是说我此刻不需要进不需要出不需要反应什么。

[308]

要知道和一个心爱的女人在一起会有多么高兴和惊奇，她不断地呈现令我欣喜的地方她爱干净她照顾我她幽默她直爽她甚至还有些仗义，我想起一个比方，茶壶其实只是需要一个茶碗，没想到这个茶碗是特殊材料制造的，有美丽花纹有精工细作，甚至这还是独一无二的艺术品。覃婉婷给我的就是这样的感受。

我跟她晚上看电影了我俩手挽手仍然是很自然的举动，我俩像多年的情侣所有的一切都是驾轻就熟。但我俩并没有进一步的亲密接触，拉手已经快乐了拉手就满足了拉手就有合二为一的感觉了。

就在影院门口有个要饭的，覃婉婷当时就递给他五元钱，我想她一定是心情好才会这样的。

[309]

我始终喜欢一个人自习，书看得走神时那往往就是跑到覃婉婷身上，她的笑有种神秘感，我突然想问她为何去夜总会了，她上次的答案是应付的是不完整的。

我跟大家也经常闲聊了他们八卦我也八卦他们干吗我也干吗。

我下午自习时竟然睡着了，美美的一觉。

[310]

我问婉婷你为什么去夜总会呀，她说我假期太闲了太无聊了就想去玩玩去看看外面的世界，我说你怎么不回家呢？她说我爸妈每天都很忙根本不管我我就不想见他们，她的这些说法当时堵住了我的问题，就像瓢泼大雨我站在茂密的树下可以暂避一下，但她的这些说法又生成了一些小问题，我坐在床上又变得疑心重重，此刻我的大长腿在上铺晃来抖去床铺就跟着晃动起来，我知道这是我的这些小问题在发作中。

当时覃婉婷反问我为什么去夜总会为什么不回家，我就告诉她当时我的境况和想法，她说唉你真是苦命的孩子，我本来想我这一堆诚实的描述会换回关于她自己的一堆详细解释，但没有，她没再说什么，我就觉得有点像收不回的成本。

覃婉婷还问我你这大蹄子能穿多少号的鞋呀。

傍晚我俩拉着手漫无目的地走着我俩边走还边甩着手嘻嘻哈哈，她真是很有趣总是搞些意外的什么，有时她会突然给我搞个鬼脸要吓我或要让我笑有时她会突然尖叫，我在这些突如其来的举动面前非常开心，我想到我以前的寂寞现在全被她替换了。

[311]

李岳毅和水运学院的女朋友俨然一对恩爱夫妻的样子，他俩相偎相依步伐一致跟我们打招呼的时候举手投足之间相互默契配合自然，像一个三头六臂的双头神仙，这令周围同学羡慕。我也暗自钦慕，因为我知道我和婉婷也没达到这种程度。

苗斌和刘芳相处也很好，我们的关系像是连桥或者连襟彼此格外亲切。

我现在忙起来了，我的心思被书本和婉婷灌满了我不再关心天空江水校园花草了，这都变成舞台都是背景了。

我跟人打交道时应该是自信很多了我可以偶尔望着对方的眼睛，今天在图书馆还书时那老师说这本书怎么被划了还有污迹，我说不知道反正不是我干的我借之前就有了，他瞪着我，我就平静地看着他，我俩都很严肃都没再说话然后他就收回书了。活着就这样，有时候就是彼此要针锋相对。

[312]

我还是觉得她没说为何去夜总会，这有点不圆满，我于是在心里为她编写符合社会常识的合理性，我应该允许生活的跨越和神秘我毕竟是孩子还不知道社会的复杂或丰富。不要乱想了乱想就会把婉婷污染乱想就说明我是个阴险小人。

[313]

今天我的那个爸在信里说你的大爷死了，我马上想到家乡的桦树林，大雪深深，一帮人穿着黑衣和白衣在白雪中搬动着黑色的棺材，我知道这是爷爷死的记忆，我给安置进去了，虽然我还身处春夏之交的炎热虽然周围还是五彩缤纷。

我理解死就是白加黑，黑是主题白是背景或者白是主题黑是背景，形状是边界。

死，本来很遥远，忽然被拉到眼前，就像放在图书馆角落无人关注的书被看到被翻开，我翻开了，我的快乐就不得不让出了一部分位置。

~~[314]~~

我今天翻看了我过去的日记，我是用现在的心情阅读过去的自己，我对很多过去的事情已经不理解了甚至对个别当时信心满满的事件有了轻微的羞耻感。

每个人都用自己的观念看待世界，有人很功利那他一定会对所有的事件用功利去解读，有人很浪漫那他一定会用浪漫去解读，我呢，我乱七八糟那我一定会用乱七八糟去解读。

~~[315]~~

我知道我想法混乱有时还相互矛盾或许这就是没长大的表现吧，另外我发现男人也是有周期的，因为我发现每个月有几天我总是有点精神萎靡，那几天我的想法就会稍稍的悲观一些。

边上的同学课上竟然睡着了，口水缓缓淌上桌面，我想我是否也这样过，在公共场合暴露过我私人的丑态。

~~[316]~~

婉婷今天给我买了两双鞋，一双是运动鞋一双是皮鞋，我很惊讶也很感动，她要我马上坐下让我试穿试走，我望着她的头她齐整的头发将灯管的光反射，她望着我的脚，我的脚在她的关切下进进出出。我们进入了不同的视域，在各自的视域里阅读着各自的道理。

我说谢谢了我可以自己买呀，她说我不是为了你我是为了自己我不能拉着你像牵条狗我想让你配我，免得在街上被人指指点点。哈哈，我俩对视着笑着。

我拉着她软软的纤细长手就很知足我能看到她凸出的胸我注意到她有翘翘的圆屁股，不知为何我没有任何性的冲动，拉手已经足够让我心花怒放了，心花怒放，一个多么形象的词可以在眼前呈现光芒四射的图像。

这个词和我的心里感觉真是没有什么差别，如同帽子贴到了头皮，旁观的人并不知道有多舒适。另外我的心里感觉是被这个词带到了一种状态，我以前不具备的状态，或许这就是学习或成长。

[317]

我们这个月实习是在武汉的一家大国企，我被分配到人事科，早上我们穿上工装出发晚上穿着工装回来，在校园的路上和街道上我觉得自己很特别，这种特别会让自己感觉不同凡响，不同凡响会让我有一点开心，不同凡响和超凡脱俗和成名应该都是邻居吧。我没想到我会这样，这证明自己一直有成名的欲望，或许一直隐藏着。

我怎么会有这种欲望，这欲望是从哪里来的?

是教育来的吗是天生的吗?

蚊子会混入我的蚊帐，在我酣睡的时候喝我的血，最可恨的是还给我制造痒的感觉，它注入了某种东西然后那东西就发作起来。成名欲望也是如此吗它是某种东西发作的结果吗？

我和婉婷还是周一三五六见面，我俩慢慢走进一种温暖和平稳的阶段。

[318]

实习就是打杂，其实人事科也很闲，他们站起坐下说话总是慢慢腾腾，我有一刻有种错觉，觉得他们是在舞台上表演，我想若我分配到这里我是否也要这样。

我想到婉婷的时候会有一种自豪感，在这种感觉下我会笑出来，从来没有过的快乐，绵延不断。

[319]

婉婷问假期你怎么过呀？我说我要继续打工我还要去赚钱，她说咱俩去旅游吧，她说想去上海看看，我直接的反应是这需要很多钱我犹豫了，她一定看出我的顾虑了她说我请你吧我出钱你出时间，我不知为何对她的大方非常不安，我跟念雪陈静在一起时对钱没有特别的感受花她们的钱时也没有特别的不安但我就是不想花婉婷的钱。她说你别不好意思了，我提出的我埋单正常呀。她一直是笑着说，我却将她的笑还原成她的严厉然后在想象中把这个严厉对着我，我于是哆嗦了一下。

我问她你怎么这么有钱，她说我家有个大工厂爸妈什么都没有除了钱。她浅浅地笑着但眼睛斜向石凳。

我写日记的此刻觉得或许我是自卑的，就藏在心底某处或者说有几种因素共同叠到某件事上就成为自卑的感受了。如同青色品红和黄色本来各自灿烂，但混到一起则是黑色。

我看着大树，似乎看到六岁时停滞的时光，漫长的一天无边无际无始无终。

我似乎看到了我的几种原色我似乎看到了我的原形。

~~[320]~~

在公交车上我看到了人事科的一位大姐，我们在一起还聊过天她还说过你们这些外地来上大学的孩子还去过黄鹤楼我这土生土长的武汉人还没去过呢。我当时就心有感叹。这次我们之间应该隔了十几个人但眼光对视了一下我相信她认出了我，我想笑一下但明显感觉她不想搭理我，于是笑容走到嘴角就停住了，我就先是一种不理解然后是认知上认为她不屑理我然后就觉得我被轻侮了然后我就脸红了心跳加快了最后我就意识到我沮丧了。

我现在想或许她不是不屑但是什么我也解释不出，我还是不要揣摩别人了我不能被她的反应困扰，我若被困扰了说明她使用了我，我被使用就是变成了用具。

~~[321]~~

我还是跟婉婷说了，婉婷说你的想法过于精细或许你读的书多了吧，你喜欢像我们学医的将人解剖，你若不被困扰还好若被困扰其中被剖开的血淋淋肉体所吓倒，那还不如不去深想，这事是不能分析的，你是分析不出结果的，你若分析就只能伤害自己，你就想那女人是个动物然后你就无所谓了，谁跟动物较劲呀。

我知道她的说法是采用整体主义方法有点像格式塔理论，而我以前的说法是机能主义，婉婷虽然不懂这些理论，但她东一榔头西一棒槌招招见效，虽然我懂但我左挡右杀体力难支。

我俩亲嘴纯粹是偶然的，因为我俩手拉手走的时候她一定要踩在高台上，她说看看比我高时会是什么感觉，她或许太激动反正她一脚踏空了，她摔倒那一刻是我接住了她，她的脸对着我的脸，我没立即把她放到地上，她的眼睛闭上了我明白了我俩就紧紧亲到了一起，这一次亲很久应该有十分钟，我的眼睛是闭着的。她太甜了。

~~[322]~~

我遇到这位人事科的大姐后我俩还是微笑如常，并不多说什么。但那天公交车的片段和随想却像树叶被我挂在心里经常飘动，我有一种不安定感。

我想她还是影响了我，因为我在走廊在寝室遇到同学后也能自如地熟视无睹了，我一下子明白了我不再为是否微笑而瞻前顾后了，这是一种顿悟。

其实我发现个别人有贪小便宜的心理用别人的牙膏呀香皂呀跟别人蹭吃蹭喝呀，我有点不理解，都是大男人都有自己的尊严为什么要这样呢？我不喜欢占别人便宜，反过来别人占我的便宜时我有一种不舒服的感受，都是自己爸妈或自己辛苦所得，白白给你占也有问题。

[323]

下午去东院门口的小商店买暖水瓶时我看到了张颜，她从一辆轿车下来她穿得很华贵，更加漂亮了。那男人从驾驶室里出来，他个子不高年龄近三十了吧，看起来就是很不好惹的样子，他和张颜笑着说着，在这下车到告别到拥抱到上车到开走的一系列动作中我是站在商店门口，就是那个斑驳油漆的店面门后，我可以看到那男人的眼珠转动飞快我感觉这是个超越我的人，张颜也在笑着目送车的离开然后向校门走去。我看到她的幸福了我也看到离去的小车是挂着北京的牌照。

我想张颜无论如何都是对的，我若是她也瞧不起这个没用的我。祝福她吧祝她好运。这不是胸怀也不是爱情这是结尾，是夕阳西照。

我想起了小时候看的画本，那时我很小还不认字我就乱看着记得还跟其他小孩讲解。我知道那一定是跟里面的故事不一样的，我现在看到的场景呢？我看到的和我不知道的是相互混杂，如同我的血统一样。

我知道生活里的真相很多我是永远得不到的，是永永远远得不到的。

哦，那个暖瓶是我的脚碰到了球球碰到了暖瓶暖瓶碰到了地通常碰到地也不会碎，但它就是碎了，像一位毫不妥协坚贞不二的信徒而不是可以变通可以凹凸的叛徒。

[324]

婉婷不是个爱笑的女孩，我站在冶金医专门口时看她走过来，她没看到我她面对陌生世界很严肃，这是一个外表冰冷的女孩，我在想她的心其实是火热的。

就在街头蹓跶时婉婷说大疆你知道吗几乎所有的男人甚至大部分男孩的眼睛都是黯淡无光的，而你的总是闪亮你真有趣，虽然你很聪明但其实你很单纯。

她这么说我心里很舒服我觉得她从另一面解读了我，我就从这种解读中发现了自己的另一面，我一定会按照她说的继续发展自己的。

[325]

每次学习时我遇到障碍就会不由自主地浮现婉婷的笑，那双精灵活现的眼睛那神秘的微笑那种自如，我爱上她了，爱的感觉是那么美好，从来没有过的挂念和思念，我在各种等待中分别中会有一种牵挂，难分难舍。就是今天她去厕所时的短短几分钟我竟然依依不舍缠绵不已。

我发现婉婷看我的眼光也是很不同的，她看我的时候也是光亮闪耀的。

婉婷，你的名字是谁起的呀?

怎么啦?

这名字起得很浪漫呀。

哦，是我爷爷。她有些迟疑。

你爷爷水平很高呀。

嗯。她的眼睛黯淡下来她不再说什么，明显不想继续这个话题。

我觉得她不高兴我也会难过我就马上跳开这个话题了，像一只躲避中的蹦蹦跳跳的小鹿。

[326]

跟一个和自己喜好相投的人相伴是件快乐的事，婉婷若是个男孩我相信我俩也会成为朋友的。我跟她在一起，事事她都有主张，她做主时还说大疆你在边上我就有信心。她还说你这人其实还是没发挥出来否则你会更优秀。这些话对我真是兴奋剂或者是变压器或者是加速器。

除了和婉婷在一起的日子我每天都上课都自习我甚至还可以在图书馆占到位置了我偶尔还会碰到张颜，她根本不看我，我也视她如同陌路人我也不再有任何感慨。

[327]

婉婷说咱俩去上海玩一周吧然后你回武汉我回南宁，她说咱们坐飞机吧我坐过一次你还没坐过吧。你别为钱的事担心了全程我来埋单你做保镖就行。

她都想好了她都设计好了她都安排好了。啊，好吧。我不知道说什么好了我觉得我就在她设立的语境里安顿下来，每个人都会这样安顿下来吧或许就是哲学里的一个沉沦的含义吧，我没有反抗没有拘束我很舒服，我不知道未来我不需要未来。

她坐过一次？

[328]

婉婷今天哭了，她说大疆你怎么能这样，我问怎么样了？她说你怎么跟其他男人一样看女孩子？

我没有呀。

你还嘴硬，你明明看着那个高个的穿绿裙子的女孩你一定在想什么。

我真没有我只是看着那个方向，那个方向有个大吊车，大吊车的另一头是个平衡重量的东西，我在想那个东西是什么做的呀。我记得林继曾经说过那是几块水泥板，我就仔细盯着想证明他的错误，当然我还是没看清楚。那个女孩我真没注意，她虽然在我的视野里但她只是做了个背景呀。

我不信我就是不信，反正你看了，那个女孩你一定看到了，反正她是进入你的心里了，你或者现在不知道但你一会儿也会知道，你们男人多么混蛋多么不可靠。

她的话太大了明显超出我的形状，另外最后这句我还是听进去了，你们男人？这是个什么词汇。

她并不理睬她继续说反正你也承认了，跟我在一起还看大吊车，难道在你心里大吊车比我还重要吗？

我笑了，这句话其实是她爱我的变体也是一种撒娇，我喜欢撒娇。

她的眼泪和笑汇合在一起，我俩又抱到了一起。我亲她的时候是微微睁着眼的我发现她是紧闭双眼的于是我也闭上了眼睛。

爱，会有疼痛的感觉，我已经有了。

[329]

我真的爱她，爱上她以后我觉得自己就像被连根拔起的萝卜，我的过去就是土地，我被拔起后就跟我的过去没有关系了，我现在就是在阳光下沐浴在暖风中伸展，我爱她她爱我，这世界已经圆满了不要再变化了。好吗？

今天考《工业制图》了，考的不是知识是耐力，笔橡皮尺子纸桌子还有我这些东西都在磨损中都会慢慢变化最后无影无踪，能量守恒定律应该还是适用的，只是不知道转换到何处了？如同我和婉婷的约会，我俩相见就一定是生物能转换的结果，我俩若没有相见也一定是其他生物能转换的结果。无论见或不见，一定都有不同的生物能在流动转换。

[330]

我知道你不是个爱笑的女孩但你现在总是在笑容中。我呢？我是个忧郁的人，但我现在是在快乐中。爱情真好，将你我改变然后你我将快乐感染周围，周围还会传递的，会感染周围的周围，直至这个夏天。

我说婉婷跟我去我的江边转转吧让你看看我的江边曾经有个什么样的我。

你的江边？

是呀，我心中的江边。

就在江堤上，婉婷说这就是你的江边呀，这是所有人的江边吧。

你慢慢感受，这个江边是有我独特感受的地方，其他人是感受不到的，你什么也别说你静静地看着你会找到我的影子的。

怎么看？

你去掉颜色去掉形状去掉声音你要把所有眼前物体混合到一起，像打翻的水。

怎么去掉颜色？

你就当作黑白的看，像看底片像在黑暗里像在记忆里像在梦里。

她像不认识似的看了看我，她的笑慢慢收敛了她转过头望向前方，我看到婉婷真按照我说的做了，她静静地看着她的眼睛微微地眯着很长一段时间后她说，

我的大疆呀，我发现了你，啊，真是不可思议，我觉得你给我带进了一个很奇妙的地方这个地方是眼前这个世界的背后，啊，不可思议。

我开心地笑着。

不过，我怕我进去后就回不来了。

我什么也没说只是吻着她，因为我一直也有这个担心我怕进去后就再也回不来了。

[331]

在很多话题上你都会听我的，你痴痴的眼神和安静的神态让我注意自己的言语，我要保持话题的正确让你继续崇拜下去，你总是说我的大疆你真棒。

其实尽管是这样，我还是发现婉婷是个有主意的女孩，她有自己对世界的理解和坚定，尤其是对于人情往来世态炎凉，这让我有点温暖也就有种依赖。

[332]

我们管理专业的高等数学考得很好，据说在同年级中平均成绩居首，班主任还特意表扬我们说给系里争光了还说系里要给我们奖励，大家都兴奋拍手，但我知道考试的时候很多人都在作弊呀，为什么大家都坦然地接受表扬甚至还对奖品刨根问底？

或许也有人跟我同样困惑吧，但更多的人都开始探讨奖品的优厚，我想这些人一定没有这种困惑，这些人的道德怎么跟当世的道德不一样呀，单个人时都讲究道德，为何聚集起来反而没有道德了。

为何很多人聚集到一起成为群众，这群众就变得道德不足了呢？群众无道德？真是很吓人的结论。

晚上我们一帮人去红钢城，我站在离售票员最近的地方，她走过来找我买票的时候我纠结了一下我不知道是否应该给另外六个人买票，若买也是不少的钱呢，最后我只买了自己的票，售票员往后走，走到李辉那里时李辉问我是否都买了，我说我只买了自己的，他在几米远平静地看了我一眼然后对着售票员指点着另外的四人将他们的票都买了，我开始觉得自己做错了猛然间感觉被孤立被突出了。

就在回来时是刘比华把我们的票都买了，我又生出一份愧疚，我将刚才去程的错误又进一步放大，在寝室里我把票钱给刘比华，他说这是什么，我说这是回来的票钱，他说不用了，我说你拿着吧我不想欠别人的。他看了我一眼，接过钱走了。

我觉得我又错了我开始怀疑自己的情商了。

[333]

今天系里给我们每人发了一个本，很普通的硬皮本，这就引发了抱怨，本来是一个人的抱怨，他说真小气至少发个塑料皮的呀这是不公平的他说别的系会怎么表彰怎么奖励，他的抱怨推动了别人的抱怨不公平不公正不应该这些词就和过去的事件牵上了线于是就有人将过去的某事论证了出来。我什么也没说，我说的若跟他们不一致会招致反驳甚至反感，每个人都这样喜欢别人跟自己保持一致，这是一种心理需要，我可以不能满足他们但我不能添堵。

我于是看着他们看着这说法的传递会怎么样开始怎么样结束。

[334]

我每天都在移情和投射中，我是带着快乐的心情看着别人的，这样我就会认为别人的所说所做对自己都是善意的好心的，是为了我的。这就是心理学的投射现象。

婉婷对我那么好，我有时会有种错觉，觉得她就是我幼儿时代的妈妈。这据说是移情现象。

晚上我俩抱着久久不舍得离开，她说我怎么办呀我从来没有这样爱一个人我觉得我再也离不开你了，你不能让我失望呀。听她这样说我就心里说亲爱的放心吧我一辈子会跟你在一起的。

[335]

今天放假了。

明天我们就要去上海了，她买好了票她还给我买了个行李箱，我的东西太少了，她说你怎么东西这么少不过也好可以去上海多买一些东西。

她把我的箱子打开了她拿出我的衣服她整理着她叠摞着她挑选着她要将这其中的衣裤挑选筛选，被挑中的就要进入新的箱子要和我一起构成上海的游逛要构成我一周的样子。

我说婉婷你不能对我这么好你已经超越一切了你对我这么好会让我有为你一死的信念了。

她说大疆你不要这样说我其实早有这种为你一死的信念了。

我俩这样说后彼此眼眶都红了我俩又亲到了一起。

做爱，两个深爱的人会怎样做爱呢？在黑暗里我俩紧紧地贴在一起我关闭眼睛关闭耳朵我像一个盲人我还要像一个聋哑人只有味觉触觉在运转在延伸在感受甚至在创造，我要跟她融合这不仅仅是凸出的和凹陷的运动这不仅仅是器官和器官的接触而是细胞和细胞的摩擦感觉和感觉的激励想象和想象的推动，味觉和触觉一直在驱动，所有的部位都被调动起来都在源源不断组合着生成着，心和心要同步完全放弃自我完全让对方占领完全占领对方，若不能到达就是在寻找中在坚持中在冲刺中，我记得某位心理学家说过非正常的性爱就是一种变态不通过性器官获取快乐就是畸形，但我想或许对于我俩这是一种升华。

她不是第一次，我俩都是掠过这个细节，像飞过水面的蜻蜓，像下方的水塘不存在一样，于是她没问我是否第一次我也没问她以前的故事。

[336]

我还是发现了，婉婷跟我做爱并不被动，她有一种力量，我能感觉到她躯体内源源不断的力量，她主动制造快乐她是在享受我。

她的身心协调一致完美无缺，而我呢，我是被身体本能驱动着，我的理性是被动的，是被点燃的火苗。

[337]

我回来了，这些日子我一直没写日记，或许我不再需要日记了，正像高中老师所说日记是对于我这种心理不健康的人，但现在我要说难道这世界上还有比我再正常再幸福的人吗？我完全健康了。但我之所以要写，一是习惯了，习惯会让我觉得写日记是件讴歌日子的事，如同课间的铃声。另外我习惯保密，平时寡言少语，若没有日记倾诉我会爆炸的，这样我就像一个没完没了充气的气球。

第一次坐飞机还是很兴奋的，害怕恐惧其实一直伴随着我，透过舷窗看到飞机在加速看到前面在翘起倾斜，我一直在担心，婉婷拉着我的手，她说孩子别怕妈妈第一次也是这样的，她笑我也笑。在高空中在降落时我一直五官敏锐精神抖擞似乎要提前预知危险。

只用两堂课的时间就换了一个天地，口音风景地貌建筑全都改换。我想九十分钟只是一堂大课的时间也是一部电影的时间还是午睡的时间，竟然会发生这么大的变化。

上海，我来了。

我有时会有一种错觉，像在梦里像在电影里，我被这突如其来的变化所眩晕完全忘记了过去也不需要将来，这几天我们白天四处游逛晚上就做爱然后就是深睡。

上海给了我一个独特的视野，本来很多描述下我就有一个预知，在现实体验中又增强了这种认知，个别地方还改变了认知，不知道和本地人是否同样的认知。

我们住在外滩边上的和平饭店，非常高档，我很不安。婉婷说你不要这样，你要摆出理所应当的样子，你要摆出你就是这个氛围里的构成，我还是忍不住重复问了，你家到底是做什么的呀你这样大手大脚花钱，爸妈知道吗？

你怎么这么小里小气你不知道我是什么背景你是个井底之蛙是想象不到天空的无穷无尽的。她这话明显狂妄像开着玩笑，但她没有微笑，我感觉她心口是同一的。这是一种困惑，慢慢沉降到我的心底。

她说的话都是大白话，都是通行的大家公认的语意和道理，我不知道怎么反驳但疑问还是在挂怀，如同墙壁上的贴画其中一个角开始张开了。

晚上就在四壁金黄墙纸的房间里，婉婷大声喊着：干我吧，你要用力。

为什么这么激狂。

就在虹桥机场就在分手时，我竟然有泪流的感觉，她似乎不是这样她很平静自然。

[338]

哦，差点忘说了，婉婷竟然还有个手提电话。

这都是我无法想象的。

但我能感受到她是爱我的，她总是在关注我总是在关照我，她说话的样子有时就像哄孩子一般。

[339]

一周就这样结束了。

我昨天给那卖书的孙经理打电话了我今天去了。他还在老地方但又增加了一个办公室还增加了三个办公人员，他现在像一个经理的样子了，经理的样子很像老师的样子。

我推门进去时他正端着杯子喝水，我可以通过空气通过杯沿看到他的眼睛，在光的普照下他反射了自己的一切，他笑了，这是一种有节制的笑。

假期到了，想继续卖书了吧。

是的，你这里还需要人吗？

需要的，业务员越多越好。

他那里的书品种很多了，什么税务的法律的很多类，孙经理说书很好卖因为这里总是有让对方动心的，对方若不动心那就是你的错了。

我问为啥，孙经理说你没有让对方安静地看待他们自己。

下午我就驮着书开始跑业务了，我走进两个单位都被盘问然后被赶出来，我一定发生了变化，很多事不像一年前了，我现在有了爱情有了经历还有了在上海见到的世面，这些都阻碍我成为一个优秀的推销员，但我需要钱我要保持我渴望钱的真诚，市场没有变我变了我要努力回到以前。

其实婉婷这么有钱，我还是有沾沾自喜的感觉，似乎自己以后也无忧了。

[340]

其实就在分手那天婉婷说我给你一万元这样你别去打工了，去过一个轻松的暑假吧去随心所欲地看书吧。我说不可以这次所有上海花费都是你出的我已经很不好意思了，你不要再说了我不会拿你的钱。

一万元？这是笔巨款呀，即便是爸妈有钱也不至于这样呀。

我知道现在自己很艰难，艰难在于我已经走过了清贫的取悦别人的状态已经走进了爱情快乐幸福的状态，我现在需要调整回来要重返一个推销员的状态，我要坚持自己的原形我要继续自己的贫穷我绝不能去依赖别人我更不能吃软饭。

今天我骑着那辆粗大的青岛金鹿破自行车跑了很多地方，见了很多人但我还是一本没卖出去。

这几本书是不是不好卖呀？当我找到电话问孙经理这个问题时，他说你拿的这几本是最好卖的他还说这世界上没有不能卖的东西，只是你没找到可以买这东西的人。因为每个人都不是单独的书也一定是配对的，你要找到那个人，那个人会买的。放下电话我就想这孙经理怎么这样文艺，他一定发情了他表面上在说推销实质上或许在说爱情。

婉婷跟我是配对的吧，我找到了，这是我的幸福。我的爱情不是颠沛流离的我的爱情已经靠岸了。想到这里，我觉得所有的烦恼都是临时的小巧的都是用来衬托幸福的。

晚上我躺在床上望着天花板，是大白色，我知道天花板将可见光的五颜六色都排斥在外了，这些五颜六色就会团结一致万众一心汇集成装扮成白色释放出来。

我看着这白色和记忆中的白色符合了我就将白色这个概念抽象出来，这种抽象后的白色其实就是观念中的，是四处可以用的工具是活在观念中的。

[341]

就在上午阳光还没有完全释放时我在徐家棚那里的一家写字楼里一下子卖了两本书，对方应该是在开心状态里，反正看到书名后翻了几下就讨价还价，我说了个价然后就成交了。啊，得来全不费工夫。

我想这个独特的事件是否可以找到一个普遍适用的规律，也就是要从这个独特中抽出普遍性，这样我以后可以严格遵循就会简便易行，但没有。按照孙经理所说我要让对方安静地看待自己，很明显不是我可以让对方如何如何，而是对方正在如何如何，我只是在最合适的时间遇到了他。

[342]

我很积极，未来已经明媚，爱情这人生大事像江水一样顺畅地流向远方，我完全坦然了。

我下床的速度很快，眼睛一睁我就跳下床我唱着流行歌曲然后拿着牙刷牙膏牙缸毛巾走向洗手间，我穿着大短裤光着膀子我穿着拖鞋故意在地面上趿拉着走，我这样走时感觉自己很高大很洒脱没有什么可以挡住我。

我想象自己是一只飞燕我就是以这个姿势跳上自行车的我今天去汉口推销，想想那些繁华我就兴奋，热闹非凡琳琅满目，想想这些词汇我就有了现场感。

在汉口的一天我一本书都没卖出，马路被热浪席卷着，明晃晃的阳光将我和自行车完全暴露，车把上的橡胶皮有些软化了有点黏手，我想这些东西不坚持自己不坚持原样应该在人类语境中属于叛徒吧，和我对话的人都奇怪地应付着我和昂贵的书，有人说你真是个傻大个这么热的天卖这么贵的书，

我不停地喝水不停地躲避阳光，我还是很快乐的我就是要看看他们的生活，我在体验自己的不同，这世界没有人像我这样吧，想想都是骄傲。

我回到学校时已经九点多了，轮渡不知为何拖延了，我就在路边简单一吃，吃完后我喜欢轮渡在江上的摇摆和清凉还有风景，我于是又坐了两个来回，我知道武汉关上的表针在走动着我知道这是告诉人们时间在变化，人要根据时间变化再安排自己但这对我是例外，那东西真跟我无关，我自由安排自己。

我上床时才发现我的毛巾被还在外面晾晒着，我马上跑到楼下，晾绳上的被子暖烘烘的，我抱着的时候脸庞贴到了被子，那种暖热和绵软是来自太阳的是来自远方的爱，我紧紧地贴着，像要将所有的爱吸进。

[343]

今天又在汉口的写字楼里进进出出，我很无奈因为只卖了一

本。就在走廊里看着他们都神色冷漠，我想他们一定没有我快乐。这样一想我更快乐了。

我睡不着的时候我就走出寝室，校园里是黑的但还不够黑，家乡的黑是纯粹的，像扣着的碗，而这里的黑是翻开的碗周边都是亮框的。

夏天的深夜很凉爽，我就坐在石凳上我就装作石像我憋着气我一动不动，我想石头毕竟寿命长或许可以看到更多的世间故事。

我突然想婉婷此刻在干什么，我马上起身，如同一个灵魂附体的样子。

~~*[344]*~~

既然晚上没睡好我就放肆地睡到了中午，下午我骑着车子带着书就在青山区转悠，没想到卖了两本，对方是乡政府，乡书记说我们平时是不看书的，我就说其实放到柜子里还是有装饰作用的我还说我可以开发票的，他就说这样吧你的空白发票什么都不要填写卖给我吧，我就同意了，他把我当卖发票的了两本书等于是赠送的。

~~*[345]*~~

我知道我是有汗味的，这是我身体制造出来的这是我欲望的味道。

[346]

当一个人有了方向以后每天就变成了坚持的过程，我就等再赚点钱了就等假期结束了，天很热我现在又黑又瘦但我壮了很多，脂肪全部转化为肌肉了，我吃得香睡得好，每天都是固定的生活除周六周日我都是卖书周六周日我就睡懒觉然后吃饭看书，我也不发呆了周围的景物我不再去关注了我开心了就不顾周围了，周围就不能跟我平等了，它们就是舞台是背景是工具了。

[347]

爱情的快乐如同阳光一样每天照耀着我，而每日生活的波澜只能类似于街灯一般，已经不能在我眼里有任何光芒了。

[348]

我已经痊愈了，我的人生是个饱满的浑圆，我不需要日记了。

[349]

今天我途经中南商业大楼时看到个女孩很像婉婷，她是在一辆很高档的轿车里，轿车窗还挂着帘子，那车是在开动着穿梭中，我甚至也看到了那女孩的眼光，那眼光快速转向别处，我心怦怦地跳我太惊讶了我还有些害怕我差点喊了出来我觉得她一定是覃婉婷，但现在我又不太确定了一定是对方太像了我看错了，我此刻在辨识这画面时我的理智参与进来，不可能，她应该在南宁呢她前几天还给我寄信呢另外中国人有十几亿呢长相相近太正常了上帝造人会重复的。

我的视觉在理智分析中垮掉了，这也正是我情感所需要的。

[350]

卖书的每天可以有不同的深度去度过，我发现有的人会活得很精细，就像小四川他会将衣服叠放整齐每一个皱褶都在他的眼里他会在其中花费很长时间，我怀疑那皱褶的结构和纹路他都可以记住。而我呢，只是几秒钟稍稍一折就行了。

汪友宏呢，他会经常描述某个老师的脸部特征讲课特点，而我呢，有时都记不住老师的长相。

但我们都是各自快乐又自信地活着。

[351]

就在这些快乐的生活里我发现自己的过去在繁茂起来，过去如同被踩踏过的荒原开始直立了，我的心开始温暖了，十四岁以后的岁月开始有了光彩。

我知道我在重新解读过去。

我有时会觉得这现实很怪异，这现实是动的，我所有的倔强和顽固其实是在被分解中然后再合成中，我不敢确定未来的自己会不会和现在是相反的两个人。

我想每个人或许都是这样，那些所谓的伟人圣人若足够长寿他们或许会变成恶人坏蛋。

[352]

今天我路过江汉路的一家西式餐馆时看到遮阳伞下有一排圆桌圆椅，我想起了上海外滩也有这样的布置，记得那时婉婷和我拉手路过时说咱俩要在这样的情调中度过一整天，不过看样这次不行了，因为咱俩还要去淮海路继续逛真是没时间。我突然有了这种期待，这种期待其实很容易实现，就像等待某个雨天一样简单。

每天回去我都是一身臭汗，我的全身肌肤在排泄，但经过凉水的大量冲洗后，我知道我变得自来水一样是可以让婉婷吸吮的。

[353]

这个暑假卖了很多，赚了四千多我很开心，赚钱的感觉真好，可以和婉婷正常地交往了。我马上否认了这个想法我记得她在上海买个包都是过万元，我变得忧心忡忡，她怎么这么有钱，像那国外的小说描述的那样富家女爱上了穷小子然后悲剧开始了，会这样吗?

她这么有钱我能否供养住她，她是否会在我这里安心，她能否会在我这里止步呢?

这个想法让我整个下午都不安，我很烦躁在洗衣服时一直在想着，整个洗衣过程变得很快。

[354]

开学了，每个人以不同的速度在接近学校在进入学校在进入寝室，在不同的语速下诉说自己。这一刻的图景是个二维的画面。

[355]

晚上婉婷在楼下喊我了，她回来了。我兴冲冲地跑下楼，我俩紧紧地抱在了一起。

周围过往的学生很多，我还是觉得这样不妥马上松开，婉婷噘起了嘴。我小声说咱俩还是去花廊那里这里人太多。

你呀还是这么害羞。

在手拉手的行走中她问我，

想我了吗这些日子乖了吗有女孩追你了吗动心了吗？

[356]

婉婷说明年她就毕业了，我有点不愿意面对这个事实就觉得明年还很遥远，当她这么说时我就问那你毕业回家乡吗？

她猛然转过脸，我留在武汉你觉得怎么样？

当然好了，不过你能留吗？

如果我想留就一定会留的，我留在武汉你开心吗？

当然了。

就在睡前我还在想，这种专科学校可以留武汉？可能吗？我觉得婉婷有点神通广大，或许可以吧。过一会儿我又想这总是有不正常的地方，这需要多少组合或巧合才能构成夜总会医学院上海奢华南宁手机这些概念呀，这些东西摞放在一个人身上是多难呀。

[357]

我喜欢那个卖书的孙经理，我觉得他总说些和别人不同的话。他说其实大学就是个社会，社会上所有的毛病在大学都有，大学既不纯洁也不高雅。

[358]

今天又潮又闷每个人深陷其中，似乎不是行走而是游动。

婉婷今天把我的衣服抱走了她说要帮我洗。

我的家被她翻腾了一遍。

[359]

技术经济课的副教授喻辅华说话不清晰，他说人之初性本善时却在发音上变成人之初性本色了，同学们都偷偷地乐。下课后还模仿他的神态和口音，我倒没笑因为我觉得他没说错似乎就是那个意思。或许是受弗洛伊德的影响，我觉得那人之初性本色其实是有道理的，而性本善则没有道理。其实婴幼儿的破坏欲是很强烈的，受过教育的人也是有很强的破坏欲，二战时德国集中营的杀戮狂有很多受过高等教育，说明人天性不善，人倒是有些色，人的活动总是围着性欲，婴幼儿其实就有性体验了，只是部位不同。后来查了一下那色的解释，按照佛教，色还是花花世界的意思，这么一来还是说人之初性是不固定的是广泛的，这样解释也有道理。反正都比善有道理。那个副教授这样的口音是说出了正确的含义。

[360]

天还很早我就出门了，有人在摇头晃脑地背着什么发出着像苍蝇的嗡嗡声音，是英语单词。

婉婷拿来很多衣服，在我的旧衣服之外还有一些是新买的，这些旧衣服都干净整齐熨帖，这些应该都不是她洗的，像是来自于干洗店的。

[361]

不是我想什么也不是我想做什么，我总是有点不踏实，就是对婉婷对我们的爱情，没有细节没有证据我总觉得有点不对劲。

我问她总是有答案，答案就像一个盖子完全可以将事实遮蔽，我感觉这不是合适的盖子。

她每次在我的问题下都是一副怜悯的表情，她表现得很耐心似乎总是怕我理解不了。

为什么爱情没有把手，我可以抓住爱情呀！她越是这样难以琢磨我就越琢磨，这样的结果是我会更爱她，会被爱情迷醉会比她陷得深。这就让我更加不安，我有时觉得我俩未必长久，这在我的梦里已经有了体现，我预感不好。

难道爱也有极限吗，会是那句物极必反的词吗？

[362]

我注意到大家都很无聊，大学其实很无聊。

今天陈静来找我了，她在楼下喊我的时候我其实不太想下去，我不太想见她了我后悔我们曾经的亲密了。她胖了她说她生了个男孩。我说恭喜你呀。她说你见我不像以前那么亲切了。她说我理解你她还说其实我上周来过一次，本来不想打扰你但还是要过来见你。

我这时还是静静地听着什么都没说。她问我你不问我为什么吗？

我想道理不很明显吗，你不就是为曾经的藕断丝连或某种观念没实现不甘心吗？

她说你不要觉得我还是纠结过去我只是把你当作一个弟弟。

我心里还是一动她也太神了！怎么我想什么她都能知道。我说不是不是呀。

她说真的你若没有给我弟弟的感觉我就不说了。我看到你和一个女孩在一起所以我要来找你。

嗯，我还很平静，

那女孩跟你在一起很不相配呀。

我看了她一下，我就这么差吗？

你不差但你俩不是一个层面的人，相信姐姐的直觉吧，别把自己陷得太深。

我不想跟她多说什么了，或许她在嫉妒。我就问你的孩子好玩吗现在很幸福了吧。

她轻轻地叹了口气，唉，一个爱情里的男孩像在爱情里的女孩一样都是没有心的。

我俩走到校门口的时候她就离开了，我没请她吃饭她也没说请我吃饭。

门口的保安在训斥一个修鞋的脏兮兮的家伙，那人在献媚讨好着，有几个人站着看着，每个人都有因果，我已经不奇怪了。

天并不蓝也没有云，所有的一切清晰可见包括阴影部分，我回宿舍的路上一直走在阳光照射的地方，那些阴影部分我都灵巧躲开，我是很聪明的。当然进宿舍楼后就是阴阴的，我无处可躲。

[363]

三个年头了，每个人似乎都看透了大学看透了校园看透了同学甚至看透了自己，这就意味看到了这些东西的顶点，既然看到顶点就不在乎各种花样和说法，于是就跟这些东西保持距离就不参加活动，没有活动就不会有庄重的仪式，没有庄重的仪式就视听庸俗就会更加显现生活的平淡和无聊了。

我和婉婷昨晚看了电影后来住到红钢城一家酒店，房间里很冷我俩很激情，爱爱完后就一直抱着都是一丝不挂，一直是吻着无比甜蜜，最后的结果是舌头都麻了，甜蜜变成了一种无味了。

当她的一切被我熟悉后，我知道我的冲击力不如以前迅猛，我为此还生出一种羞愧觉得自己有些背叛过去。

她做爱的时候竟然说你扇我呀，在我没有反应的时候她咬了我一口，她真激情。

[364]

又是元旦，毫无疑问这是新的一年，数字发生了变化，但对于我们这些孩子来说似乎没有意义，所有的东西都是依旧，每一天都很漫长，各种事件和应对变成了习惯，习惯慢慢变成了自然，同学之间的话也越来越无聊。即便是我和婉婷之间，曾经所有的陌生变成了熟悉，所有的熟悉就显得乏味了，激情也在慢慢平淡，但若转回头看这些乏味却生出亲切和温暖。

[365]

就在《现代管理工程》课上面对眼前的杨汉生教授我开始胡乱想着，他自己理解的他，他老婆眼里的他，我眼中的他，这一定是同一个他吗？

我想这一定不是，他乐观点就会把他自己想象得完美一点，他悲观点就会把他自己想象得庸庸碌碌。

他老婆呢，每天和他生活在一起，所有的习惯特点都进入她的眼里，应该都是在意料之中都是自然如此。

对于我呢，因为总是对他远观总是对他很陌生，我会不自觉地将宣传里所说的老师的特征都加到这杨教授身上，然后就像书里所描述的会敬仰爱戴会不同于其他职业的人。

这样下来一定是三个不同的人。

杨教授在黑板上写字的时候应该是用力不均匀或者用力均匀

而粉笔不硬实或者粉笔很硬实但黑板很粗糙，反正“啪”的一声粉笔断开了，前端的一截跑开了应该是自由了不用将自己铺开在黑板上了不用淋漓尽致了。他摇了摇头扔掉手里的粉笔又换了另外一支。

冷，浸泡着整个世界，爱，就像花瓣一样慢慢地沉降到心底，冷不能侵入心间，同样爱不能温暖肌肤。

我知道这一刻我很理性，我把冷和爱做成了不同的战场，一个是守一个是攻。

[366]

婉婷说大疆你知道吗？你的气质比以前好多了，你像什么呢？嗯，哦，我想起来了，你应该像你们学校刚刚建好的图书馆，以前是钢筋水泥现在是黄墙大窗。她说这话时一缕长发遮住了眼睛，她就用右手食指推开然后十指灵巧配合扎起头发。

她对我真很好，我慢慢有种错觉她是姐姐，我明明个子比她高很多我明明比她大一岁我明明很强壮，但我俩形成了这样的角色分配。

包括我俩做爱她还是很主动，我看出来她很享受。虽说做爱时男女有个主从关系，谁主动谁被动谁占便宜谁吃亏，通常观念是男人占便宜，似乎是男人这个器物是动的物而女人的器物是场所，动的物在场所里活蹦乱跳后就撤退，但实际发生的是这个场所其实也是激情四射地动山摇，场所和动的物是同步着甚至加速着。

当我看到婉婷的表情，我就觉得更难判断主从关系或者赚亏问题，所以做爱时候常用的主从关系以及盈亏判断这些词是不准确的，这些词可以废弃了。

时代变了。

[367]

我承认我不像以前那么激情了我俩太熟悉了我很少有心跳的感觉了，我看别的女孩时会发现别的女孩的特别了我怀疑这是背叛的开始，我自责我甚至还偷偷扇过自己。

爱情难道也像太阳一样日出日落吗？我有些迷惑了。

[368]

就在教学楼走廊里婉婷是顺着光走过来的而我是逆着光看向她，她喊了我的名字，我却没有听出她的声音，今天她到教学楼找我说她今天很无聊说她想我了。

很多声音是相互穿越的，像街上的行人喧哗和江上的汽笛声声，它们无需相见就可以拥抱。

[369]

婉婷做爱在最疯狂的时候她会经常喊你扇我你扇我，在我没有反应的时候她就扇了我两巴掌，对于这种怪异我不安。

我和她如同苹果的皮和肉，已经相互长到了一起。我莫名其妙有点害怕。

[370]

寒假又到了我还是要继续卖书，我见到孙经理时，他的规模似乎减小了。

我看到他时，他的眼睛已经茫然了，他或许是个不爱说话的人或许也是不愿意跟我这学生说话，反正他见我就是笑笑问候了几句然后就忙了，我从办公室其他人那里办完手续拿起书就离开了，令我惊异的是折扣已经很低了，后来发现经营书的公司多了，卖书的人也多了。

[371]

书真是不好卖了，很多人在卖书，我们这些卖书的人有时候会在同一间办公室相遇，这样一来我们彼此间就不再友好。

[372]

三年级下学期开始了。

我隐隐发现一个规律，所有的周四我都见不到婉婷，无论什么情况下。我心里咚咚乱跳我跑回宿舍翻看我的日记，每个周四她都没跟我在一起，是的。我真不愿面对这个发现，这个发现很难解释这个发现令我心惊。

我感觉秘密悬在天空中，不时地遮蔽着理智的阳光。我进入这个细节我的心怦怦直跳。

[373]

明天就是周四了，我故意说婉婷明天我们寝室要聚餐你要来呀。

她说不行明天我有事。

什么事？

她稍稍地顿了一下，嗯，明天我要去亲戚家。

这一刻好像有什么东西进入她的眼睛她就揉了起来，我就只能问怎么样了是否很难受。

然后话题就自行飞走了。

[374]

黑暗像一只手慢慢把白昼推开。

[375]

这是周四，我下午就到了冶金医专我就躲在校门口的树后，那里比较繁华街上人很多，我就等着一直在等着。

四点五十分，我注意到一辆很高档的黑色轿车停到了校门口，车窗上还挂着帘子，不大会儿我看到覃婉婷从校门走出走到轿车后部拉门进入然后关门随即轿车驶离，我是在这现场的左方向，在我边上有树还有我的自行车，我惊讶地望着心怦怦地敲击着我想我的自行车是追不上轿车的，另外我太吃惊了，无力去追。

这是怎么回事呀？她只是去她的亲戚那里吗？我在暑假时看到的轿车好像就是这辆，挂着帘子的。

我想这还是我的不对我不能怀疑她，我要坚信她或许真相就是一场误会一场我多疑或我卑劣的证明。

[376]

一周的时间很漫长我既盼着时间一下子掉进星期四，所有过程都像看书般被跳过，又希望这星期四一下子消失，像被填平的坑。

我突然想起那时我被打后婉婷曾经说过的话，她不相信任何人。

[377]

我在某一刻有种冲动，我想告诉婉婷我的发现我想让她告诉我真相，随便她怎么说我都会相信但我还是抑制住了，我觉得自己了解她，她不会说出真相的，她即便说出真相我当时会相信但时间一长我还是不会相信的。

[378]

天完全黑下来了街灯发出棕色的光，婉婷斜着身子靠着我，她说我们的未来会如何呢？

[379]

不行，我要知道为什么。

算了吧，就这样吧。

我是个多疑的人我是个卑鄙的人我一定要行动一定要查清楚。

[380]

我拦了辆趴在校门口的出租车我告诉他说下午四点你来接我，我要去追踪一辆车，我在描述的时候是紧张的还是兴奋的，没想到那男人竟然说他不想惹事，算了吧你找别人吧，本来他是在驾驶室里抽烟，说完这些后他扔掉半截烟急急地开车离去。

没想到还是第二辆的一位女司机答应了，她问追什么呀？在我迟疑间她似乎生怕我变化她说她可以什么都不知道但一定要参与进来她说自己对这种事很擅长。

就在四点五十分那辆黑色挂帘轿车准时等在校门口，婉婷像上次一样面无表情匆匆走出拉门进入，车缓缓驶离。

我们就在后面跟着，女司机不停地说着她说明白了你是跟踪这个女孩子，这女孩子真漂亮这女孩子家庭一定很好，唉，真有福气。还说这样不远不近的距离最好，她就不停地说也不需要我回答，她自己提问题自己找答案她很快乐。车一直朝武昌的方向开后来又朝东湖的方向走最后进入一个门口很霸气的小区，她说哦是这里呀我进去过这里的住客要么大富要么大贵。

门口的保安制服威武，黑色的轿车还获得了个敬礼，我们的车是第三辆我们后面还有车，女司机说你不知道怎么进去吧我知道。

女司机说了个门牌号，那个保安说需要给那户人家打电话，女司机说打了人家说进去就行，大白天的能不能简单点。

保安透过车窗看着我，我真不知道怎么应付了，心只是狂跳，就在这保安女司机和我正在这个细节上磨蹭时后面车的喇叭声响了明显表明不耐烦了，那保安摆摆手说下不为例呀进去吧。

黑色轿车已经不见了，我们的车就在小区里转着，小区不大，都是一幢幢别墅，最后还是在一个拐角的地方看到了那辆黑色轿车，这辆轿车开始倒车然后离开，就在我付完车费下车时那位大姐竟然说孩子既然这样了算了吧。这句话空间很大，很多问题都可以用这句话作为回答。我眼直直地望着她只是说谢谢了，我真想说你不懂装什么懂呀。

这栋别墅临湖树木茂盛，相邻之间都被阻隔。我就坐在灌木丛里我什么也不做就是等待，等待什么？我不知道，就是等待，边上有棵大树我要爬上去。天慢慢地黑下来屋里的灯亮了，里面有叮叮当当的炒菜声音，应该是天擦黑的时候应该有八点左右，又一辆车来了我看到了，一位老人下了车他步伐矫健红光满面神采奕奕他进去了。

我更加激动了我觉得事情的发展和我想象的在接近，我想象的不是什么具体的图像只是一种坏的感觉，什么是坏？对正常的突破或者刺破。

夜还在加深黑色继续加黑，别墅的正面是临湖的，树就在侧面，我爬上了树我可以看到大客厅我还可以看到卧室我还听到了湖水在轻轻地反复拍动着我就坐在树杈上，像我童年的某个时刻。

客厅里只有他和她，他和她举动正常完全像爷爷和孙女，我想我应该离去，婉婷和她爷爷在一起多么正常多么温暖，而我却把这天伦之乐放到我肮脏的恐惧里，是我病了。

我还是没有离开，因为我的感觉不相信我的理智。

她和他上楼了然后我就看不见什么了，时间慢慢地移动着。

但是

但是

但是，我看到了，因为她和他在二楼的卧室里出现了。

我操。

他，全身赤裸，趴在地上，脖子上拴着皮带，皮带上是狗链子，亮闪闪的。

她，全身赤裸，手拿鞭子，牵着他在走着。

她在抽打着他，他在欢快地应和着，他和她在房间内进进出出，她和他突出的身体器具都在运动中甩动着，色彩鲜艳，节奏明快。

啊！

这是人类吗？我差点从树上一头栽下，我浑身颤抖，我本以为的人类极限此刻又扩展了我或许应该死去了。

我相信我应该死了，因为我很快下了树我就坐在树丛中装得跟边上的配电箱一样，一动不动。

深呼气深吸气，再次再次。

医生曾经告诉我，我不能坐在地上我的痔疮会犯的，我一直按照他说的做痔疮就没出现，但这一次我没有听话我的痔疮按照医生所说生长起来了。

这个时节的武汉晚间很冷，我就在这冷中发抖我竟然不想离开我竟然有点兴奋了，有一瞬间我想敲门我想告诉他们我也要脱光也要加入他们的游戏。

我的脑子很漫长，春夜也很漫长，两个漫长的东西相遇时一定是很短暂，就像武汉和家乡之间，为什么会觉得遥远，因为火车太短了需要更多的长度去填充空间。

我发现天亮得还真很快。

天亮时黑色轿车到来是等着她的，婉婷出门了我就站在门口微笑地看着她，她立在门口她不像平时那样平静和温暖，她瞪圆了眼睛这是呆住的样子。

我笑着说，早。

她眼泪一下子喷出来了。

司机跳下车迅速靠近我，你要搞么事?

我听出来了，这司机说的是标准的武汉话，唉，这几年我只能听出来但我说不出来我这辈子应该也学不会了。

婉婷搭载着泪水走向车什么都不说拉开车门走了进去，司机看看她看看我转头上了车。

车离开了。

这车真好，黑亮的油漆声音很动听。

我走出别墅区大门时我就想这婉婷真不懂礼貌，咱俩好了这么久了，我说声早，你应该也说点什么。

我要走回学校，这世界是新奇的，所有的花草在清晨里争艳，我要多看看这世界。

新奇，我知道这是个无数人用的词，我也要这样用，这样我就会进入这无数人之中，就会紧紧地跟着他们甚至我就是他们，这样我就不会孤单了。

我有这想法的时候真是恰当，因为那一刻我正路过一个池塘，我若不这么想我就会到水里游一会儿，我一定会忘记我还不会游泳呢。

[381]

婉婷不但没有礼貌还没有信誉，因为我俩前天约好了今天她来找我，半小时还没到我就明白她今晚不会过来了，因为迟到半小时以后说明她只想让我一人面对我眼前的东西，她不想参与进来改变我眼前的东西了。

她这人怎么可以这样，不就是说了个“早”吗？至于这样吗？

范建平说你怎么今天这么开心总是笑，我说生活中总是充满奇迹难道不要欢欣鼓舞吗？

他说没有奇迹。

我说年轻人呀你最大的缺点就是年轻。

他说去你妈的你能滚多远就滚多远。他是笑着说的，我是一脸严肃。

我的痔疮很疼，我不知道是它在痛还是我在痛，它已经在我的下面膨胀起来了，我想你他妈的若真牛逼就长成个球状和我的双腿一起支撑我。

[382]

我晚上没睡我根本不困，这是第三个无眠之夜。

痔疮还是很疼，我将这疼痛和那件事摆到了另一边，这一边是我的世界。

我找婉婷了，她像平常一样走到我身边，我俩就走在校园里。

我的第一句是这样的：昨天不是约好了吗，你怎么没来？

你想问什么就问吧，我都告诉你。

我没有问题呀。

咱俩分手吧。

我以为你会跟那老东西分手呢。

不会的。

你被迫吗？

没有。首长说我可以随时离开。

我不如那个老家伙吗？

你不能这样说他，他是首长。

他是手掌？他也是马掌吧。

我是他的星期四，他叫我小四。

为什么？

因为从周一到周五都有不同的女孩。

你是其中之一？我一下子掉进婉婷的广阔天地了。

是的。

你甘作五分之一？

首长是伟大的人。我们全家靠着他改变了命运，我现在可以上大学我以后还可以读研究生我还可以进入北医大我可以进入上海军医大。首长不是改变了我的命运而是创造了我的命运，我是他的一部分。

像鸡巴一样，是他增大的部分吗？

你要是觉得这样能舒服点你就这样说吧。我看出来了婉婷很平静，虽然她的眼睛其实是红色的。

首长知道你首长让我跟你好好相处首长说咱俩可以永远在一起。首长说他和我之间没有大门我就是他的一部分，像趾头一样虽然小但跟其他部位是平等的。我的享受就是他趾头的享受。首长还问你有什么想法吗想分配去哪座城市想做什么？我要为爷爷生孩子我要让他的优秀传下去。我可以舔他任何地方，我是星期四我是他的小四。

你就是个婊子。

是的我就是个婊子我是他一个人的婊子。她笑了。

你知道我为什么搭理你吗？因为首长让我这样。首长说他不是我的未来只是我的靠山。

她在说这些话的时候又回到了她的平静。

我不知道我的表情在配合着我的心还是她的话还是周围的阳光灿烂，我突然明白首长才是大爱无疆呢，我算什么？

我睡得很好，从天亮我睡到了天亮。

[383]

她已经摔碎了，我还以为是什么无价之宝呢！

晾晒的衣服掉到了楼下，我跑向楼下我奔跑飞快我跟自由下落赛跑。

那个亮闪闪真是耀眼，那皮具皮鞭真是庄重，亮闪闪一定是黄金打造，皮具皮鞭一定是顶级牛皮。他们真是有钱人真是不同凡响的人他们的确应该做与众不同的事。

我点着头我大笑着我自言自语。

[384]

晚上体育馆大院里放露天电影，我们坐在从寝室搬过来的凳子上在等待中我注意到周边大树在灯光下被投射到楼体上形成了树影，晚上没有风树枝没有晃动影子也就凝固在墙面上，教师宿舍不知谁在播放音乐，麦当娜在激昂地唱着 where is the party，这欢快的节奏和树影都落到了我的心间，我泪如雨下。

我跟一个婊子有什么可以探讨的。

他们都在看电影，我看到的是我和婉婷的爱情。

[385]

她已经变成了我的敌人。我怎么可能痛苦。

[386]

要知道，写日记有时会有种错觉，会认为有读者，读者是人民群众，他们会看他们会审判，我似乎在等待公正的审判。

我无意中看到贾世川的粉刺了，亮晶晶的白点似乎在挣扎着，他说大疆你怎么了盯着我干吗？我说我想到了我的高中同学，

他怎么了？

他没怎么，就是长得像你。

哦。

贾世川没再说什么，他那一刻是提裤子准备出去，在对话间他已经完成动作了，他就开门出门他就消失了。我没有说真话，我的真实想法是他的粉刺对我有种想挤出来的诱惑。

[387]

什么爱情，不过是你们穷人骗女孩子的说辞。当你富了当你什么都能买得起都能交易的时候，爱情就无处可居了。

婊子的缺点是价格便宜，优点是不需要爱情。

[388]

婉婷，你是我的亲人。

[389]

日记到底有什么作用？我创造了它，完成了一本后它就固定下来，像雕塑像油画般死气沉沉，看着这些死去的东西我有什么乐趣。

如果没有日记，我不会有深入的想法，有时我是被文字拖着走有时我又将思想不断挖掘，这样就让我复杂让我看到了不该看到的东西，就像别墅边上的树。

我要烧掉我的日记。

我应该理解这个婊子，因为每个婊子在做婊子之前都是女人，女人没有错，都是因为婊子的路让走错路的女人变成了婊子。所以，我应该理解婉婷。

[390]

太阳落山了，红色的残照在教室里抹着，像最后的告白。

我发现世界的重复和无聊了，我想去死，死似乎有个神秘的吸引。

[391]

这个世界上根本我就是龙套，首长才是主角。

[392]

一整天我没说一句话。早上起来后我下床穿戴好就去刷牙洗脸我很平静地穿过周围不用表情去食堂打饭时我就指着米饭和菜，卖饭的师傅看了我一眼当然就明白我的意思。在教室我是坐在最后一排铃响老师讲课我听着看着想着，心思在口音内容表情风景噪音中腾挪着，课间休息我上了一次厕所，另外一次课间我就坐在课桌边翻看着书，像上课时一样没人过来跟我搭话，大课间休息二十分钟我跟着人流漫步在校园里，阳光照耀着和平时一样。午饭时苗斌说大疆你买的什么菜呀我就递给他看看，他说看样你也开始吃辣了，我就点点头，他看了我一眼没再说什么。午睡我还是一人忙着解开鞋带脱下袜子上床，下午上课晚上打饭吃饭我仍旧没有说话，就在晚自习后寝室里我想反正一天没说话了那我就将纪录保持到底吧，我就上床然后写日记然后蒙头大睡，我是用毛巾被遮体还拽到脸上遮住了脸，像死人遮脸一般。一整天就这样来了去了。

[393]

苗斌问我你怎么了，刘芳说覃婉婷每天都在哭你也精神恍惚你俩发生什么了。

我的心扎了一下我说没事，今天的天空很蓝。

[394]

不就是认识了个婊子吗，妈的，我是男人吗?

我不是睡过她了吗她的每一个细胞都被我占领过，我不是有轻微的厌倦了吗我该继续我的厌倦应该遵从传统观念应该认为我占了便宜然后我抛弃了她，一笑而过。

[395]

我听到有人喊我，是个女声，我慢慢走到窗前看了一下，哦，是张颜。

我下来了，跟这几天一样地缓慢。

大疆，你怎么了?

没怎么。

我想告诉你，我觉得对不起你，想过来跟你道个歉。

哦。

你怎么了?

我没事。

真对不起，我伤害了你，其实我一直很内疚。请你原谅我。

哦，我知道了。

大疆，一定发生了什么，你到底怎么了？

我没事，就这些吗？

是的，你不知道吗？我今年毕业了，明天我就离校了。

嗯，那祝你好运。我想起来了，她是大专，一共是三年。

那你去北京就跟我联系呀。

哦。

我转身准备走了。

我给你地址好吗？张颜声音有点颤抖，我说好的。

我记得我被身边一棵树的树枝下落打断了思维，我想起来我是在洗衣服我要回去洗衣服了，那浸在水里的衣服一定被洗衣粉刺激得难受，我不能袖手旁观顾左右而言他，我要见义勇为要把湿衣服抓紧捞出，我现在记不清她是否给我地址了因为我好像转头回去了，似乎她还喊我的名字了，我都记不清了我只是走了。

[396]

我一直在抽烟。我后来睡着了突然在梦里发现我没有回答婉婷的一个问题然后我在梦里说婉婷你说得不对，我就想怎么说才是对的，我就醒了睡不着了我走到江边坐了一夜，是一盒烟的一种滋味陪伴了我。

雾气弥漫的时候水浪的声音似乎在降低，我似乎感觉我和脚下的大地一起在离开，江水在慢慢走开我是在雾气包围的黑暗中，我无所依赖。

你知道吗？我是一个多种身份的人我会有多种身份的判断我

会有多种身份的结果我比那老鸡巴强多了，真的，相信我。婉婷，你知道吗？你能懂吗？

我突然理解这个世界了，所有的变异都是一种突破。婉婷在突破，她是革命者。

~~[397]~~

今天是我的生日，这还是林继告诉我的。我的五脏六腑一直被压迫着，我喘息困难，失恋不仅仅是头脑在撕扯身体也备受折磨。

~~[398]~~

今天上有机化学课老师的名字是李德江，他平时就说话很随便应该是小时候的习惯延续吧，我想他今天或许心情不好或许是来自于课外的什么东西，反正他不是很高兴上课时也没什么笑容，当他讲完一堆问题后他就问坐在前排的肖封你听懂了吗？我坐后面没听清楚肖封的回答但我估计是个听懂之类的答复，我听到这位李老师说，

听懂了？我看你眼睛发直脑子一定装满糨糊吧。

我吃了一惊，周围本来还有点嗡嗡声突然都停下来了，像是什么东西砸到了地上。

所有人都没说话包括被羞辱的肖封，我估计这孩子也被打蒙了不知道怎么反应了，肖封本来就很老实应该也不乏热血但竟然没有反应，我估计这家伙应该在愤怒和自制之间，如同陷入十面

埋伏，他陷在攻击还是驻守的恐惧中。

这李老师继续讲课，他的嘴角有白色的唾液沫，我的视力真是好我从远处一直盯着那白色的泡沫，那白色的泡沫一直在缩放着。课堂明显安静了我不知道别人怎么想我把自己替换到肖封的位置上了，若我也在放松中突然被羞辱一下，是选择继续尊敬老师原谅老师还是选择抵抗呢？

都上大学了都成人了，妈的若是当众骂这老师吧显得防卫过度，这狗屎老师没事找事，若是肖封反抗激烈这老师真是自找麻烦。

我注意到肖封下课后似乎心情不好他一直坐着等待下一节课的铃声。

其实再退后一步，若在这种环境下旁观者是选择见义勇为呢还是选择当杀鸡儆猴的猴子呢？这混蛋的老师让每个旁观者都进入一种选择中，我也有点晕了。

婉婷不也是这样吗？我被抛进了选择中，我其实还可以继续跟她好呀，首长拥有星期四我拥有周一周二周三周五周六周日呀我还可以大富大贵呀，这是条金光大道我不应该顺着溜下去吗，她做一个人的婊子我做婊子的一个人。

我他妈的竟然想到这个深度，我的左手扇了我的左脸我的右手扇了我的右脸，这些左右都红肿了，混蛋的想法才无翼而飞。

[399]

不折磨我，我不会爱上这个世界的。所以我应该感谢命运。

夜空中，月亮将所有的一切照亮，轻薄的乌云也变得透亮，一朵朵薄云缓慢地接近月亮再慢慢离开，月光总是可以穿透出来，我躺在草地上望着我笑着夜晚无比漫长。

~~[400]~~

我还是把这些都记下来吧，因为文字的这些比实际的这些更可靠，文字的这些是活在文字中，而实际的这些是活在宇宙中，转瞬即死的宇宙中。

宇宙是不可靠的，文字是白纸黑字是可以作为呈堂证供的。

~~[401]~~

我知道我所有的混蛋我也知道若我死了，每个人都会原谅我的。

苗斌说覃婉婷提前离开学校了。

这世界真的很公平无论你干什么无论你怎么干，都要死去。

期末了每周都有考试我都可以应付。

~~[402]~~

我才明白苗斌说话的意思了，她走了。

你怎么能提前离校，学校不好吗同学不好吗，你真是个无情的人。我会永远见不到你了吗。永远吗？

已经看不到周围了，全是泪水，泪水遮挡了一切。

我要找个无人的地方。

一个真正聪明的人是一个主动选择死去的人。

[403]

汪友宏刚才把掉在地上的书给了我，我呆呆地看着他俯身拾起再直立递出的动作我毫无回应，他就把书扔到了我的床上然后他就走回自己的床坐下看了我一眼再拿本书看。我应该微笑应该说谢谢，当我意识到的时候他已经看书了，我若现在说谢谢很明显已经失效了。我知道这不是我脑子的错是嘴的错，它不是经常自言自语吗，现在它怎么了也跟我的脑子一样天马行空了吗？

我突然发现我还没有四分五裂。

[404]

其实每一次波浪都是我的思念。

我在洗澡的时候，揉搓着自己的时候自问着谁更应该羞耻。

我知道这是原则这是我生命的尊严和骄傲我知道我永远失去了她，我要扔掉她无论我多么痛苦，我要有志气我要勇敢我要长大我不能糊涂，我活着为什么？不就是为了尊严吗？

[405]

我们换到了 308 寝室，我们从 505 搬了下来。

明天就放假了，我各科都顺利过关，这个关就是 60 分，很奇怪没有人找我说抄我的。我想他们很聪明因为我的各科都是刚刚及格。

[406]

假期到了。

在理发的时候一个胖胖的女孩说你跟我到里面吧，

她说她是收费的但这次她对我免费，我知道她是妓女是个看上我的妓女是个此刻不在乎钱相当于擅离职守的妓女。

其实没必要，你收不收钱我都会兴奋，当我知道她是妓女时我已经兴奋了，不就是婉婷的同行吗，我干起来更兴奋。

我记不清我是否讲述了什么，甚至记不清是她的身体还是婉婷的身体。但我记得那个小妓女说你能不能别说你的悲惨了我受不了了。

[407]

我发现婉婷是我的重影，她和我的身体有了区别，以前不是这样的。她已经融入我的体魄里我不想她脱离出来，她要走了我怎么办呀。

我现在想着那晚那个女孩，她说我的身子很光滑很白她说我楚楚可怜。

我想到了别的女孩我还想到了自己我知道我开始苏醒了，周围的一切慢慢清晰起来。

[408]

我以为这是个跟平常一样的日子所以我是怀着一样的心情。

就在江边就在我的眼睛追随无穷无尽的波浪翻卷时有个女人走到我边上，

你是学生吗？

嗯。

我要开车去西藏你跟我去吗？

嗯？我开始仔细看她，这是个精瘦的女人，个子很高，年龄应该跟以前家教的姐姐年龄相仿，其实我对她是有印象的，在江边我见过她很多次当然从来没有说过话。

你为什么找我？

你去不去？她只是冷漠。

什么时候？

现在。

啊？

去不去？车就在那里，她指着路边一辆吉普车。

这是月黑风高的寒夜里的一把刀，它给了我一个刺激，这吸引了我开发了我，她看起来不像坏人，即便是坏人又如何我还有什么怕失去的吗？

我没有钱。

我有。

好，我跟你去，我要回学校取点东西。

嗯，好，我陪你去。

她应该是怕我中途改主意跑了，我上了她的车，她熟练地开着开向我的学校。

就在我收拾下来后她说你还要跟我去我的家，因为我也要取东西。

啊，你是刚准备出去呀。

我只是在跟你说话之前的几分钟决定的。她没有表情她不再说什么。

一路上天地很开阔，时间似乎也变得越来越缓慢甚至不再存在。我问她你是做什么的，她说模特。她仍旧冷漠。

这个词对于我还有新鲜感，模特?

她不理睬我了往下她根本不说话她甚至无视我的存在，我发现她应该也是忽略了周围景物的存在，她只是开车将所有的注意力都投射到路面上。我也无话我只是看着景物的慢慢变化。

就在夜晚我们到了宜昌，她用武汉普通话应对着招待所前台的宜昌普通话，我俩开了一间房，我就像一个小跟班，她在前面走我在后面跟，她明显不是个利索的人，我就帮她收拾叠放规整。

她洗澡她换衣她根本不躲我，她是完全无视我的存在，或许没有任何用具之外的东西在她眼前让她关注。

晚上我俩坐在小吃摊上，像熟悉多年的朋友没有对话也像老师学生之间彼此礼貌应答。她点得很简单我也只能点得简单，毕竟是她在花钱。

这是标间两张床，她回去后倒头便睡，我还看了会儿电视是个连续剧，我不关心剧情我只看表情看背景，很快我也睡了。

[409]

早饭后我俩继续前行，她买了几本地图，她说你研究我开车你注意路标我注意开车。

她进一步划分了我和她的功能，我似乎觉得我俩是陪伴吉普车到拉萨。

我适应了她路上的沉默我也无话，她就开着，某一刻我觉得她就是机械她就是车的一部分而只有我在摇晃着在指挥着，我想我就是这个车的灵魂，虽然有时候灵魂也是要听从躯体的。

穿行在山间的时候前后左右都没有车，我在漫无边际地看着，我的眼光无法投入细节都是一闪而过，我就沉浸在速度中。

在商店我们买了很多面包水香肠，路上她不断拿出来递给我然后她慢慢吞咽，我们之间没有对话，就在路边上万物无声，我俩就站在路边吃着喝着，她甚至会随便找个地方排泄，她根本不在意我，当然我也不会看。

我俩都抽烟，我放嘴里先点好烟然后再放进她的嘴里，我俩都知道我的口水被她吸吮了，相当于变相的接吻，虽然她吸的是我刹那前的口水，而不是刹那间的口水。

我们继续前行，她的目的地是拉萨，到达目的地就结束了，过程似乎毫无意义，我或许也是她的过程。

我们来到了重庆边上的广安 ，我本想进重庆看看，但她只是说我们前行只去西藏只去拉萨，中途的风景都是陷阱。

婉婷，我想告诉你我现在过得很好。

就在一条土路上，在坑洼之间她突然说你叫我忘芜就行，我问她是哪两个字，她又不说话了，我想她或许是叫王妩，但我宁肯将她叫成忘芜，这也是我自己的需要。

她应该还不知我的名字，她总是喂喂地叫我，我就答应。

[410]

我会不经意发现她独特的侧影，她不是很漂亮的女人但她有一种魅力，我不知道怎么描述，这是一种成熟女人的诱惑一种模特所展现的骄傲，她的脸很小，所有的线条都是紧绷的直顺的，这是一种坚定坚决坚强还是柔软润滑光彩。

我想或许在她身上发生了什么，她将所有的一切包括我都隔离在外，她只是手脚运动眼睛向前。

我不想分析什么因为我身上还融合着婉婷，我一个人承受着两个人的重量，我就在这种压迫中将现实和正常分辨着。

树在摇动着，无数的叶片反射着阳光飞向不同的方向。

今天我们到达了雅安，要进川藏线了。我问她你到了拉萨然后呢，她说再说吧她继续说你可以坐车回去。我说那你呢，她说她也不知道。

[411]

有一些路段非常险恶，其实险恶这个词就已经将恐惧和恶心和生死都明白显现了，这其实会将所有的人间不幸所有的经验和所有的梦想都置于一边了，这不是理智所能控制的，这是原始的这是本性的这是哲学家所定义的意志，这些东西起作用了。

果真，面对车轮下万丈深渊，她在发抖我也在发抖。

她不敢开了，还是后车的司机走了过来，他开着他笑着。

我俩最后是在车上过的夜，我俩站在车外站在黑暗中，白天恐惧的场景还反复掠过脑海，我想过去的不幸算什么呀，我觉得在死亡恐惧的边缘走了一下反而看清了世界看清了自己，我理解的自己一定不是真实的自己。

我想到了二战时被大批屠杀的人，包括儿童，人真不算什么我更不算什么。

忘芜似乎也是，我想她所有经历原来都是纸老虎，虽然她的理智或许是不怕死的但她的本体一定是怕死的。她或许发现了真实死亡和想象死亡的巨大差别。

~~[412]~~

就在平坦的路上，忘芜说你怎么失恋的?

我从来没说过自己失恋我不得不服气她的透彻就断断续续说了，我在倾诉的时候发现昨天的恐惧已经将我现在的倾诉拆开了砸碎了，我的故事已经不生动了不缠绵了不特异了。

她听完后只是喃喃地说还好还好，每人各取所需你没取到该取的东西，那东西本来就不是你可以取的，你把那东西理解错了，还好还好不像我，所有的东西都烟消云散了，你还可以再来还可以发现东西还可以再造东西，而我呢都没了都没了什么都没了什么都造不出来了。

她的这些话像穿过了我又返回她自身。

姐姐，你说的什么是什么?

爸妈老公孩子，全都没了全都没了，她的眼泪突然喷涌，我递给她毛巾，她并不理睬她不擦不管不顾眼泪顺着脸庞脖颈流动着，像一股山泉顺势而下。

我没有再问我似乎明白了，她曾经走在两个边缘一个是生命的边缘一个是精神的边缘，都是生死之间。

她继续开着我继续指挥着，看着壮阔的山川看着不同的人，我似乎跳开我和她和这辆车我在俯视着世界我还跳开了此刻还有我想象的未来，我在盘点着人生。

风景还在变化着，明暗也在变化着，我在这些变化中麻木起来。

[413]

今天遇到了山体滑坡，我们被堵在路上，我结识了恐惧我适应了恐惧我似乎不怕恐惧了，忘芜似乎也是这样她不那么哆嗦了，我也开始镇定了。这意味着我们的原形慢慢被几天前的经历改变了。

就在堵车中我看到了人们看我俩的眼光我也看到了几个老男人盯着忘芜的眼光，她有一米八的身高她身材完美她很瘦但是恰如其分地瘦，胸和屁股都是很突出的，她在看路况时走下了车然后又回到车上，她始终面无表情她始终呆傻中，或许是一种冥想或许是一种禅定。我还不时地上车下车，做各种事情。

她还去了几次林间排泄。

车已经加入了车队，我们走走停停，停车时就有男人过来搭讪，眼睛看着我俩东问西问判断我俩的关系，我们都没解释我们甚至不搭话，这些男人不乏帅气甚至看起来是智慧的，当然也是阅历丰富的城府深厚的成熟的成功的甚至仙气的人士，但忘芜始终没有表情，我就忽而害羞忽而嗫嚅忽而呆住，我是被这些老练狡猾深沉神秘所吓住了或震住了。

或许忘芜太强大了，他们只能讪讪走开。

我在车里睡的时候想到了和婉婷的做爱，我在某一刻应该勃起了，但很快它就慢慢倒下。

[414]

我俩几天没洗澡了，彼此都散发着各种味道，她是雌性的我是雄性的。我在她的专注中突然有种想进入她的冲动。

忘芜转过脸说我不会跟你做爱的，你要受不了你就手淫吧，我永远不会再做爱了，我是个罪人。

你为什么找我陪你去拉萨?

因为有你在我就不会把车开进万丈深渊。她咬牙切齿。

这句话让我猛地一颤。就是这句话，我在梦里反复播映她说话时的咬牙切齿。

[415]

远远近近不时看到彩色幡旗，从张开的旗面我会推断出风在狂奔，我若接近会听到呼呼的嘶叫。

面对漫无边际的绿和广阔湛蓝的天空，我的痛苦开始溶解。

我俩找到了加油站，快没油了，其实也不用担心，前后很多车，我相信他们会帮忙的。因为总有车在我们后面跟从着，他们是有期待的。

今天到了小村庄，我俩住到了人家里，这人家很简陋当然也很简单，几间房共用一个灯泡，我们准备睡觉时男主人就将灯泡拧走再用到其他房间。

我看到了忘芜的裸体，她应该也看到我的了，她没有笑容我应该脸红了，她睡在床的西边我睡在床的东边，中间隔着一个脸盆和一个油黑的被子。

吃饭的时候后面的人在聊天，一个声音飘过来：今天是周四。我的心一哆嗦，婉婷一定又在遛“首长”吧，我的心又被扎了一下。

[416]

巨大的彩虹跨越在两座山峰之间我不由自主地指着叫着你看你看，忘芜像没有听见只是盯着路，我说你看看吧姐姐，太美了。

忘芜根本不理睬我，她只是平静地说：我已经死了，你就当我是个活着的尸体就行，你不要打扰我。

我浑身一颤。

半夜时她坐了起来，她是脱光了，她在自言自语，是自言自语惊醒了我，我看她不断重复你们为何不等我你们为何留下我。

我知道她的理智和她的本能开始战斗了。

[417]

我俩在一天中历经冬夏春秋，令人震惊的山川地貌。我发现有吃的有喝的有温暖有睡眠就够了就可以穿行人世了。

随着漫长的旅行，慢慢地再神奇的东西也会被眼睛适应变得熟视无睹，心最后会麻木。

我觉得我这辈子不再需要旅游了，因为我开始厌倦山川大江了。

记得婉婷说没有你我要怎么办，我现在什么都不想回答了，因为在时间面前，不怎么办也是一种方法。

[418]

车在飞奔着，时间在流逝着，所有的景物都在缓缓走动着，我只能粗粗看着听着感受着，这世界跟我保持着陌生，我不知怎样才能熟悉它，有一刻我突然感觉我永远不会熟悉了，或许这对我是第一次也是最后一次了。我马上又否定自己，因为我小时候幻想很多，第一次或最后一次都毫无意义。

这样寂静的大地这样无尽的天空其实是一种深渊，为什么会认为脚底下是深渊，难道头上的不是深渊吗。

我还会不时地把婉婷放进我的生活里，她还在指导着我。

[419]

就在大昭寺边上忘芫说她已经明白了她的人生，她的人生可以分成三段，美丽的童年少年青年爱情阶段，第二段是死灰阶段，现在是第二阶段。

那你的第三阶段呢？

飘扬阶段。

什么是飘扬阶段？

你知道这三段是怎么结合的吗？她不理我的问题。

不知道。我看着她的冷漠。

是命运砍断的。

姐姐，你要去死吗？

我应该死但我死不了我要飘扬了，车归你了里面还有很多钱都归你了。

我不要我有回去的钱，你去哪里？

她并不理我她推开车门走了出去，什么都不拿，她就是走了，朝着寺门。

钥匙就挂在那里，车门打开的时候震动了它，它就晃荡着，像在招呼着我。我想你的主人不要你了我凭什么收留你，我收拾了一下自己的东西，多余的我连看都没看我就走了，我要去车站我要回学校。

飘扬阶段？我反复在说着在想着。

~~[420]~~

只有到了这里才能看到人世的另外一面，怪不得很多人要到西藏，其实人不仅仅要活在人世间还要跨越人世间。

每个人都应该挣扎。

她有三个阶段，我呢？我的阶段呢？

就在我坐在地上的时候我有一种错觉我觉得周边的风景凑向了我，像弯曲的画卷包裹我。

我今天到武汉了，这些天我一直没有住宿，我是在马路上长途车上街道上大桥下睡过来的，所到之处都很热我觉得没必要住在房屋内，用钱换来的身体舒适和干净毫无必要。

婉婷已经被魔鬼带走了，我突然醒过来了。

在校门时保安拦住了我，我说我是学生我遇难了。

[421]

时间依旧流动着，死寂般地流动着，所有的变化在我眼里是种静止，我进入一种黑暗中。

我站在孤独里我被周围紧紧包裹，每个可视之物都给我制定规则。

我突然意识到自己是那么的猥琐，我活在细节里，所有的规则将我紧紧捆绑，去他妈的，我什么也不在乎了，不就是活着吗?

我应该把规则利用起来我应该重新启动。

开学了我开始打扮自己了，我将所有裸露在外的肌肤进行精心的处理，搞出某种形状发出某种光亮，这样一来我就衣冠楚楚我就庄重庄严，我还笑容满面。

[422]

我走进教室的时候发现都是女生，我没有任何感觉，她们看着我，我也望着她们，如同她们出现在我眼前的舞台上，我看着她们在表演，我这位观众满面笑容我走过她们走过桌椅坐到她们后面。

[423]

我觉得自己开始强大了，我已经没有周围没有记忆没有情绪了，男人站到我的面前我就想能否利用，女人站到我的面前我就想能否上床，石子在路上我就想能否踢开，所有的东西都变成我的用具了都应该被我合理和巧妙使用，包括我的身体，我要用身体去走去跑去献媚去讨巧去赚便宜。

我真想明白了，我将所有的东西重新定义。什么大学？其实只有一件事，那就是考试过关，若说有两件事，那就再加上少缺勤。没有第三件事了，其他可有可无。

所有的价值其实都是空的只剩下词汇了，像个骷髅。

[424]

今天系里搞了个什么大会，李岳毅指向一个姿色普通皮肤白皙的女孩，那女孩正从边门走向前排座位，所过之处大家都以各种姿势让出过道。

你知道她吗？

怎么，你上了她了？

没有没有，你知道她是谁吗？

是谁？

她是市长的女儿。

那又如何？

你不知道吗？现在她是校花。

这长相还能是校花？你没事吧？

她比校花还牛逼，现在很多人追她。

就因为她爸？

是的，娶了她就等于有了前途就一辈子无忧无虑了。

“无忧无虑？”这个词拍打了我。

她叫什么名字？

黄小跳。

什么?

大小的小，蹦蹦跳跳的跳。名字怪吧。

这么奇特的名字，我想到了跳蚤。

人如其名，她的眼睛顾盼左右活跃异常，我明白了，这是个抓不住的女孩或者是心里清高表现也清高的女孩或者是心里不清高但表现清高的女孩。

我要干掉她，不是为了下半身而是为了下半生。

我的决定下得很快我根本不纠结我马上就行动。晚自习的时候我挨个楼挨个教室转悠我要找到她我要摸清楚她的据点我要看到她的痕迹。

学校有三栋大教学楼四个大阶梯教室还有图书馆可以晚自习，应该有一百多个教室，我就流窜其中，我不是焦急或紧张的样子我是蝴蝶般地悠闲飞扬。

我发现像我这样每个教室都张望一下的人还真不少，估计大家都是在寻找什么欲望。

没有找到。我想她应该没上晚自习。

[425]

我属于行动派我不用脑袋。

还是没找到。

她他妈的不会不上晚自习吧。

有风吹过，风应该携带着什么，在路灯被树叶遮掩的小路上我的嘴似乎布满了灰尘，像包子滚在灰土里。

[426]

晚饭后我就站在女生楼边，我知道管理系一年级女生寝室的楼口，我就盯着那里我要看她走出来。过往的女生很多，她们容颜各异表情各种，无论她们怎么样都不会在我脑中留下痕迹，像那句经典的话：雁过无痕。

她走出来了是一个人，真牛，牛逼的都是孤单的。

她走向图书馆上了三楼还上四楼，妈的，四楼是研究生阅览室，我明白了这母猴在研究生阅览室上自习，怪不得我找不到她，看着她坦然走进，我尾随着却在门口被拦住了，看门大妈管我要证件，我只能支吾中离开。

我想了想我去研究生楼找老乡林成君，我说师哥把你的学生证给我研究一下我准备复制一个，这样我可以找个安静的地方上自习，像你一样做个研究生。

他说真的假的，他喜欢这样说，只是口头禅并不需要回答，但我还是回答了我说是假的我要泡妞，这是泡妞利器，他当然笑了我就详细说了。他递给我时说祝你成功。

这是一个蒸汽腾腾的世界，我要做主人而不是奴隶。

[427]

汉口是个伟大的地方，这里可以造出你的梦想也可以让你的梦想实现。简单地说就是这里有你不知道的东西这里能给你梦想的东西。

在一家小店里驻足二十分钟我就拿到了研究生证就成为我们

学校的研究生了。当天晚上我就坐进了研究生阅览室。

她进来的时候坐到了隔我一排的长桌边靠着个男孩，很明显她是见他。

妈的，这是一座山，让困难变成了两倍，那男孩戴个眼镜，一看就是那种严肃的正经的上进的前途无量的研究生，竟然还很帅气，我靠。

我没有自卑我没有焦虑，不能用心用感觉去判断要用行动去改变现状。我不能回头我要前行我也是牛逼人物我就是明知山有虎偏向虎山行。

我不知道他俩多久了，若是没拉过手仅仅处在调情阶段还好若是进入拉手接吻状态就比较难了就需要等半年了。因为只有半年后轻浮的女孩才可能丧失新鲜感才可能对我这条新鱼发生兴趣。

妈的，半年我就临近毕业了就完蛋了。

我还要用经验去判断，我发现他俩在对话他不停地说她偶尔在笑，这说明他和她还保持着距离。

我笑了，这对狗男女相互关系还不密切还在相互表演还在爱情起步阶段，我还有机会我要打断他们让他们各走各路要让这女孩迷途知返脱胎换骨。

本科生的阅览室需要排队，研究生阅览室的人真是很少，妈的真是不公平。也好，这给了我腾挪的机会，我移到黄小跳的斜对面，隔着一张桌子，我是有盘算的，这是第一次别把对方吓着。我的脸是冲着她的，但我的眼睛是看书的，这样一来我会进入她的余光中她会感觉我在看她，但她看我的时候就会发现我是在看书，我就是要制造这种错觉让她以为我在看她，这样她就会好奇会纠结。

就这样过了一段时间，我注意到她侧身子了，她调整她的余光范围了，很明显她被我扰动了她注意到我了。

好，这就是开始，一切都是刚刚开始。

[428]

我努力让眼神发出一种沧桑的光芒，我假装看不清楚我稍稍地眯眼，应该就是这样，就在宿舍里就在镜子前我反复琢磨反复演练一个多小时了。

她就在我的对面，我会偶尔地抬头就是发射出那种训练好的沧桑的眼神，但我又不看她，这样她一定有所触动。

这是一场游戏甚至是一种探险。

我把我的过去都关在注意力之外，我就藏在小黑屋里透过眼睛看周围，指挥着手脚和五官做这做那。有时靠近有时远离，我靠她近的时候就一定不能看她，离她远时就可以装出看她的样子，但我总是环绕她左右，让她迷惑。这是第一阶段吸引阶段这需要一周。

另外我还会偶尔表演一副看不起她的样子，当然要注意她的反应要含蓄要适可而止。

当每个人都关注她敬仰她的时候，她就一定会养成一个被关注被敬仰的习惯，当我表现清高表现看不起她的时候就会破坏她的习惯，她就会不适应她就会关注我。这是铁律。

[429]

她现在有了他，我出现了我和他都摆在面前，她一定要进行选择。

黄小跳，我觉得这种条件优越的女人对男人的要求通常第一是刺激需要，而不是像平常女孩那样第一是安全需要。

今天我感觉她更多地跟那研究生说笑甚至中途休息时跟他一起出去，我明白她的暗示她是说她有主儿了。

没关系，主儿是可以更换的。

我继续表现一本正经的样子我继续表演。我似乎陷入了学海里我噘着嘴我不发声但我在念念有词我做着各种特异的正经的勤奋的动作，这一定会吸引她的，我相信。

我还要唤起她的虚荣。怎么做呢？我在想办法。

[430]

无论她是否有主儿，并不意味她就会被原主儿所限制也不意味着我就会成为她的新主儿。我似乎读懂了她，仅仅从她的眼神。

但无论如何，我仍然是被动的。

那研究生没有发现我，他就不会护住自己的庭院，他一定某些方面有点愚钝。

[431]

今天竟然有一个男孩把纸条递给她然后走开，她只是瞟了他一眼然后将纸条玩在手里，我注意到她的右眼和右嘴角相互扭曲了一下随即就开始撕碎纸条。

她这个举动让我很有压力，我拿不准是否应该把节奏放慢了。

每个人都是有尊严的每个人都是可以驾驭的。她不会例外的所以我没必要哆嗦，我在自我告诫。当然这事也提醒了我，我还应该再寻觅个高干家庭的女孩，这是退路。

[432]

我还在继续偷看她，在她发现我在偷窥时要坚决躲开，要让她感觉我的喜欢和我的害羞。

我要适当地注意衣领袖口注意发型胡须，婉婷当时给我买了很多衣服现在都有了用场。

用旧人的包装迷惑我的新人。

我知道我这样的举动类似于男妓的讨好和献媚。

[433]

这是不需要眼睛的，感觉她已经关注我了。她偶尔看我，有时会假装不看我但我感觉她的确是在暗暗观察我。

她应该对我不陌生了。需要变招了。

[434]

我今天开始凝视她了。

这是第二阶段，这个阶段是调情阶段，非常重要，若她反感那基本上就失败了，这是检验她对我整体观感的阶段可以发现她是否可以接受我这整体，她应该经过认真思考了。

我其实开始紧张了，虽然我有信心虽然我自认没有不喜欢我的女孩，但对于具体的这个她我理智上还是不敢确定，毕竟她是所谓的“校花”毕竟她边上还有只狼。

她应该是强势的应该属于那种闲不住的女孩。或许我过虑了我不用走弯路，一条直路就可以抵达她。但我想既然身为“校花”就不应该那么简单那么容易得手，凡事需要有步骤的分阶段的，若前一阶段没有坚实的积累，那么下一阶段就不稳固就会出现下个阶段对前一阶段进行补偿，所以要慢慢来。否则会远离目标适得其反。

[435]

这已经是三天了，她在我的经常注视下开始不理我了她没有任何表示她根本无视我她甚至主动与那研究生说着什么，我想完蛋了我距离失败越来越近了。

晚上我俩的眼光对视了，她甚至表现出一种厌烦的样子她收拾起来然后自行走开。她的这种表现似乎在说你真讨厌你破坏了我的安静。

我注意到她跟那个研究生似乎也有某种纠结，很奇怪。

[436]

今晚她竟然和那研究生坐不同的桌子了，不知道这中间发生了什么。毫无疑问这是好事。

这是一个舞台，每个人都在表演着。

[437]

已经大四了，看着新生们的欢快我开始伤感，这慢慢的伤感是我掉进记忆中的痛。

远处有石凳上坐着的老人，我想他们看我们时或许在怀念我们这个年龄时的欢快，我想我的十年和他们的十年，是否都是匆匆和无奈。

黄鸿宇喜欢弹吉他，在无人的寝室里和在喧闹的寝室里他都一样静静地弹着，这样他就不说话了，琴声是他说的话。

我是幼稚的你们是幼稚的，这个世界都是幼稚的，什么是幼稚？对人间游戏的痴迷就是幼稚。

[438]

我发现了，她四处搜寻着，我猜测她在找我。

我测出来了，她对我有好感。我要出手了。

我知道一个经常被攻击的堡垒防御能力一定很强大。

我一定要做得特别。

[439]

就在图书馆前的花坛边她坐着，我走了过去我能注意到她对我的靠近有点不安，但我努力地保持着笑，我说你好。

她装作平静的样子，我认识你吗？我听出来了，她其实声音抖动。

你打我一巴掌，我还是笑。

什么？你说什么？她猛地一愣，马上站了起来，很明显她吓了一跳。

我已经爱上一个女孩了我已经难以自拔了，请你打我一巴掌让我清醒一下。

正如我预料的她羞涩了她脸红了。

她说我不懂你在说什么我有事我要走了。说完她匆匆走开。

我就站在原地心里笑着我看着她离开时的屁股我透过裤子看到她的肉，我不会被裤子的颜色和质地所挡住，我会用想象直接摸到肉的。

她竟然说她有事要走了，她过渡了一下，我知道这是一种关照，这是她无意识的动作，我知道她对我有好感。

就在走了十一步以后，她回头看了一下我。

虽然她没笑，但我知道我成功了，他妈的。

[440]

我继续变招。

今天在图书馆根本不看她，我躲得远远的。我就是要让她迷惑，她一定会迷惑我的突然不理睬她一定会反省会自查。

[441]

我还是不理她。但她总看我，我发现了。

[442]

就在图书馆，我直接坐到了她的边上我一笑：晚上好。

她是一愣的表情，她平静的脸色并没有说什么她只是将书包挪动了一下。

我在暖暖地笑，她有些被动。

我小声说咱俩出去走走好吗？

她看了我一眼，什么也没说。

又过了半小时。

你学累了吧，咱俩出去看看月亮吧。

好吧。她掩口一笑。

就在路上时，我说你真漂亮是我见到最漂亮的女孩。

不会吧。我能看出她很高兴但也有点不安。

是真的。我心里想妈的，我就不信你不高兴。

她问我你怎么可以进研究生阅览室，我说图书馆馆长的女儿为了讨好我，给我搞了个万能通行证。

她说不会吧，据我所知馆长的女儿还在小学呀。

她说让我等着她长大。我笑着说。

她笑着呸了我一下。

我判断得对，她是喜欢刺激的人。

我知道我俩开始了。

[443]

晚上我请她看电影了。我对她太细致了，我会帮她整理衣领衣角裤角鞋带，我会直勾勾地看着她，我想她对她自己的关注是以厘米为单位的但我会做到毫米。

她一定会感动的。

[444]

下雨了，真好，我俩打着一把伞，这样我会用伞包住她我会被雨浇到，我需要这样，这是表演。

她一定看在眼里记在心头。

那研究生看着我，是恶狠狠地看着我，我理解他，他不会用力或者说他用错了力或者说他把力用错了地方。

对于我，狮子是不在乎绵羊的想法的。

[445]

她突然对我说你不要来找我了，我要学习。

我心里一惊。但我知道女孩都有一个回头阶段，这是犹豫期，这个阶段一过就会更加投入，当然若出问题，那就很危险。估计那个研究生就是没通过这个阶段。

我很平静的样子，好吧。多一句我也不说，我转身就走。我相信这种干净利落一定会让她迷惑。

我是直接走向76路站牌我要去徐家棚，那里有个妓女，我要跟她共度良宵。我不会被这烦恼干扰的，我会将烦恼挂起来，在我不理这烦恼时这烦恼一定会变成暂时的。

[446]

江边的路上我看到一只毛毛虫从树上跌落我毫不犹豫一脚踏下，原本是立体的东西马上被挤压成平面的东西，我平静地看着压扁的皮壳和液体的东西混合着，这呈现了亮闪的黑色。

我嘴里说你也配是生命你活着干吗？

我很坚定我没有任何不忍我笑着。

[447]

她已经三天没在图书馆出现了，今晚她出现了她在看我。

我知道她想通了我走过去说咱俩出去走走吧。

就在路灯下她说据说你的女朋友很多呀是个花花公子嘛。

我不担心名声，名声对欲望女孩往往是诱惑。既然她这样说出来，我知道她已经接受我了。

我说曾经女朋友很多但现在只有你一个人。

那你为何换来换去？

我没有，她们不是我的归宿。

那怎么才是你的归宿呢？

你这样与众不同的人。

今晚我又牵起了她的手。

[448]

我每天都要跟她身体接触，一点一点慢慢深入。

我要让性点燃她。先从指尖开始然后食指然后五指双手手面手背手腕胳膊耳垂脸庞嘴唇。

她沉醉其中。

[449]

人生其实就是冒险，如果你不去冒险那你就荒废一生。

小跳说你对我真好，这世界从来没有人对我这么好呢。

我现在已经可以和她接吻了。

小跳说我知道你是冲着我的家庭来的。

我心里一惊嘴上却说你怎么这么说。

不过想想也很正常你总应该图点什么吧我毕竟配不上你。

我知道她开始爱我了，因为她表现出一点点自卑。我说小跳你放心这辈子我永远爱你。

[450]

小跳说你把你所有的爱情都要讲给我听。

我说因为和她们相处时间太长了她们就无聊了所以我不喜欢她们了。

黄小跳说咱俩也会时间长我也会无聊你也会不喜欢我吗?

我说你跟她们不一样你很特别我会永远爱你的。

你别糊弄我老实说。

我说她们在跟我好以后我发现她们都不是我真正的爱。

那我呢?

还是那句话你很特别我在你这里找到了真爱。

我心里其实在说你还不如她们呢。

我哪里特别?

你的气质很特别容颜很特别性格很特别思想很特别我在你这里找到了另外的世界。

我心里却说去他妈的这可恶的人生只有一个世界是一个表面的世界没有另外的世界但柏拉图这么说大家就信以为真了我就利用一下吧。

我俩每天晚上都在一起，我给她讲题给她讲故事还变换各种亲吻姿势她半个身子都进入我的五指了。

[451]

小跳说我怎么感觉你不是那么爱我。

你怎么能这样说。

这类直觉的东西是无法解释的，我不能按照她的思路说话不能这样跟她兜圈子，这样会有意外出现，我要逃避我要主动要继续点燃她要摸她，目前已经摸到肚脐了，我还要加快，快速深入，要抓紧从奴隶变成将军。

我说小跳你能借我点钱吗?

吃软饭要从借钱开始，同样要让她纠结或者惦记也要从借钱开始。这样会唤起她大度宽容奉献的心理。

[452]

我知道这样纠结于概念是不对的，我有家的概念我还有舒服的概念，何处不是家呀什么姿势不舒服呀，时间长了就是家适应了就会舒服。爱情这个词毫无必要。

她看我的眼神已经变了经常会直勾勾地盯着我，其实开始时我还被吓了一跳。

她喊我的名字很甜很软。

元旦马上到了，这是个升华爱情的机会这里有条捷径。

我要利用起来。

[453]

我说咱俩今晚要在一起要一起除旧迎新。她看着我，眼睛亮闪闪。

我俩看电影的时候是一直紧紧抱着，出门后我就背着她，在一家豪华酒店门口我放下了她。

我俩做爱时我会慢慢舔她，一毫米一毫米地移动，她完全沉醉了她闭着眼，从始至终。

无法相信她竟然是个处女，血流了很多，血的渗透能力很大竟然穿过床单穿过褥子进入床垫。

她似乎吓坏了。

这是意外的成功，一个表面上轻浮的女孩竟然是处女，她会在我的爱情中蜕变成表里如一忠贞不渝生死相依的圣女。

[454]

小跳噘着嘴说你对我不好，这都是假的。

我心里猛地一惊，为什么？

哼，你不爱护我，让我流了这么多血。

哈哈，我心里大笑，这是撒娇。

要么咱俩今晚再来一次吧，我一定对你好。

呸，臭流氓。

她边说边投入我的怀抱。

[455]

李岳毅说你很牛逼呀，指哪打哪，你别把人家害了。

我斜眼看了他一下，我为什么要害她？

李岳毅张了张嘴还是没说出什么，转身走了。

冬天太冷了，你只有卑鄙你才能发现别人的卑鄙。

望着独特的校门我似乎下沉了我需要仰视了，那敞开的大门如同一张嘴，围墙和教学楼构成了五官，天空就是面庞，眼睛呢？眼睛是闭着的。

[456]

你知道我为什么爱你吗？

为什么？

因为你太可怜了。

什么意思？

你有一种万物不理你的可怜。

那这样的人多了，你不至于都爱吧？

当然，你还有一副对万物不管不顾的样子。

我懂了，这就是我表演的成功。当然这与陈静说的泡在海水里的感觉是一样的。

我以后管你叫臭臭吧。

为什么？

这是我专有的爱称，我不会这样喊别人的。

听她这么说，这一刻我觉得下面硬了。

我要小心我不能爱她，爱就意味着忘记自己，忘记自己就像把自己拴到桩子上了，就意味着危机四伏。

时过境迁，陈静消失了。

[457]

我和她在一起，其实是六个人，我和她各自理解的自己，我和她各自在对方呈现的状态，我和她实际的样子。

我把自己控制得很好，这几种形态在慢慢统一，其实这是哲学术语，我有点扭曲原意。

就在《运筹学》课上，秦教授说他参观了六个工厂但他错误地说成开六次会议了，他说完后马上纠正，那一刻这个老家伙竟然脸红了。

我知道他也有虚荣，这一点跟小女孩其实是一样的。

[458]

分神其实是通过一种思想看向另一种思想，就在《管理艺术》课上李会老师在讲解恩威并用，我想到了黄小跳，我需要爱恨交加。

我应该给她搞一个假想敌，这样会不时地提醒她刺激她。

我在亲她表现最迷醉的时候，我喃喃地说婉婷婉婷。

你在说什么呢？小跳很愤怒。

哦没有什么也没有，口误口误。

小跳很愤怒她整天都不高兴，本来我俩是准备明天逛汉口的，这样她情绪低落她说回宿舍了明天的事明天再说吧。

我装作很着急的样子我跑前跑后低三下四千诅万咒。

我心里笑着我一定要让她纠结让她烦恼，这样她的注意力就会像聚光灯一样紧紧跟着我。

[459]

今天在汉口我背了她一天作为惩罚也作为爱的证明。

[460]

辅导员回学校了，她见到我时说请我吃饭。

我问你住哪里？

就在晚上我找她了，我俩一起喝酒了，她说她见到的世面以及接触的人和事，她哭了，在哭中我跟她做爱了。

事后她问我，你好像变了一个人。

我说我本来就是两个人。

她说你是个真正的流氓。

我笑了笑说师姐，不是这样的。然后我俩又来了一次。

其实师姐很好，只是太幼稚了。

这是个把人变成魔鬼的世界，也是个把魔鬼改造为人的世界。

[461]

小跳说其实你第一次跟踪我跟着我去阅览室的时候我就注意到你了。

那你为什么不理我？

我其实不确定我只是好奇。

小跳还说我小时候喜欢玩具枪，这跟普通女孩不一样吧，那个玩具枪还可以射出橡皮子弹，我爸说这是有危险的，我不理他，他竟然将那枪一把夺过扔到了楼下，那天我哭了一天，他给我买了很多别的礼物哄我。

这是她和我在武汉商城的橱窗边说的话，她开始将所有的感受和记忆向我敞开了。

我注意到她爸爸的存在了。

[462]

我发现这个世界越来越狭窄，那个阳光灿烂百花齐放山川秀美人间万象都变成单一单调，在一种规则下单一的文化下所有一切都进入一种牢笼。

[463]

市长说要见我，这是一个寒冷的下午，当我钻进他的专车时我放松下来，我很坦然，因为这里是温暖的司机是温和的，走进政府大楼时我是自豪的，因为这厅堂里的所有人看起来都是衣冠楚楚温文尔雅的，就在秘书室等待中我有一点紧张了，我所有的温暖和自豪像羽毛缓缓落下，大家都是蹑手蹑脚的，我知道我还是要回到日常经验里，这世界是可恶的我要可恶。

市长只是瞟了我一眼，我觉得他看透了我，他一定会误解我，因为他看懂的是我的现状而不是我的未来。

我了解你。他根本没笑他在表演严厉。

嗯。我内心一惊，我所有的隐瞒和欺骗都在心里泛出，像搅动后的池塘。

跳跳是要出国的，我给她都安排好了，现在她不准备出去了，你打断了她的未来你不配我的女儿你不能伤害她你要跟她分手。

我什么都没说只是看着他，茫然地看着他，怎么了这怎么了？我反复在问着自己。

我不知道他从我的表情里读到了什么，他语气缓和了。

这样吧孩子，我知道你爱她，爱她就要为她好是不是？你跟她分手吧。你想分配到什么地方，你想做什么你有什么愿望你可以告诉我，我可以帮助你。

我什么都不需要，好的我听你的。

我只是说你而不是您，因为我想他跟我一样跟所有人一样不需要下面加个心。那一刻我有种冲动我想站起来对着他的脸打过去，他的眼镜和他的银发一定都会飘扬起来，他皮肉包裹的鲜红一定会喷薄而出，就像街边的乞丐，毫无区别的血肉。

但我的表现是我在猥琐中，某些地方甚至夸张了，我低三下四我微笑不已。

[464]

我发现自己走进了抽象画，那里所有的东西都变形。

我没有恐惧我不会恐惧，我来这个世界是没有缘由的我离去为何还要有缘由呢?

市长错了，我会证明的。

她理解的我是个善良可爱可怜忠于爱情忠于她的人，其实我是她的造物主，我给了她我的引诱我的指导，我驾驭完美我操作合理，她是我的工具，不能有人把我赶走。

我晚上做梦了，是市长指着我的鼻子说你也配是生命你活着干吗?

[465]

我见到小跳后说咱俩分手吧。

你说什么？小跳瞪着我。

你爸说你要出国，我不能耽误你。

我不会出国的。

你出国吧。我很冷漠，应该是我装得很冷漠。

你这么希望我出国吗？你不想要我了吗?

不是，你出国后我就去西藏然后找个崇山峻岭我就跳下去。

我一副很壮烈的神情。

她的眼泪下来了我的眼泪也下来了。

当晚我们就住到了一起，房间当然是她掏的钱，套套是我买的，平时都是戴套套，我俩在饭店吃饭时我趁她去厕所的时候把套套扔了，我要让她怀孕。

市长的女儿应该有怀孕的能力吧。

[466]

我看着她泪流满面也不是心不动的，我没有责骂自己我只是想我是否错了，我想这是天生的良心在发生作用，良心这个东西为何要阻挠我的自由选择。

我也流泪了但这眼泪是道具，我要用我的眼泪对应她的眼泪，在这种对称的场景下她会误解我也是跟她一样爱着对方。

其实她不知道，那天我的书包里藏着一把刀，若她不从，我会先将刀对准我自己的脖子，若她无所谓，我也会对着她的脖子。我准备了五种方案。

[467]

小跳说这次大姨妈怎么还没来，我知道我成功了，我说或许交通堵塞她堵在路上了。

她笑着呸了我一下。

[468]

她爸爸知道她怀孕的事情了，她说她跟爸爸大吵了一架。

我要跟家里人决裂，我离不开你了，你带我走。

我说你不用走，咱们慢慢周旋，他们会认可的，还有我们的儿子。

嗯，我知道你喜欢儿子，我要为你生儿子。

[469]

黄小跳说她爸爸不再勉强她了，他说你们两个可以继续，他说他同意了。

我完全成功了。

这一刻我突然思念我的爸爸和我的妈妈，我在困苦的时候想不到他们在欢笑的时候想不到他们，但在我感觉抓到幸福未来的时刻却想到了他们 ，在我有能力的时候我一定要重建十四岁之前的岁月，也让他俩进入到那种幸福里。

我是他俩的延伸我是他俩另外的存在，我们是一家人我们是一体的我们是共用一个灵魂的。

[470]

李岳毅告诉我他准备出家。他改变了什么我不知道，我所有的眼光只照耀自己。

小跳告诉我她爸爸安排我去上海，去汇丰银行。

这是上午，阳光照耀着，绿色在四周晃晃荡荡，我一直不怕热我怕冷，天很冷所以我的动作是蜷曲着的。

~~[471]~~

为什么没有伟人圣人存在，因为选择后就没有伟人圣人了，所有的分歧和区别在现况中都是没有对错好坏的，伟人圣人选择后，现状走向了未来，分歧和区别就出现了对错，伟人圣人就进入对错之中，毫无反抗能力，他们就原形毕露了。

我想我已经走出来了，就像走出一片丛林，周围开阔一望无际。

~~[472]~~

我在亲吻小跳的时候我闭着眼，这样我就会认为小跳其实是婉婷。

小跳说我爱你大疆，你知道吗我离不开你了。我觉得这声音是来自于婉婷。

~~[473]~~

我在小时候一直觉得时间是无边无际，漫长的下午，太阳始终照耀着。

我喜欢跑到大厦南火车道南的地方，那里是夏天里的小河，清凉的水和柔软的泥，我就站在其中，手追从着轻快的小鱼，那是个漫长的游戏，漫长到我的一生都穿梭其中。

尾声

我们见大疆的最后一面是五月一号星期四的早晨，就在下午我们听到了他躺在马路上然后在停尸房最后在火葬场的消息，这持续了一周，因为他的爸妈不过来了，所以各环节处理的速度很快，我们最后见到的是他的骨灰。

黄小跳始终没有出现，我们也没再见过她，先是听说她住院了，后来听说她出国了。

我们发现了大疆的这些日记，我们商量再三，还是发表吧，想为他在这个世界上留一抹痕迹。

我们不知此举是否让在天之灵的大疆满意，但我们不知道怎么处理这撮骨灰和他的东西和他的日记，最后的结果是全部烧掉然后抛入长江。据说这样就会递送给阴间的他。

我们都知道你会死，知道你一直在作死。果真如此。

大疆，我们的好兄弟，我们爱你，等着我们，我们还会在一起的。

室友：汪友宏苗斌贾世川程斌

2017 年 10 月 7 日

图书在版编目（CIP）数据

我的天 / 子日山著. -- 北京 ：作家出版社，2018. 6（2023.2重印）
ISBN 978-7-5212-0109-3

Ⅰ. ①我… Ⅱ. ①子… Ⅲ. ①长篇小说－中国－现代 Ⅳ. ①I247. 5

中国版本图书馆CIP数据核字（2018）第146271号

我的天

作　　者：子日山
责任编辑：佳　丽
装帧设计：孙惟静
出版发行：作家出版社
社　　址：北京农展馆南里10号　　**邮　　编：**100125
电话传真：86-10-65930756（出版发行部）
86-10-65004079（总编室）
86-10-65015116（邮购部）
E-mail:zuojia@zuojia.net.cn
http://www.haozuojia.com（作家在线）
印　　刷：固安兰星球彩色印刷有限公司
成品尺寸：142 × 210
字　　数：217千
印　　张：10
版　　次：2018年8月第1版
印　　次：2023年2月第2次印刷
ISBN　978-7-5212-0109-3
定　　价：35. 00元